犯罪心理

档案

FANZUI XINLI DANG'AN

【第三季】

逐暗者

刚雪印 著

贵州出版集团
贵州人民出版社

人物介绍

韩印
性别：男
年龄：31岁

职业：某警官学院教授，犯罪心理学教研室副主任
外貌性格：斯文俊朗，亲和沉稳，惯常一抹浅笑挂于嘴角
擅长：犯罪侧写
经历：因在多起恶性系列案件中表现卓越，被任教学院破格授予教授资格，并被任命为该校犯罪心理学教研室副主任。但韩印清醒地认识到，成绩只代表过去，未来他仍将穷尽所学，出现在与恶魔搏斗的战线上。他通过微表情解读，识破谎言；通过行为证据分析，洞悉心理动机；通过犯罪侧写，让罪犯无处遁形。

顾菲菲
性别：女
年龄：33岁

职业：刑事侦查总局特邀刑侦专家
外貌性格：知性冷艳，厌弃世俗，言语直白，有"冰美人"之称
擅长：法医鉴证，物证鉴证
经历：法医学、心理学双博士，曾在国外知名法医实验室深造多年，尤为精通尸体解剖、DNA检测、指纹提取、骨骼检测、颅相重合等技术，是国内少有的在法医领域以及物证鉴定领域皆具有深厚造诣的全能型专家。

杜英雄
性别：男
年龄：25岁

职业：刑事侦查总局外勤侦查员
外貌性格：高大硬朗，性格憨直，品格坚忍，清爽帅气
擅长：近身搏斗，枪械，野外生存
经历：曾接受过特警部门的地狱式特训，有重大贩毒集团卧底经历，功夫硬朗，枪法神准，意志品质过硬，唯缺乏谋杀案办案经验，作为刑侦总局重点培养的刑侦人才，被委派于顾菲菲领导的重案支援小组中。

艾小美
性别：女
年龄：23岁

职业：刑事侦查总局外勤侦查员
外貌性格：青春靓丽，古灵精怪，生性直率，清新脱俗
擅长：情报搜集，网络技术
经历：标准菜鸟刑警，警校毕业直接进入刑侦总局，"情报学""网络执法"专业双学士，专业成绩突出，作为刑侦总局储备的技术型人才，被委派于顾菲菲领导的重案支援小组中，由于容貌身材出众，追求者众多。

吴国庆
性别：男
年龄：70岁

职业：刑事侦查总局特聘首席顾问
外貌性格：已届暮年，壮心不已，甘愿将整个人生奉献给祖国的刑侦事业
擅长：刑事侦查
经历：新中国培养的第一代刑侦专家，几乎参与过所有刑侦总局挂号的大案，有"当代福尔摩斯"之称。年届退休，退而不休，每有震惊四野之大案，其身影必会出现。日前，受命组建重案快速反应部门——重案支援部。

叶 曦
性别：女
年龄：35岁

职业：古都市刑警支队支队长
外貌性格：漂亮妩媚，成熟大气，女人韵味十足，端庄又不失性感
擅长：刑事侦破，警队管理
经历：古都市本地培养出来的精英，兼具刑侦与领导能力，被列为当地省公安厅重点培养对象。两年前与韩印有过合作，彼此仰慕，略有情愫。

目录 Contents

第一卷 杀手之城/001

楔子/001

第一章 淫魔重出/004

第二章 现场重建/011

第三章 旧案足迹/019

第四章 致凶手信/031

第五章 雾里看花/038

第六章 地理侧写/048

第七章 杀戮证明/054

第八章 犯罪侧写/060

第九章 锁定目标/069

第十章 终极目标/075

第十一章 红色标记/086

第十二章 罪与惩罚/093

尾声/107

第二卷　心灵杀手/111

楔子/111

第一章　铁桶藏身/113

第二章　兵分三路/118

第三章　案情梳理/124

第四章　投毒悬案/129

第五章　神秘别墅/135

第六章　地下有人/142

第七章　三人成众/147

第八章　傀儡现身/152

第九章　魔王巢穴/160

第十章　囚徒困境/167

尾声/181

第三卷　伤痕童话/185

楔子/185

第一章　故人之邀/189

第二章　涂鸦杀手/194

第三章　线索凸现/201

第四章　暗夜摸查/206

第五章　刀芒又现/213

第六章　放逐杀场/218

第七章　穷途末路/225

第八章　未完待续/232

第四卷　死心不息/235

楔子/235

第一章　重返古都/237

第二章　锁定嫌凶/243

第三章　罪该万死/249

第四章　复仇天使/254

第五章　复仇王子/260

第六章　来自地狱/267

尾声/278

第一卷 杀手之城

没有所谓命运这个东西,一切无非是考验、惩罚或补偿。

——伏尔泰

◎ 楔子

今年的严寒似乎特别漫长!

已是初春,小城里仍被干燥和沉闷笼罩着,冷风夹杂着尘土飞扬扑面,让人觉得呼吸格外难受,皮肤也如被针扎似的火辣辣地疼。街道上灰暗萧条,两边的花草树木,只零星发出几个嫩芽,来往的行人大都扣着棉帽、捂着口罩,把自己包裹得严严实实,唯露出暮气沉沉的一双眼睛。

犯罪心理档案第三季

街边，一辆公交车刚刚卸下乘客驶出公交站点。已经过了上班与出行高峰时间，下车的乘客并不多，只有两个年轻的小姑娘和一个体态臃肿的中年妇女，而此时一双充盈着极度渴望和兴奋的眼睛，正在她们之间来回打量。

那是一个男人，几番审视，他出人意料地把视线定格在中年妇女身上——他终于等到她了。那中年妇女面色苍白，满眼倦意，摇晃着软塌塌的身子穿过马路，向街对面一片住宅小区走去，整个人显得特别疲惫。男人知道这是因为她刚刚下了夜班，也不禁让他想起印象中2001年那个刚下夜班的护士。

男人不徐不疾冲着中年妇女的背影跟了上去。当然，他需要特别警惕和小心，不过好在这样的鬼天气路人大都行色匆匆，根本没心思关注一个毫无姿色的老女人是否被人跟踪，再者他本身也有很好的保护和掩护措施。

男人随中年妇女逐渐进入小区深处，眼看着她走进一栋单元楼内，男人也随之加快脚步，同时不住地向四周张望，看起来更加谨慎了——他必须确认此刻没有任何人注意到他的出现，当然随后进入楼内更是绝不能被其他住户目击，哪怕只是被不经意地瞥上一眼，他也必须放弃这个目标，是永远、彻底地放弃，否则总有一天，他会与中年妇女的死联系上！

至于其他情况，男人心里也早预备好了应变方案。

比如居民楼是否有防盗门，如果有，是选择放弃还是找托词进去；比如在什么情况下适合闪电突袭，什么情况下采取敲门策略；再比如动手之后却发现家中还有其他人该如何应对……

那么如何判断目标家中再无其他人呢？这需要一些观察、总结和经验，也需要一定的运气！比如从时间点上：通常工作日的白天，家里的男人和孩子都要上班上学，目标人物独自在家的概率最高，就算有人也多半是老人，应付起来难度不大，大不了都做掉罢了。再比如从行为上：大多数人工作一天身心疲惫，到家门前都懒得再费力气去掏钥匙，会选择敲门让家人来开，如果一个人毫不犹豫地从包里掏出钥匙自行开门，那多半意味着家中无人；如果一个人手里拎着很多东西，又特意将东西放下，再取出钥匙开门，那便更加可以确认了。而如果耐心点，多进行几次跟踪，完全确认情况后再下手，那势必更稳妥！总之，男人要谨记那一条——最终的成功永远跟谨慎、耐心和运气分不开，不必苛求每一次猎取都有收获，重要的是全身而退不留后患！

当然这一次，可以说所有的条件都是他喜欢的。

中年妇女住在老旧的居民楼内，防盗门年久毁损形同虚设；此刻楼道内空无一人，中年妇女对他的紧随也并无警惕，和预料中的一样，她毫不迟疑从包里取出钥匙打开房门……

就在中年妇女开启房门的一刹那，男人伸手入包，紧握住利器，快走几步，赶上中年妇女……她感觉到他，下意识地回头望了一眼，却丝毫没有料到，眼前的男人竟是恶魔的门徒！

◎第一章　淫魔重出

刑事侦查总局，重案支援部。

尽管每次走进老领导吴国庆的办公室，顾菲菲多少都会有一些心理准备，但当她大致浏览过本次案件的卷宗后，还是被深深地震慑住了——10位女性同胞被剥夺了生命，以最残忍最屈辱的方式！

一、受害人：赵琳，女，22岁；死亡时间：1988年5月26日下午5时许；案发地点：冶矿市向阳区永丰街177-2号受害人住所；现场勘验显示：受害人颈部被切开，上衣被推至双乳之上，下身赤裸，上身共有刀伤29处，现场提取到凶手指纹。

二、受害人：白月，女，19岁；死亡时间：1994年7月27日下午3时许；案发地点：冶矿市向阳区人民路冶矿市供电局员工宿舍；现场勘验显示：受害人颈部被切开，上身共有刀伤32处，现场提取到凶手指纹。

三、受害人：孙萌，女，29岁；死亡时间：1998年1月13日下午5时30分许；案发地点：冶矿市向阳区胜利街88-7号受害人住所；现场勘验显示：受害人颈部被切开，全身赤裸，上身共有刀伤18处，尸体于受害三天后被发现，双耳及头顶部有13厘米×14厘米的皮肉缺失，现场没有提取到任何属于凶手的物证！

四、受害人：黄依婷，女，27岁；死亡时间：1998年1月19日下午5时40分许；案发地点：冶矿市向阳区水川路9号受害人住所；现场勘验显示：受害人颈部被刺割，上衣被推至双乳之上，裤子被扒至膝盖处，上身共有刀伤7处，左乳头及背部有30厘米×24厘米的皮肉缺失,现场没有提取到任何属于凶手的物证!

五、受害人:田甜,女,9岁;死亡时间:1998年7月30日下午6时许;案发地点:冶矿市向阳区人民路冶矿供电局计量所大楼受害人住所;现场勘验显示:受害人在住所衣柜中被发现,颈部系有皮带,下身赤裸,阴部被撕裂并检测出精子,现场提取到凶手指纹。

六、受害人:吴慧敏,女,24岁;死亡时间:1998年11月30日11时许;案发地点:冶矿市向阳区东山路59-6-6号受害人住所;现场勘验显示:受害人颈部被切开,上身有24处刀伤,下身赤裸,双乳、双手及阴部缺失,现场提取到凶手指纹。

七、受害人:常明明,女,28岁;死亡时间:2001年5月22日9时许;案发地点:冶矿市向阳区水川路28-2-12号受害人住所;现场勘验显示:受害人颈部以及上身有锐器伤18处,受害人遭到强奸,现场提取到精液和指纹。

八、受害人:周洋,女,25岁;死亡时间:2002年2月9日下午1时许;案发地点:冶矿市向阳区人民路回春宾馆三楼长包房;现场勘验显示:受害人颈部被切开,上衣被推至双乳之上,下身赤裸,遭到强奸,现场提取到精液。

九、受害人:钟金珠,女,47岁;死亡时间:本年度1月20日上午10时许;案发地点:冶矿市富平区长征路254-2-202号受害人住所;现场勘验显示:受害人颈部被切开,上衣被推至双乳之上,下身赤裸,上身共有刀伤29处,没有提取到任何属于凶手的物证!

十、受害人:刘英,女,42岁;死亡时间:本年度3月4日上午9时30分许;案发地点:冶矿市富平区三禾路冶矿煤电厂家属楼199-3-1号受害人住所;现场勘验显示:受害人颈部被切开,颈部系有红布条,上衣被推至双乳之上,下身赤裸,上身共有刀伤48处,现场采集到属于凶手的毛发!

法证鉴定显示:

第一起"88·5·26"、第二起"94·7·27"、第五起"98·7·30"、第六起"98·11·30"、第七起"01·5·22"案件,现场提取到的各指纹交叉认

犯罪心理档案第三季

定同一。

第五起"98·7·30"、第七起"01·5·22"、第八起"02·2·9"、第十起本年"3·4"案件，受害人留在现场的物证，经DNA检测认定同一。

第三起"98·1·13"、第四起"98·1·19"、第九起本年"1·20"案件，作案手段与上述案件基本相同，且刀伤创口特征与上述案件的凶器吻合。

各项技术勘查鉴定表明，以上案件系同一人所为，定性为"性变态连环杀人案件"！

看罢卷宗，顾菲菲抬起头，发现吴国庆眼眶微红，表情略显不自然，她纳闷了一下，豁然明白过来，试探着问："吴老师，这些案子您应该也参与过吧？"

"是。这些案子从地方到总局前前后后追踪了十几年，却始终连凶手的影子也未摸到。"吴老师缓缓点头，语气多少有些尴尬，顿了一下，接着说，"那时候最让我们感到挫败的是，根本不知道凶手什么时候会停止作案，于是经过研究，我们认为应该采取适当的手段，告诫民众出行时要提高警惕以减少伤害；同时也希望能够得到他们的帮助，指认出他们周围可疑的人，最大限度地对凶手形成心理威慑。大概在2004年12月中旬，我们通过当地媒体，简要公布了案情，并重金悬赏鼓励民众提供线索。不知道是不是这个法子真的有效，虽然此后有价值的线索寥寥无几，凶手却消失了。"吴国庆又停住话头，叹了口气道，"咱们搞刑侦的都清楚，从犯罪心理的角度来说，这种人是停不下来的，所以这么多年过去了，我一度想当然地认为凶手已经患病或者因意外离世了，可没想到他这么突然地又冒出来，还接连杀了两个人，真是太让人难以想象了！"

"嗯，确实比较罕见，连环杀手很少会在作案顶峰时期偃旗息鼓，时隔这么多年又重新作案的。"顾菲菲脸上泛起些许疑惑，"但是关于并案调查我还是有些疑问：第九起案件，也就是本年度首起作案，凶手没有留下任何物证，只凭犯罪手法和刀创便认定同一是不是太草率了？创口相同只能表明凶手用的是'同一类凶器'，而且我也注意到犯罪的手法，与'88·5·26'案几乎一模一样，这非常像一起模仿作案。"

"不，这恰恰反映了，凶手在宣布他的回归！"吴国庆连着摇了两下头说，"你也看到了，凶手每次作案几乎都会用刀残毁受害人尸体，我们当年认为那对他来说可能是一个发泄某种情绪的渠道，是他非常看重的，每一刀应该都会有很深刻的记忆，所以在向社会通报案情时，我们故意把刀伤次数搞错，希望他会因此通过某种方式反驳我们，从而露出破绽。"

"也就是说，刀伤数其实是一个隐性证据，只有真正的凶手和咱们警察才知晓！"顾菲菲多少有些不甘，沉吟了一下说，"我觉得还是有必要让韩老师再研究一下！"

"那也好，不过毕竟行为科学分析只是一个辅助手段，要记住，办案最终还是要跟着证据走。"吴国庆盯着顾菲菲嘱咐道。

"我明白！"顾菲菲慎重地点点头，安静了一会儿，稍微扬了扬声音说，"对了，小杜找我报到了，缠着非要上案子，您看行吗？"

"他心理辅导结束了？"吴国庆关切地问。

"上个星期就完了，心理咨询师的报告我看过，各项指标都正常！"顾菲菲应道。

"那就带上他吧！"吴国庆低头想了一下，抬头强调说，"这小子命大，要是子弹再偏一寸就完了。不过中过枪的人，心里多少会有些阴影，可能现在缺少刺激源所以没有显现，你和韩老师要多留意一些，要是发现他有PTSD（创伤后应激障碍）的苗头，一定要及时做好疏导工作。"

"放心，我会看着他的！"顾菲菲应承着从椅子上站起来，"您要是没别的事，我就去安排行程了。"

"去吧！"吴国庆挥挥手，语气转而悲凉地说道，"小顾，我想了下，你刚刚的态度是对的，这次下去一定要慎重，不必急于求成。我们已经错过太多次了，争取这一次把它终结吧。"

"一定！"顾菲菲目光炯炯地望向吴国庆，无比坚定地说道！

北方某警官学院，大阶梯教室。

当韩印带着一脸温和笑容走进来时，原本座无虚席吵闹的教室即刻安静下来，他微微颔首，礼貌地冲学生们示意了一下，走上讲台。

他把手上的笔记本电脑规矩地放到身前讲桌上；打开，按下电源键；继而摘下腕上的手表，轻放到讲桌的右上角；接着从衣兜里掏出手机，与手表同一水平线地摆到讲桌左上角；然后脱掉外套，挂到教室门边的衣钩上；再然后，他边走回讲台，边解开衬衫袖口，将两只袖子分别向上挽了两道……有条不紊地做完习惯性课前准备动作，韩印才从讲桌上的粉笔盒中抽出一支粉笔，转身在黑板上写下了一行标题。熟悉他讲课风格的学生们都知道，这恐怕是他一堂课中要写的仅有的几个字。

韩印搓搓手，拍掉手上的粉笔灰，走下讲台，靠近学生的座位。他喜欢与学生们近距离地交流，这样他可以直接地、清晰地观察到学生们的情感反馈。他的声音也一如既往地沉稳亲和：

"同学们都知道，常规的办案手段主要是围绕犯罪人来展开，但对我们这门专业来说，被害人与犯罪人的剖绘同样重要。我们今天就来讲行为科学分析中非常重要，也是首要环节的'被害人研究'。

"先前我们学习过，判断连环犯罪有三个要素：犯罪手法、犯罪特征以及被害人选择。这说明'被害人研究'是一个串案的重要指标。比如我们在研究的过程中，找到案件的共同点或者交集之处——也许是被害人性别和年龄段大致相同，也许是五官或者发型等外在条件相像，或者他们共同参与了某个事件，又或者是不经意间曾经在同一个地点出现过，类似公交车站、地铁站、图书馆等地方……总之，通过研究被害人，可以有效地串联案件的先后背景、相互联系、侦查方向等等。

"而它对于行为科学分析更加重要的意义是,当我们完全洞悉了受害人的特征,再结合我们所学的理论进行归纳与总结,就可以大致推断出犯罪人的年龄范围、外在条件、精神状况、婚姻状况、智商情况,乃至心理动机,等等。

"我们就先从被害人年龄构成这一方面来深入理解一下:假设我们要解决一起针对女性目标的连环强奸杀人案,该系列案件中被害人的年龄构成跨度非常大,从十几岁到五六十岁都有,总结以往,我们可以得出一个推论:这是针对'整个女性群体'的报复或者幻想的犯罪;如果是另一种情况,整个作案跨越数年,而被害人的年龄似乎在随着凶手的成熟而增长,这也可以得出与上面差不多的推论——凶手的幻想对象是'整个女性群体',没有具体的人选;如果跨越数年作案,但被害人的年龄始终相差不大,这则说明案件属于代偿犯罪,被害人有可能是某一特定人选的替代品;还有如果我们在梳理整个案件时,发现被害人大多是老年人,或者是作案时间靠前的几起较年迈,这则相对反映出凶手的年龄和阅历都处于不成熟阶段,很有可能系青少年作案……当然,由上面的推论我们还可以做一些延伸,比如:凶手可能受过女性虐待,感情屡遭挫折,与女性交流困难,既惧怕又幻想女性,等等。"

丁零零。

韩印讲解正酣,突然听到身后传来一声手机短信提示音,便赶紧向学生们道声抱歉,反身走到讲桌前,拿起手机想要将手机调到振动模式,顺便扫了眼屏幕上的短信内容:知道这个时候你在上课,有你喜欢的案子,速来冶矿市!

冶矿市?难道那起著名的悬案要重启了?韩印心里咯噔一下,顿时无法再淡定了。如果从社会和人性的角度,他当然希望那样的案子从未发生,但是从行为分析、犯罪心理研究的专业角度来说,那绝对是非常有价值的案例,而且韩印在心里历数国内发生过的多起悬案,"冶矿市连环强奸杀人案"绝对是他最想挑战的!

  韩印看了看表,离下课还有一段时间,他斟酌了一下,冲面前的学生们抱歉地微笑道:"我知道同学们很期待接下来的案例讨论,但今天要和大家说声抱歉了,因为有件正在发生的案子需要解决,所以……下课!"

◎第二章　现场重建

冶矿市，位于我国西北部，是一座矿产资源、煤炭资源丰富，以有色冶金为支柱产业的重工业城市。其总面积约1.8万平方千米，人口近百万，大致有三分之一的人口都服务于有色冶金企业。

按照以往办案惯例，在条件允许的情况下，即使当地警方已经有很详细的现场以及物证等勘查和检验报告，支援小组还是会再度对现场进行重建，通过模拟犯罪深度挖掘有可能被基层侦查员和技术人员忽略的物证，同时让犯罪行为的剖析更加直观和立体，所以韩印在火速赶到当地与支援小组会合后，立刻在冶矿市刑警支队支队长刘富志的陪同下赶赴各个犯罪现场。

冶矿市内下辖向阳和富平两区，凶手前八起作案集中于向阳区，只有本年度两起案件出现在富平区，由于时间较近，犯罪现场保持完整，一行人便先奔后者而去。

两个案发现场相距不远，大致没超过1千米的范围，周边分布有多家中小型工厂，住宅区以厂矿家属楼和低档开放式社区为主，大都没有安装防盗门，摄像监控探头更是少见，不知道这是不是凶手转移作案区域的一个原因。

无论是外观，还是内部布局，"1·20"案现场的楼房都要相对好一些，但建筑时间也有十几年了。双南向两室一厅的房子，一开门是客厅连着厨房，卧室在厨房的两边，大片血泊主要集中在客厅接近门口处，而门上、地板上和门两边的墙上，也留有不同程度的血溅痕迹。仔细观察血迹特征，可以看到血滴比较密集，形状大小相似，方向也一致，血迹细端均朝斜上方向，符合颈部动脉出血形成的中速喷溅状。这表明该案中的致命切割，是发生在受害人开启房门的一刹那，受害人当时是面对房门的，也就是说，凶手是从受害人正面发起的攻击。

接着，扭曲的血迹走向显示，凶手当时是单手拖行受害人的，情绪中没有丝毫的怜悯，就如拖着一只死猫死狗。受害人被拖行至厨房边停下，白色标记线精确勾勒出尸体方位和体位，结合先前现场勘验报告，可知受害人当时是双乳裸露，双腿最大限度地张开，下体完全赤裸，私处正朝向房门处。这显然非常刻意，就好像凶手觉得必须把她不为人知、羞耻的一面暴露给全世界，让世人一道来羞辱和鞭挞……

当然，对凶手来说仅仅羞辱是不够的，他还要摧毁她，于是才有了他用锐器一次又一次疯狂地捅刺受害人尸体的行径。通常这种过度的杀戮行为，如果只是系列案件的偶然因素，会被视为凶手的初始犯罪，是一种稚嫩和混乱的体现；但一旦延续下去，形成在犯罪中非必须而凶手执意执行的动作，则有可能是一种愤怒与性压抑的体现。这种心理动因并不鲜见，韩印在包括"羊泉系列杀人案"在内的许多案例中都看到过。

总的来说，这起案子无论从犯罪惯技还是犯罪标记方面对比，都与前面的案子大致相同。

而"3·4"案的现场，是在一座厂矿家属楼内。尽管年代很久了，但条件还算可以，不像那种比较常见的筒子楼，做饭和上厕所都得在楼道内，只是它的室内空间很小，布局比较狭窄。进门是一个走廊，然后直通做饭的小阳台，走廊右手边是卧室和一个非常小的厕所。大面积的血迹也是聚集在门口处，但喷溅状的分布和运动方向则与上一起案子截然相反，虽然门上也留有一些类似喷溅的血迹，但明显比较分散，形状大小不等，看起来应该是凶手挥动凶器所留。总之，还原案发经过：受害人当时应该是刚迈入家门，凶手在她背后发起突然袭击。

接下来，凶手宣泄畸变心理的附加过程，与上一起案子差不多，只是多了一个环节——他在受害人颈部系了一条红布，这是对犯罪标记的一个补充，也是对幻想的一个完善，当然意味着他还会再次作案……

综合以上信息，支援小组对凶手的个性特征有了初步的认识，同时引发几点疑问，需要深入分析：与当年一样，凶手实在太谨慎了，复出作案选择的是一个低风险区域，而且首次作案，是先敲开目标房门再实施犯罪的做法，这显然更加稳妥。那么，他是如何取得受害人的信任敲开房门的呢？他们有可能相识吗？凶手在犯罪中的标记动作，则映射出他内心对女性深深的愤懑和怨恨，那么他的刺激源是什么人或者事件呢？受害人脖子上系的那条红布，又有何种寓意？是与受害人有关，还是只与凶手的幻想有关？

向阳区是冶矿市政治经济文化中心，政府机构、各大银行分行、企业办公总部、豪华酒店、高档购物中心等，都设置于此地，住宅区大都经过重新规划，新建商品房较多，老房子几乎被拆光了，原先的所谓犯罪现场基本都不存在了，得以保留的只有第二起"94·7·27"案、第五起"98·7·30"案、第八起"02·2·9"案的原址。

"'回春'，算得上冶矿老字号，它的历史甚至可以追溯到20世纪三四十年代，后来经过一系列迁址、改建、更名以及转卖，直到20世纪80年代末期才又被向阳区政府翻建，并恢复原字号'回春宾馆'，'02·2·9'案的受害人就不幸死于这家宾馆三楼的一间长包房内。"刘富志向支援小组介绍说，"这里曾经也算得上向阳区颇有档次的一个休闲娱乐住宿场所，客房、餐饮、歌厅、洗浴等一应俱全，着实红火了一阵，当然随之而来的就是进出人员构成相当复杂，也为当年办案带来很大困难。不过就跟很多国有和集体所有制的酒店宾馆一样，随着大量国外连锁以及本地民营酒店的涌入和崛起，回春宾馆最终未逃过倒闭的命运，几年前它再次被转卖给一家民营企业。"

站在如今已是面目全非、正处于新一轮翻建中的回春宾馆前，他们认为这里实际上对案件侦查意义已经不大，但刘队介绍的这番历史，还是能让支援小组多少捕捉到一些蛛丝马迹。

而第二起"94·7·27"与第五起"98·7·30"案件，都发生在冶矿市供电局院内，前案受害人是食堂的临时工，案发时刚参加工作不久，住在大院北大门左边的宿舍楼里。这里现在仍是供电局职工宿舍楼，单身的住在二楼，受害人当时住的就是二楼最里面的房间。而后面的案子受害人是个小女孩，父母当时也是刚调入供电局时间不长，一家人住在大院北大门右边的计量所楼内。这栋楼现在也没什么变化，主要以办公为主，当年受害人一家是因为还没分到房子，暂时过渡住在这里的。两栋楼都临街，但进出口在大院内，外人进楼内必须经过北大门，而且凶手必须非常了解两名受害人以及家属的作息情况才行，这是不是意味着凶手与供电局有某种交集呢？

"刘队，供电局除了这个临时宿舍楼，有没有家属大院什么的？"韩印站在供电局北大门外，注视着两边的大楼，沉思了好一阵子，才开口问道。

"有，不远，就在那边。"刘队向供电局西边方向指了指，"现在已经规划成商品房小区了，不过相关配套设施还未完全建好，还没有住户。"

"那原来的住户是回迁，还是领补偿款另选住地？"

"估计是回迁吧，谁不想要市中心的房子啊？"刘队模棱两可地说，"不过也说不好，得找人具体了解一下。"

"要越详细越好。"韩印皱了皱眉，叮嘱道。

"行，没问题。"刘队冲韩印点点头，顺便冲顾菲菲强调了一句，"顾组，有任何信息需要核实和了解的你们都尽管提，队里会全力配合的。"

顾菲菲"嗯"了一声，谦和地说："那麻烦您了！"

"客气啥，应该的！"刘队大大咧咧地说。

马不停蹄，一鼓作气，走完办案的首要流程，回到下榻的宾馆时，几个人都已筋疲力尽，他们谢绝了刘队和市局领导设宴款待的美意，在宾馆旁边的快餐店随便对付一餐，便回了各自的房间。

不过在分配房间时闹出一点小插曲，"领衔主演"的是杜英雄。

冶矿市局在接待方面考虑得很周全，为几个人各自准备了一个房间。但拿到房卡后，杜英雄非要让前台给他和韩印换一个两张床的标准间，还口口声声嚷嚷着说："主要是为了方便和韩老师讨论案情。"

韩印倒无所谓，但顾菲菲知道他喜好安静，尤其是研究案子的时候，便白了杜英雄一眼，说："行啦，赶紧回你自己房间去，别打扰韩老师了！"

"你懂不懂事啊，人家韩老师需要独立的空间做侧写报告，你跟着捣什么乱啊！"艾小美说得更加直白。

"我肯定不捣乱，我就是想近距离观察，想多学习！"杜英雄举双手保证着。

"让你怎么住就怎么住，再废话我让前台立马给你出一张回去的机票，你信吗？"顾菲菲不为所动，没好气地说。

"那……行吧。"见顾菲菲有些动气，杜英雄蔫头耷脑极不情愿地小声嘟囔着。

"没事，真的没事，我愿意和小杜住。"韩印打着圆场说。

"哎，不对啊，我才反应过来……"艾小美冲韩印问道，"韩老师，你们俩怎么突然走得这么近了，到底什么情况啊？"

"啊……"韩印愣了一下，瞅了杜英雄一眼，说，"小杜没和你们提过？"

"没啊！"艾小美扭过头，指着杜英雄的鼻子，瞪着大眼睛审他，"说，什么情况？"

"没啥啊！"杜英雄故作神秘，暧昧地笑笑，解释说，"我不是中枪住院了吗，医生说我至少要休养几个月才能重新上岗，我一想那时间白白浪费挺可惜的，于是问韩老师要了些资料，学习下犯罪心理分析的实际应用，也算充实自己，将来弄个文武双全啥的！"

"嗯，还算知道长进。"顾菲菲缓和了脸色，冲杜英雄微笑一下，接着又转向韩印，"他成吗，是那块料吗？"

"特别好。小杜本身学犯罪学的，相关的心理学都学过，有理论基础，而且他不缺乏实践，有办案经验，从某些方面来说，比在校生更容易成才，我也就是有针对性地挑一些案例给他看，让他自己琢磨，然后再和我交流讨论，反馈的结果我很满意。"韩印从不说场面上的话，一番诚恳的表态说明他真的对杜英雄比较认可。

见韩印对自己评价如此之高，杜英雄倒有些不好意思，做出一副谦虚的模样，说："主要是韩老师的案例做得十分精细，每一个小细节都有详尽的标注，特别容易让人接受。"

"好啦，今天就算了，不在这一会儿。都够累的，各回各屋，抓紧时间休息！"顾菲菲冲着俩孩子说，也跟韩印饶有意味地对视一眼，体贴与关心之情尽在不言中。

说是回房间休息，但是怎么可能呢？以往也都是如此，一旦进入办案状态，韩印的睡眠便少得可怜，也不是他不想睡，而是脑袋里一下子承载了太多复杂繁乱的东西，他又总是急于在最短的时间内把它们梳理清楚，更何况当下面对的可以说是一起"史无前例"的案件！

纵观国内外犯罪情节类似的系列变态强奸杀人案例，包括最为人们熟知的发生在英国白教堂地区的"开膛手杰克案"、美国的"波士顿扼杀者案"与"BTK连环虐杀案"、亚洲邻国韩国的"华城连环奸杀案"，以及目前着手侦办的"冶矿市连环强奸杀人案"，无论是它们的犯罪手法、受害者人数，还是残忍变态的毁尸行径，都称得上惊世骇俗，当然最为吊诡的是，除了"BTK杀手"在距首次作案31年后落网外，其余皆为悬而未解之案例。

那么通过横向比较总结，可以看到：整个系列作案中，所有案件都发生在傍晚之前，甚至大白天上午的，所有皆为风险最大的入室作案，所有目标受害人无一活口的，恐怕仅此"冶矿市连环强奸杀人案"一例了。尤其初始作案与末起作案的时间跨度，以及中间停顿至再次作案的冷却期长度，都是绝无仅有的。

而对于剖绘本案凶手最大的难点，在于他时隔十几年重新作案，显现出了与以往截然不同的人格特征——前面八起案件中，凶手保持了他一贯的风格，低调、冷漠。就像"波士顿扼杀者"与韩国"华城连环杀手"一样，他们始终追寻着自己的内心，丝毫不理会外界的言论。但第九起案件，凶手复制了初期案件的手法，似乎是在高调宣示他的回归，而紧接着在第十起案件中，他又完善了犯罪标记的环节，看似想证明什么，或者欲要考验和挑战警方的能力，所以说后两起案件凶手表现出的人格特征与"BTK杀手"有相像之处，他们都怀着被社会和民众强烈关注的渴望！

当然，就如犯罪侧写本身的属性一样，它不是科学，只是运用相对科学的方法来总结、归纳和演绎，没有严谨的必然性，凶手完全有可能随着年龄的增长、经历的变迁，而产生不同的占主导地位的应激反应。就像前面提到过的"羊泉系列杀人案"，在整个案件中，凶手经历了由纯粹的宣泄愤怒，到企图挑战警方以获取成就感的欲望升级，不过这只是一个方面的案例，并且笼统来说这种转变并没有超出反社会人格的范畴。而本案的难点就像刚刚说的，凶手的个性转变是对立的，如此韩印就需要找出两个不同的刺激源……

另外，韩印还有种感觉：这一次的办案氛围十分微妙，似乎所有人当着他的面都在刻意回避案件的紧迫性。尤其是刘队，看样子至少有50岁，据他自己介绍，自始至终都参与了案件调查，想必没有谁会比他更迫切地想要抓到凶手。可是白天的交流中，他一直小心翼翼掩饰自己的情绪，这反倒让韩印感到心中压力重重——20多年的警匪追踪较量，伴随着一个又一个生命的凋零，凶手却总能安然逃脱，而这一次很明显所有人都把破案的希望寄托在韩印身上。说实话，虽然他确实屡屡成为终结者，但是他不习惯被当成救世主，这很容易被摆上神坛，不符合他一贯追求低调的性格；同时，如果案件稍有闪失，也极易被一棍子打死，成为讨伐的中心……

　　韩印脑子里乱糟糟的，正胡思乱想着，手机响了，接听之后，不无意外地传来顾菲菲的声音："还没睡吧？明天一早我和小美去支队技术处，找找物证方面的线索。你有什么安排，需要我和刘队通通气吗？"

　　"不用，我明天带小杜逛街去……"韩印出人意料地答道。

　　"噢……那好吧，知道了。"电话那头的顾菲菲沉默了一下，应该是有些诧异，但随即淡淡地应了一句，她当然明白，韩印的安排绝不只是逛街那么简单。

◎第三章　旧案足迹

支队技术处，法医科。

接待顾菲菲和艾小美的，是一位自我介绍姓王的男法医。他个子不高，头发稀稀疏疏，以白发居多，脸庞干瘪，皱皱巴巴的，看起来颇有些年纪，估计也从头到尾参与了整个案件，只是不知道这年届退休又遇到旧案重演的老法医会是一种什么心情。

老法医倒是很专业，个性精干，客套话不多说，便把两人带到集存储与尸检于一体的解剖室中，接着又从一排冷藏柜中接连抽出两个紧挨在一起的抽柜，指着里面的尸体，声音洪亮地介绍道：

"早先的受害人，是专职家庭妇女，丈夫和女儿都有正常工作，白天就她一个人在家。凶手应该是敲开门，砍断了她左颈部的总动脉，导致失血性休克死亡。身上的刀伤都是死后又补上的，凶器刃长在10厘米左右，宽约2.5厘米，厚度不超过0.4厘米，从规格上看可能是一把折刀。"

"携带很方便，也不会惹人注意。"艾小美轻声插了一句。

"是。"老法医点点头，指着另外一具尸体继续说，"这个是在星级酒店做客房服务员的，丈夫是煤电厂工人，儿子在外地读大学，受害时为刚下夜班。死亡原因也是动脉大出血，身上的刀伤创口、分布特征与上一起以及早些年的案子都很吻合，每一刀都深及刀柄，彼此没有重叠，很冷静，很残忍。"

犯罪心理档案第三季

"每一刀都是享受，所以他会铭记于心的。"顾菲菲面色严肃，冷冷地接下话道。

"嗯。"老法医凄然笑笑，说，"这后一起案子，我们在现场发现了一根阴毛，可能是凶手在现场面对尸体摆弄下体时掉落。你也知道阴毛都是带毛囊的，做DNA检测很简单，比对结果也确实符合先前的案子，所以我的意见是并案处理。"

稍后，在技术科，顾菲菲看到了系在受害人脖子上的那块红布条。
一位模样清秀的女技术警员介绍道："布条系法类似女士系丝巾的手法，长及受害者胸部上方，两侧沾有血迹。另外，布条是新的，但被凶手处理过，上面没有指纹和其他物证线索，切口也整齐细密，应该是用剪刀从一大块红布上剪下的。队里正在调查红布的出处，还有那把刀，我们也在找售卖的线索，目前都还没有进展。"

"这样看，红布条是凶手带至现场的，属于幻想的一部分。"顾菲菲总结道。

"应该……是吧。难道是他曾经看到过受害人戴丝巾，于是受到了刺激？"女警一脸疑惑，自问自答道，"可是据家属说，受害人虽然有在冬天系丝巾的习惯，但从没系过红色的。"

"幻想不一定就是针对受害人本身的，变态连环杀手，基本属于'移情'罪案，也许是他痛恨或者幻想的某个女人有戴红丝巾的习惯！"艾小美一副专业做派，故作深沉地说道，然后郑重地望向顾菲菲。

见小丫头学韩印的派头学得有模有样，顾菲菲心里发笑，但面上还是重重地点头回应，然后又冲女警员问道："'98·7·30'案，受害人是被皮带勒死的，那皮带……"

"噢，皮带是这个样子的。"女警员在电脑上打开一张存证照片，说，"是受害人家属的，跟凶手没关系，没发现可追查的线索，不过您要是需要，我可以去物证库领给您再检测一遍。"

"不必了，我相信你们的工作……"

国内几乎每座城市都会有一条"人民路"，这条路又往往都是城市中高端金融商业区域之一，林立着各式风格的高楼大厦，一座比一座耀眼，一座比一座高耸，似乎只有这样，才能体现出城市的繁华。冶矿市也不例外，韩印和杜英雄此时就走在这条位于向阳区中心地带的宽阔平直的人民路上。

干冷的天气，在街上溜达实在不好受，杜英雄缩着脖子，抱紧双臂，把皮衣兜帽扣在脑袋上，一脸的无奈。自从早上韩印说要出来逛逛，他就一直很纳闷，这溜达了一会儿，也没看出韩印要干什么，便终于有些绷不住，以天气为由头，试探着说："都3月中旬了，冶矿怎么还这么冷，早知道多带点衣服过来了。韩老师你要去哪儿，要不咱打车吧？还能暖和些。"

稍微走在前头的韩印，扭过头瞅了瞅自己身上，又瞅瞅杜英雄身上的皮衣，温和地笑笑说："咱俩穿得差不多，我怎么没觉出冷，你是耐不住性子了吧？"

"没……不，不是……"杜英雄忙不迭地否认，一脸谄笑，接着试探道，"我知道您带我来这儿，肯定有用意，就和我说说呗！"

"呵呵，好吧。你知道犯罪侧写作为心理学的一种应用，它最恰当的属性是什么吗？我个人认同FBI侧写专家罗伯特·雷斯勒的观点，把它当作一门艺术，而艺术是需要微妙的直觉和创造力的！这两样，书本上的理论和我给你看的那些案例是给不了你的，需要有真实的生活、经验以及实践的累积，这也是普通与优秀犯罪侧写师之间的区别。"韩印没有解开杜英雄的疑惑，却又自说自话了一大堆似乎与案件不沾边的话，当然这只是铺垫，随即他双手向前挥了挥，比画成马路的模样说，"从案情上看，前八起案件在犯罪手法和犯罪标记上，或多或少都会有些差别，唯一的共同点，就是这条人民路。你仔细看看方位图，会发现那八起案件全部都是以这条路为中轴展开的。"

"噢，那您是要沿着凶手的足迹，实地走一走了？"杜英雄终于有些开窍。

韩印点点头，语重心长地说："说实话，这次冶矿之行恐怕是我们最棘手的一次办案，我心里也不是很有底，我确实需要走过凶手走的路，这样才能看清他到底想要什么。"

"呵呵，刚刚没好意思说，其实我心里有点自作多情，"杜英雄憨憨地自嘲道，"还以为你是专门为了训练我才来的。"

"当然，这对我们俩都是很好的学习和锻炼机会。"韩印谦虚道，想了一下，接着问，"那就考考你，还记得我给你看的关于杨新海的案例吗？"

"记得，是那个流窜河南、河北、山东、安徽四省，杀67人，强奸23人的杨新海吧！"

"那还记得案件的犯罪地理侧写有什么特征吗？"

"嗯……"杜英雄稍微回忆一下，缓缓说道，"他从不在城市作案，所有的案件都发生在郊区，或者更偏远一点的农村，但是他会用盗窃来的钱到城市消费和享乐，应该是缘于他认为自己对农村的环境更熟悉吧？"

"熟悉环境当然是一个方面，但其实也有个自信心的问题。"韩印深入解释道，"杨新海出身贫寒，生活窘迫，外在条件比较差，潜意识里总有很深的自卑感，加上他是典型的反社会人格，导致他对城市怀有又愤恨又自卑的心理，所以农村是他作案的心理舒适区域，而到城市住宿、奢侈消费以及找三陪，在他看来是一种征服和报复。"顿了一下，韩印说回此行正题，"借由那个案子说说吧，站在都市气息这么浓厚的地方，你看到了什么？"

杜英雄沉默着，望向川流不息的马路，那些着装讲究的上班族，无不行色匆匆，似乎在周围豪华气派的巨型钢筋水泥大楼的压迫下，节奏慢一些，穿着邋遢一点，都会显得与这样的地方格格不入，想必十几二十几年前这里即使没如此繁华，相对来说氛围也还是一样的。凝神思考片刻，杜英雄开口说道："凶手前后二十几年反复在人民路附近疯狂作案，屡屡得手，来去无踪，是因为他熟悉这里的每一条大街、每一条小巷，他能够很自信地融入这里的气氛，他必定在这里长时间生活或者工作过……"

"只是这样还不够，我认为他应该就是'生于斯长于斯'的！"韩印紧跟着加重语气补充道。

"可他为什么又跑到富平区作案，是因为生活和工作重心转移到那儿了？"杜英雄追问道。

"也许吧，只能说可能性比较大。"韩印模棱两可地答道。

"那个……韩老师，我有种感觉，要是说错了您别生气。"杜英雄见韩印言语含糊，便也支支吾吾地问，"我很少看到您这样，怎么一直觉得您对后两起案子有些漫不经心呢？"

"也——不——是——啦！"韩印故意拖着长音，似乎要强调没有厚此薄彼，"前面的案子虽然时间比较久远，但我觉得更能体现凶手的个性特征。"

"好吧，咱现在从哪儿开始走？"见韩印在有意识地回避问题，杜英雄便乖巧地适时岔开话题。

"犯罪现场昨天都看过了，今天主要是观察现场周边的环境，看能不能找出凶手寻觅和跟踪目标的固定模式。"韩印从背包里拿出一个平板电脑，按下电源键很快便调出一幅案发方位图，"既然所有犯罪都是围绕着人民路的，如果按一贯的方法，那也许会跟这条路有关，咱们就先在人民路上随便走走吧。"

人民路是一条南北向的主干道，南至兰田路，北至冶金路，全长2.5千米左右，韩印和杜英雄就在这条路上抱着平板电脑走走停停。每到一个人民路与犯罪现场相交的区域，两人便会停下来仔细勘查一番：先是利用测量工具在电子地图上标注出精确的直线距离，然后会观察周边的公共设施和建筑，比如公交系统、居民住宅区域、政府、企事业单位或者商业办公大楼等，试图确定多起犯罪区域外部的交集之处；同时调阅冶矿城区的历史资料和当年犯罪现场的外部存证照片，与现在做一些比较，以免因城区重新规划、周边环境改造过大而出现认识上的偏差。当然这期间，两人也会结合地理特征与案情显示做一些探讨……

此时，又一次站在回春宾馆的原址前，杜英雄情绪激动地感慨道："说实话，咱们总说'智者千虑，必有一失'或者'没有完美的犯罪'什么的，可冶矿这个案子，前前后后整整十起，凶手竟然没出过一点岔子，也没有任何搅局者和目击者。而且以他作案的方式，衣服上不可能不沾染血迹，可也从未被人发现，不得不说整个作案的过程真是太完美了，运气太好了！"

"倒不必这么夸张，只能说凶手的耐心和谨慎是超乎想象的！"韩印笑笑，淡淡地说，"你刚刚的观点，只是我们一下子看到所有案情记录的直观感觉，似乎凶手只要确立一个目标总能轻易得手，可是深入分析，你就会发现前面的几起案件跨度长达14年之久，除了1998年比较密集，其余的都至少要一年才出现一起，这其中肯定会消磨掉城市的紧张氛围，以及民众的警惕性和关注度。再有，凶手跟踪过的目标绝不会只有我们看到的这几个受害者，可能出于谨慎心理和作案条件限制等因素，他放弃过的要远远超过受害者人数的十倍甚至几十倍。当然，他的运气也的确太好了点，尤其是供电局和宾馆的案子，竟然没有任何人注意到他，确实有些不可思议。"

"对啊，太神奇了，所以我觉得那三起案子对确定凶手身份，有比较大的参考价值。"杜英雄显然耿耿于怀，经韩印这么一提，他立刻抢着说，"就像您先前说的，供电局两起案子，必须满足两个因素——凶手能够熟悉而不引人注目地进入供电局，还有他必须充分掌握受害者及其同伴或者家人的作息情况。

"比如，首先，他知道她们一个是住在宿舍二楼走廊尽头的房间里，一个是住在计量所办公楼四楼的414室。然后，他知道前一个受害者在食堂工作，与正常上班作息时间不同，所以才会在下午2点多钟出现在宿舍，而那个时候周围宿舍里的人都在上班。最明显的是后面的也就是小女孩的案子，她妈妈当时在调度中心值班，爸爸在出计量外勤，下班到家的时间要稍晚一些。另外，小女孩家住的计量所楼内大多是办公的科室，工作时间人多眼杂，他肯定不敢贸然闯入，于是他选定了傍晚6点左右这么个作案的时间段，那时候下班的人也该走完了，小女孩的爸爸又正在下班回来的路上。如此精准算计，他得多了解小女孩父母以及楼内的情况啊！所以我觉得供电局的两起案子，非尾随作案，而是有充分的预谋。

"我看过卷宗，知道当年冶矿警方已经对供电局所有男职工采集过指纹，似乎可以排除内部作案，不过我也了解到，当时局里有2000多名职工，男的占三分之二，这样庞大的一个数据，在采集过程中难免会有疏漏。一些领导和领导身边的人，可能会有特殊化的情况。再有职工家属方面，有业务联系经常出入供电局的人，以及供电局周边住户，其实也都不能排除。总之，我认为凶手肯定与供电局有着某种联系，我想您差不多也这样认为，所以才会让刘队提供详细的家属楼情况。"

杜英雄停下话，望向韩印，见他点点头，轻声"嗯"了一下，也不知道是赞同杜英雄的观点，还是对他这么详尽深入的一个研究颇为欣赏，反正杜英雄很受鼓舞，又自信满满地接着说道："回春宾馆的作案，凶手肯定也需要事先对宾馆内部有一个了解。咱们都知道，其实大多数连环杀手都是不名一文的家伙，当年这宾馆好歹也算中高档次的场所，凶手个人不一定消费得起，所以内部人应该被列为首要嫌疑人，然后再考虑当时的住客和在洗浴、歌厅等楼层消费的客人。

"综上所述，凶手也许是供电局家属或者周边的住户，但同时也在回春宾馆工作；或者正好相反，在回春宾馆附近居住，在供电局工作；又或者他在供电局工作，偶尔会因为单位的关系到回春宾馆消费……"杜英雄正说着，突然又停下来，斟酌片刻，才总结似的说道，"其实我心里比较认同凶手是一名汽车司机，他作案后可以以最快速度进入车内，这样即使身上沾点血也很难被人发现。由此，如果把范围再缩小一些，我大胆一些推测，他可能是供电局的司机。这就符合了他作案的时间大都选在白天，又总是在工作日，因为汽车是他很好的隐蔽，休息日可能需要把车交回单位。哦，我查了一下，宾馆案案发当天虽是周六，但临近春节，国家统一调休，那一天也是工作日。"杜英雄最后特意补充道。

"这个想法不错，可以让刘队调查一下供电局的司机，不过我其实有一点点不同的意见。"韩印一脸欣慰，是真的觉得小杜这次复出确实比以往老到了许多，但他自己对回春宾馆的案子，早就有了比较成熟的看法，"小杜，不知道你发现没有，整个案件中，包括宾馆的案子，有几起是没有提取到凶手指纹的，你仔细看一下案发时间，就会发现它们都发生在冬季，这就说明不是因为凶手变聪明了，而是因为天气太冷了，他需要保暖。以此来说，凶手当时应该是来自宾馆外部，至于你说的'司机的身份'，还是很值得探究的。"

本来对刚刚那一通酣畅淋漓的分析，杜英雄心里还有那么一点点小得意，但没想到韩印只通过一个微小的细节，就几乎把他的推论推翻，而那些东西明明都记载在卷宗中，他却从来没有注意到。他真的不得不佩服韩印对案件细节的钻研，也再一次深深体会到，自己还差得很远很远，便一时呆住了。

见杜英雄站在原地发愣，韩印赶紧开解说："道理总是越辩越明的，把想法说出来大家一起探讨只会对案件有益，出现小失误也是正常的，我觉得咱今后要经常这样讨论！"

"好啊！好啊！"杜英雄回过神来，似乎被调动起足够的积极性，"那就先前的问题，我再问一下：如果凶手不是自己开车作案，那他是如何从容离开现场，而不被人发现身上的作案痕迹的？坐公交车或者打车应该不太可能，难道会是骑自行车？"

"做到这一点应该不难，他完全可以效仿杨新海，作案后选择徒步远离现场。"韩印应答道。

"对啊，如果他真的住在人民路附近，那他的住处距离所有犯罪现场都不算太远，差不多一个小时足够了！"杜英雄恍然醒悟，想了一下，接着又问，

"其实,就犯罪手法娴熟这一点,我原先还有一种设想——凶手从一开始作案,手法就干净利落,也从未失过手,他会不会有犯罪前科或者军队服役的经历呢?特别是冶矿市有很多军工企业,他会不会退役或者转业之后隐身在那些企业中,所以很难追查呢?"

"这我倒是觉得未必。不排除他犯过点别的事,但肯定没被逮到过,不然这么多年冶矿警方早就把证据串联起来了。再有,他不需要专业的训练,以前我说过很多次,永远不要质疑变态杀手利用凶器的天赋和能力!就如'BTK杀手',首次作案便是毫不拖泥带水地杀死一家四口……"韩印说。

午后,风云突变。

天空霎时间乌云密布,转瞬落下淅淅沥沥的雨丝,但冶矿这座小城并没有因此而清爽起来,反而重新蒙上了凶杀案的阴影。

这一次,凶手又窜回向阳区,案发现场为向阳区工农路309号祥瑞家园(棉纺厂家属院)144号楼301室,与人民路仅相隔不到1千米的距离,所以身在附近的韩印和杜英雄接到消息赶到时,刘队和顾菲菲等人还在半路上。

湿冷的天气,屋子里尤为沉闷,血腥的味道显得愈加刺鼻。房子是南北向的,一个20多岁的年轻女孩头南脚北倒在客厅中间的一片血泊中,颈部被切开,裤子被扒至膝盖处,脖子上系着一块红布条;一双布满血丝的大眼睛,努力睁着,瞪向天花板,眼神无辜而又诧异!

"据报案人——受害人的姐夫介绍:受害人叫刘艳杰,28岁,棉纺公司工人,今天轮休,平日与父母同住;父母原是棉纺厂老职工,最近一段时间因死者姐姐刚生完小孩,两位老人去伺候月子,故受害人暂时独自居住。"

先前赶到现场的派出所民警介绍完受害人情况便走开了,韩印点点头道声辛苦,接着在房间里四处转了转,然后走到尸体旁边,蹲下身子,盯着受害人的脖子,仔细端详起来……

没过多久,刘队和顾菲菲,还有法医以及艾小美等人也赶到了。韩印面色平淡地和顾菲菲对视一眼，起身闪到一边，顾菲菲和法医便开始了一系列的现场初检。

死因简单明了：受害人颈部大血管被割断，失血严重，双眼出现点状血斑，周围血痕多为喷溅状，初步判断为大量内出血，形成血肿，压迫气管导致窒息死亡。

另外，肝温显示死亡时间在上午9时30分左右，手臂上没有挣扎划痕……现场勘查员在房间里提取到数枚指纹，从方位看可能都是受害人和家属所留，具体还有待比对，除此再无有关凶手的物证发现……

顾菲菲乍一进屋，便留意到韩印当时的眼神，她顺着那眼神将视线放到受害人脖子处系的红布条上。须臾她便有了答案，站起身蹙着眉冲韩印说："红布条系法不一样，就是简单地交叉系了两个结。"

韩印微微颔首，微笑一下："交给刘队吧，咱别浪费时间了，是模仿作案！"

"别、别、别啊！怎么就模仿作案了呢？"一旁的刘队赶紧拽住韩印，满脸诧异地说，"作案手法很像，作案时间段与前一起差不多，受害人性别年龄与早些年的相符，尤其是系红布条的举动，更能说明问题——前面那起案件，案情具体内容是严格保密的，外界只知道凶手又出来作案了，但根本不知道红布条的存在，系法有别也许是因为当时太匆忙了呢？"

韩印没急着回应，望向对面的杜英雄，从包里拿出平板电脑，调出案情记录递了过去，然后轻轻扬了扬下巴，淡然地说："你觉得呢？说说看！"

杜英雄接过平板电脑，明白这是韩印给他的提示，便赶紧滑着荧光屏翻看起来，大脑也随之迅速整理了一下思路，然后说道："假设这起案子也系先前凶手所为，那么纵观整个系列案件，指纹和物证皆无的共有四起，分别为：第三起'98·1·13'、第四起'98·1·19'、第九起本年'1·20'，以及眼前的案件。韩印老师早前已经给过我提示，这可能是因为它们都发生在气温较低的冬季，凶手戴了手套。可是，前三起都出现了显著的标记性行为，比如体位的刻意摆放、乳房与下体的裸露、附加的锐器捅刺尸体的行径，尤其是后面的毁尸手法，几乎贯穿了整个案件。也就是说，唯有眼下这起案件，没有任何指纹、物证以及犯罪标记……"说到此处，见刘队欲要反驳，杜英雄抬抬手，抢着说，"我知道您要提红布条也属于犯罪标记，这是当然，但您也说了，感觉红布条系得很匆忙，其实准确点说是敷衍。他根本无法体会这种行为的意义，这其实是一个非常有耐心、每一道环节都带着快感的仪式……"

"等等……"刘队低头沉思片刻，眼睛飞快地闪烁，然后抬头道，"不对，我记得小女孩与回春宾馆的案子里，凶手就没有残毁过尸体。"

"那个、那个……"杜英雄一时语塞。

"可是那两起案件中都有奸尸行径，这恐怕要比毁尸带给凶手的快感更强烈。"见英雄被刘队反驳得哑了火，韩印紧跟着说，"您刚刚提到的两起案件，以及供电局的另一起案件，从犯罪标记的角度说，执行得确实不够充分，究其原因，在整个系列案件中，唯有此三起不是发生在受害者的私人住所，而是相对公共的区域，所以凶手有所顾忌是可以理解的……还有，您不觉得这个案子的作案时间，与上一起案件几乎在同一时段，有些太刻意了吗？"韩印最后特意强调了一句。

"好吧，我承认我的老观念有点跟不上你们这些年轻人的办案思维，不过若真是模仿作案，那反倒简单了，也必须换个角度来解读眼前的现场状况了！"刘队说自己观念老只是谦虚而已，能坐上支队长位置的人怎可能是等闲之辈，经韩印稍加点拨，他立马清楚地捕捉到接下来的调查方向，"没有破门而入的痕迹，血迹集中在客厅中央，被害人没有反抗和约束伤，说明是熟人作案，这个'熟人'又很清楚上一起案件的情形，那他要么来自咱们内部，要么就与上一起案件的受害者家属有联系。前者可以暂时排除，故意把两起案件的作案时间保持一致，显得太缺乏反侦查意识，所以本案凶手应该就隐藏在受害人的社会交往中，既彼此相识，又与上一起案子受害者身边的人有交集，是这个意思吧？"

"对！"韩印笑笑，用力点点头，以示认同。

刘队又恢复大大咧咧的模样，冲顾菲菲挥挥手说："这案子也算情节特别恶劣，但比起咱办的连环案件可差远了。韩老师说得对，你们不必在这儿浪费精力了，还是把连环案件按照你们的节奏尽快理出一个思路，这边我来盯着就是了！"

"那好，咱们就此分工，有问题再沟通！"顾菲菲回应道。

四人出了现场，进入车里，没有立即开走，而是就上午各自调查的情况大致做了一番交流。之后，手握方向盘的顾菲菲问接下来有什么安排，韩印稍微想了一下，让顾菲菲把他和杜英雄在人民路放下，他们要继续还没完成的地理勘查，然后嘱咐顾菲菲和艾小美回去搜索一下微博和博客，以及一些热门网络论坛，看看能否找到在近段时间对冶矿连环强奸杀人案特别关注的帖子和言论。

当然，如果只有前八起案子，韩印是不会联系到网络方面的，但现在不同了，凶手个性出现极大转变，韩印觉得他有可能会像"BTK杀手"一样，主动通过某种方式与外界取得联系。如果真的在网络中发现他的身影，也许通过IP地址就可以直接追踪到他藏身或者经常活动的区域，即使他很好地隐藏了真实的网络足迹，那最起码也可以与之建立一种交流方式——重要的是，他并不清楚交流的对象是谁。

◎第四章　致凶手信

次日一早，刘队方面传来好消息，祥瑞家园的案子破了。

"与先前的判断一致，凶手是受害人刘艳杰的高中同学，也是'3·4'案受害人刘英的亲侄儿。他因追求刘艳杰多年未果，年初又听说人家准备和新交不久的男友结婚，心里气不过，遂产生报复念头。加之今年3月份刘英遇害后，他曾去安慰过刘英的丈夫，由此得知案件的一些细节，受到启发，于是策划实施了这起模仿作案。"

"人抓到了？"

"嗯，这小子可能感觉到风声不大对，想连夜坐火车逃去外地，被我们在站前旅馆逮个正着。他也是个厌货，还没到队里，半路上便全撂了！"

"那恭喜您，这么迅速就解决了一起大案。"

"哪里，要多亏您点拨那两下，不然就算破案也得费点周折！"

案子破了，自然是皆大欢喜，韩印和刘队相互客套几句，又把话题转到系列强奸杀人案上。

"对了，供电局家属楼那边搬迁的情况搞清楚了吗？"韩印问。

"这个我正要跟你说，他们大多都是选择加点钱，增加些面积回迁的，但也有拿着钱直接走人的，总的来说，情况比较复杂。"刘队收起笑脸，眉心紧皱地说，"我明白你的心思，你应该是认为凶手来自供电局内部，不过你也清楚当年队里已经采集过所有在职男员工的指纹，没有发现凶手，所以你把目光放到家属身上,你其实真正关心的是那些家属的背景信息和目前去向。但这个就更难说了,总共300多户,中间还有换房重新分配的,加之私下转卖出租的,如果你没有再具体一些的范围,查起来就太困难了。"

"没事,这不过是追查的方向之一,还存在着诸多可能性。"韩印态度诚恳地说,"放心,肯定会给您一个更详尽的嫌疑人范围,但还需要一点时间,我希望对这座城市做些更深入的了解。"

"那你忙你的,还是那句话,有需要尽管提——哦,还有件事,"刘队拍了拍脑门说,"供电局司机方面我们也听小杜的建议做了详尽调查,均在早年的指纹采集后被排除嫌疑。"

"这个是我意料之中的。"韩印笑笑,转头刚迈开步子,又赶紧回头叫住刘队,"刘队,您等会儿,刘艳杰这个案子,先不要对媒体透露凶手已经归案的消息,您就含糊地表示作案手法和先前的系列案件一样,其余的别多说,我另有安排。"

"为什么啊?"刘队愣了一下,紧跟着又挥挥手说,"算了,我不问了,总之按你的意思办就是了!"

虽然韩印这种不按常理出牌的行事风格总是给人故作高深之感,但作为刘队来说,巴不得他使劲地折腾,以往那么多年循规蹈矩地办案,到最后也没带来什么结果,这次干脆任由韩印去发挥,越能折腾说明人家越有能力!

不久之后的某天,在上午10点左右,又如韩印所料,艾小美果真在某热门网络论坛上,发现一篇可疑的帖子!

这是一篇点击率超高的帖子,发帖日期是本年1月15日,标题为"写给凶手的信":

"嫌疑人X",我是这么称呼你的,不知道你是否喜欢。为了不忘记你的存在,从一开始我就为你起了这个名字。虽然不知道你是一个人还是两个人,还是更多的人，但为了和你或者和你们相见，我至今花费了不少心思。

作为警察，我觉得自己是受到恩惠的人。自打穿上那身藏蓝色警服，我就一直被委以重任，被我送进牢房的人达千名之多，可是又能怎样，这名单里没有你。

曾经，我几个月不回家，在誓死要把你们抓住的念头下疯狂奔走，哪怕把妻儿的生日忘掉，也能记住你全部的犯罪日期、时间和手法。我有同事过劳倒下，至今半身不遂；还有同事因对疑犯不当审问，而犯下了使疑犯死亡的错误，我也曾因此被解除职位。可就在这期间，你像嘲笑我们似的，从容地再次犯罪。

现在，你一定已经人到中年了吧？有着极端内向无社交性的性格，你结婚了吗？有孩子了吗？网络上讨论你的话题你看到了吗？是会感到彷徨，还是得意呢？

我去了你去过的地方，受害人连9岁的孩子都有，你难道没想到过你的兄弟姐妹，没想到过你将来的孩子吗？那年幼无助的孩子一定向你哀求了吧？我无法得知你那一刻的感受，但作为警察的我是感到万分屈辱和震怒的，我发誓一定要亲手把手铐戴到你的手上。不过我恐怕不能再使用手铐了，写这封信的时候，其实我的警察生涯已经结束了！

不过请放心，这并不能改变我当初的誓言，无论何时何地，无论是平民还是警察，你始终是我用生命去追捕的人！即使有一天我抱憾离开这个世界，也会为你送上深深的诅咒！

请务必不要比我先死，我们必定会见面的！对吧，"嫌疑人X"？

一位会对你追踪至死的退休老警察

得到艾小美的消息，韩印和杜英雄从外边火速赶回队里。看着手里这份打印出来的帖子，韩印陷入深深的沉默。

而艾小美认为自己立下一项大功，掩饰不住一脸兴奋，好容易等到韩印大致浏览完帖子，立刻雀跃地说："韩老师，您看这发帖的日期，是凶手再次作案的五天前，他有没有可能是受到这个帖子的刺激，才重新作案的呢？"

"会不会是凶手自说自话，他不是喜欢被关注吗？"杜英雄紧跟着问。

"我觉得小美和英雄说的都有可能，你觉得呢？"顾菲菲也忍不住接下话，用征询的目光望向韩印。

韩印没有接话，仍低着头，沉思地盯着帖子，似乎在反复确认什么。又过了大概五分钟，他才抬起头，答非所问地说："IP地址追踪到了吗？"

"是，他没有故意隐藏，IP登记在距离冶矿市80千米的蓝州市的一所警察学院名下。"艾小美扬着声音详细说道，"论坛账号是新申请的，没有登记身份信息。发完帖子他很长时间没有再登录过，2月末才又出现，并频繁以老警察的身份与网友互动。但就目前来看，互动的留言中没有特别可疑的。"

"我问过刘队，他也查了一下，整个冶矿市公安系统没有年初退休到那儿任教的老警察。"顾菲菲跟着补充道。

韩印的表情看似并不觉得意外，他摇摇头，哼着鼻子说："哼，那是因为这可能是一场恶作剧！"

"什么？"在场的人几乎同时发出诧异的声音。

"韩国'华城连环奸杀案'你们都听说过吧？"韩印脸上露出一丝苦笑，"2003年，当时该案办案组的一位组长，在行将退休之时，写过一本有关那起案件的自传随笔，便是以类似这样的一封信作为开头的。"

"果真是，也就改了几个字而已！"韩印话音未落，艾小美便噼里啪啦敲了几下键盘，很快在电脑中搜索到那本叫《华城尚未结束》的随笔，然后杏眼圆睁，气恼地说，"怪不得发完帖子便没影了，看中间间隔的时间正好是一个寒假，估计是一个学生发的！"

"我说呢，语句这么别扭，特别不像咱们中国人说话的习惯，闹了半天是被熊孩子耍了啊，白兴奋一场！"杜英雄哭笑不得地说。

"不，未必。"顾菲菲神情严肃，望向韩印，"凶手或许也被耍了呢？"

"对，从时间点和内容上看，这封信有可能成为催化剂。"韩印积极地回应道，"先前我一直在思考，想要为凶手在冷却十几年后找出一个恰当的复出理由，那么假设凶手年初因为某种变故，进入人生的低潮期，他在彷徨和矛盾之时，偶然看了这个网帖，过往的经历带来的满足感、老警察的无奈和痛苦带来的成就感，可能会让他抓到一种逃避现实、彰显自我的方向。"

"也就是说，他肯定也登录过网站，咱能不能从登录缓存中找到他的IP地址？"杜英雄问。

"恐怕不太可能。"艾小美一脸失落地说，"这个网站不需要注册或登录也可以浏览，而且点击量数以千万计，再加之这篇帖子被很多盗链网站转载过，咱现在连他从哪个网站上看到的都很难确认，更别说具体IP了！"

"没关系，我会让他出现的。"韩印安慰小美一句，又冲杜英雄说，"让刘队派个人，你们马上去一趟学院，找到发帖子的学生，让他交出账号和密码……"

"这不用，我直接就破解了！"小美自信地抢着说。

"还是要亲自去一趟，账号不是重点。"韩印继续冲英雄强调道，"你一定要再三嘱咐那个学生，让他从此远离这个帖子，不准向任何人提起，更不准重新注册账号进来捣乱！"

"你是想……"顾菲菲似乎明白了韩印的用意。

"对，就像我前面说的，如果凶手真的关注这个帖子，那我们可以试着和他建立交流！"韩印再次转向小美，慎重地说道，"等英雄那边搞定了，你登录账号，以退休老警察的口气发几个回帖，将祥瑞家园的案子归到凶手身上。以凶手现在渴望博取关注的冲动，他可能会忍不住站出来否认。不过要斟酌用词，语句尽量平和简短，做到能够吸引凶手的注意力即可。"

"那小美你就辛苦一点，时刻盯着这个帖子，出现可疑的回复，争取第一时间追踪到IP地址。"顾菲菲叮嘱道。

"没问题，放心吧！"艾小美握着小粉拳保证道。

杜英雄领命，差不多一个小时便赶到蓝州市警察学院，在校领导的协助下，没费多大力气便找到发帖子的学生。两人全程对话，杜英雄一直目光冷峻，像煞有介事地绷着脸，和学生形成强烈的对比，场面有种说不出的滑稽。

"姓名？"

"付晓七，绰号晓七王子。"

"哪儿那么多废话，问你什么说什么！年龄？"

"19。"

"为什么发那个帖子？"

"想引起大家关注，帮着破那个悬案呗。"

"想法还挺大！账号？"

"'杨春天是我的'。"

"杨春天是谁？"

"我女神！"

"密码？"

"950214，我女神生日。"

"账号密码被征用了，从现在开始，你不准再碰这个账号和帖子，若是发现你又注册个小号进去捣乱，我们绝不会客气。看你将来也想成为警察，首先要懂得严格服从纪律！听明白了吗？"

"记住了，以后我连那个网站都不去了，成吗？您也说了，我将来也是警察，都是内部人，干吗搞得这么严肃？哥，我有点建议能说吗？"

"说！"

"我觉得你们要破冶矿那个案子，应该关注一下1988年之后韩国和咱们国家的出入境记录，看看有没有时间点和作案差不多在同一时间段的。我觉得咱这案子，可能跟韩国'华城连环奸杀案'是同一个凶手。"

"电影看多了吧你，别当警察了，去做编剧吧！"

"哥，你还别不信，我跟你仔细掰扯掰扯……别，哥，你别着急走啊，好容易来一趟……"

◎第五章　雾里看花

深夜，外面的风很大，吹得窗户啪啪作响。似乎与屋内韩印焦灼难眠的情绪相同，整座城市都处于一种躁郁不安之中。

韩印很不喜欢自己现在的状态，他隐隐有种感觉，这一次的案件恐怕是他的能力无法驾驭的，他对这座城市越熟悉，对案情透视越深入，凶手的"形象"在他心里反而愈加模糊。他不得不承认，当把凶手在所有案件中出现的行为整合到一起审视时，他始终无法捕捉到一个完整的"形象"，他看到的不只是个性差异的问题，而是一个异常混乱多变的人格。但这样的凶手在现实中很容易暴露，无法完成如目前所呈现出的，可以说近乎完美的作案。

韩印只得把整合的案件特征掰开了、揉碎了，反复地逐步加以分析。

正如韩印在课堂上教授的步骤，首先来研究一下受害人：

先从年龄上看，小到9岁，中间是19岁到29岁不等，然后比较大的一个是42岁，一个47岁。如果只从数字来看，跨度是相当大的，那么从韩印讲课的理论来判断，凶手的作案应该是针对整个女性群体的。

可是这起案件特殊就特殊在它分两个大的作案阶段，前面是1988年至2002年，后面便是十几年后的今天了。

再来审视一下受害人群体，韩印发现，其实她们主要就是两个年龄段——青年女性和中年女性。而前者集中出现在凶手作案的第一阶段，后者则全部出现在第二阶段。当然韩印也讲过，针对某一群体的作案，凶手有可能会随着自己年龄的增长，去选择更成熟的目标。可是别忘了第一阶段的1988年到2002年，这其中也间隔了漫长的14年，凶手难道不成长吗？这又让韩印做出与上面截然相反的判断，凶手似乎有两个愤怒的中心点，也就是说，很可能有两个具体的报复形象。

回过头来要说说那个9岁的女童，韩印不是故意忽略她，而是因为只从年龄段这个层面上讲，她的存在是无意义的。在以往诸多报复社会或者报复个体和群体的作案中，总会出现孩童的身影。比如被封为"中国版BTK连环杀手"的赵志红和有"暗夜杀手"之称的理查德·拉米雷斯，他们都曾分别对12岁和6岁的孩子狠下毒手，那是因为孩子的形象总是代表着朝气和希望，有着无限的潜能，摧毁了他们就等于摧毁了整个世界和人类最美好的时光。

综上，矛盾之处就在于：凶手作案的目标到底是整个女性群体呢，还是这一群体中某一具有替代作用的个体呢？

接着来看看受害人的背景信息：案件三和案件四的受害人为无业人员，案件五的受害人为学生，其他人基本都有一份正常职业；她们都是品行端正的本地人，生活平淡，少与人结仇；除案件一和案件六两位受害人（两人并不认识）同在冶矿公司工作之外，其余的皆素不相识，在生活中也没有任何利益关系，外貌身材也绝对无相像之处，表明她们都属于低风险的潜在受害人，可以排除使命型作案动机，而更像是一种幻想型和性欲型综合于一体的连环作案。

然后，再来剖析行为证据。

凶手的作案动机是为满足某种幻想，而从犯罪过程上看，这种幻想很明显是基于无法遏制的愤怒和性压抑，而愤怒又是以虐尸和奸尸的形式来实际呈现的。那么反过来通过具体分析受害人的行为特征，能否找出凶手愤怒的根源呢？在这之前，韩印不能回避一份侧写报告，这份报告是由当年的办案组和刑侦总局专家组共同完成的，侧写内容如下：

"凶手估计是1964年至1971年之间出生的，男性，身高1.69米至1.75米，本地人或在本地长期居住，有独自居住条件。此人有较严重的性变态心理或者生理缺陷，特别是具有性功能间歇性障碍症，对女性怀有仇恨心态。其性格特征基本趋向于内向、抑郁、冷漠，不善交际，孤僻不合群，做事有耐心，做事隐蔽性极强。"

这份报告的重点就在于它划分出了凶手的年龄范围和作案的最根本动机，那么韩印又是怎么看的呢？

在整个作案中，奸尸行为是由案件五开始延续至案件八的，其中案件六的法医报告中未明确强奸结论，那是因为受害人的阴部大部分被凶手割走了，无法确认，但韩印认为凶手一定做过。那么由这样的案件特征来看，凶手似乎真的如上面侧写报告中提到的患有生理缺陷，或者准确点说是性功能间歇性障碍症。这样的判断确实具有一定的合理性，凶手因生理缺陷无法与女性建立正常关系，同时又受到女性的嘲笑和侮辱，以至于他的愤怒和性欲望终有一天无法抑制，便以连续的暴力方式展开对女性的报复和折磨。

而案件五之所以成为奸尸行径出现的分水岭，是因为受害人年仅9岁，身体尚未发育完全，女性特征不明显，令凶手面对女性的心理压力有所缓解，从而唤醒他一直以来压抑的性欲望，并成功完成幻想到实践的转化，随后他信心恢复，雄风大振，直至停止作案。那么时隔十几年的今天，因为压力或者挫折，他的生理障碍症状又出现，这有可能是他重新作案但不伴有奸尸行为的一个重要因素。

此外，凶手的另一个标记性动作，似乎也能佐证这种分析：

美国FBI行为分析专家通过对数起系列强奸案的总结和归纳，将强奸行为大致分为四种类型：重获权力型、盘剥型、愤怒型、施虐型。施虐型又可称为愤怒兴奋型，生理功能障碍是它的促成原因之一，如本案羞辱性地暴露受害人私处，对尸体疯狂地捅刺，实质上是一种代替无能性器官插入的方式。

既然明确了根本性的作案动机，所对应的年龄范围就相对容易确定一些。

综合一系列作案动作，凶手具有一定的沉稳性，有一定的阅历，同时也表现出了相当的冲动。如此应把他划为一个成年人，而他又不是特别成熟。如上面侧写提到的，凶手初始作案处于25岁至30岁这么个年龄段还是比较恰当的，当然前后总会有些出入，但理论上出入不会很大。

韩印先研究了受害人，然后又以行为剖绘解决了作案动机和年龄范围，接下来他要试着从组织和社会模式分类的角度，进一步明确凶手的人格特征：

纵观整个案件的特征，本案凶手很明显属于介于有组织力和无组织力之间的一个混合类型。其特点就在于作案前后组织力很强，计划很周全，行动很谨慎，执行标记行为坚决而又癫狂——动作相当冷静，但情绪异常亢奋，进入忘乎所以的状态，以至于在犯罪现场留下指纹或者精液等物证。

此种类型会对应一个怎样的人呢？应该说有可能是一个存在精神障碍，或者准确地说是存在人格障碍的反社会人士，吊诡之处在于他可以很迅速地从某种人格中抽离出来，然后迅速转换到对立的人格当中，也就是说，前一秒他还是杀人恶魔，后一秒他可能是你的同事、邻居，甚至子女或者爱人，一如最近发生的"在电梯中的小女孩虐童案"……

总的来说，通过这一次的复盘，韩印更倾向案件是针对整个女性群体，性是它的主要根源。如果真的如此，韩印可以很容易勾勒出更具体的凶手形象，但有一个很大的疑问堵在他胸口——这样的分析，与十几年前的侧写报告没有根本性的分别，当年以此为侦查范围，专案组几乎搜索了大半个城市，可以说该做的全做到了，那么凶手怎么就漏网了呢？

与电脑相对，一夜无眠的，还有艾小美和杜英雄。

两人在微机室待了一晚上，眼睛熬得通红，耳朵里塞满机器运转的轰鸣声，脑袋被震得嗡嗡直响。中间英雄曾提议轮换着闭一小会儿眼，可小美这丫头执拗的劲又上来了，死活要坚守岗位，搞得英雄也不好意思睡了，只得一杯

犯罪心理档案第三季

接一杯地喝着浓茶陪着。

到了早上，不常用电脑的英雄，眼睛实在受不了，看东西都重影了，便干脆跑到外面透透气。他在支队大院里溜达了一会儿，觉得肚子空荡荡的，想着小美肯定也饿了，便到街上找家小吃店买了些早点。回到机房后，小美接过他带回来的还热乎乎的豆浆，使劲吸了几大口，顿觉胃暖暖的，整个人都舒服了，熬夜盯着电脑的疲惫也卸去大半，便回头想夸他几句，却见这家伙嘴里叼着根油条，竟坐在椅子上睡着了。

英雄这么一睡就是四五个钟头，等睁开眼时他还以为自己只是打了个盹，但看到墙上挂的电子钟，才发现已经上午11点多了，正想歉疚地对小美说点什么，却见她神色紧张，手正飞快地敲击着键盘，貌似有所发现。

"你醒了，快来看看，发现可疑情况！"听到英雄起身的动静，小美赶紧招呼他到电脑前，指着显示器屏幕说。

"是吗？我看看。"英雄迅速凑上前，顺着小美的手指，看到一条没有文字，只有一长串数字和字母的回复，"1247.5YT/5128。"英雄顺嘴念出那条回复，有些疑惑地说，"这种写法的帖子是有点可疑。"

"我刚刚查了一下服务器，用户名差不多是五分钟之前注册的，紧接着就发了这条莫名其妙的信息，然后又立刻下线了，而且用的还是手机，不是凶手还能有谁？"艾小美用肯定的语气说。

"那这啥意思啊？他想说什么？"杜英雄纳闷地问。

"先别管这个，"艾小美挥挥手，"IP地址我查到了，登记在向阳区前进路69号。"

"那我通知刘队，让他立马派人赶过去查查。"杜英雄边说边掏出手机。

杜英雄拨通刘队电话，按下免提，电话那端是一片嘈杂声，得提高音量喊出来，刘队才能听明白他的话。刘队也在那边喊着说："什么？向阳区前进路69号？是刚落成的体育馆的地址，我现在就在这儿啊！为庆祝体育馆正式投入使用，市里牵头办了一场我们和兄弟城市之间的篮球友谊赛，市领导都出席了，我在执行安保任务。"

"妈的，太狡猾了。"艾小美咬着牙，忍不住爆出粗口，"肯定是体育馆为了方便媒体的采访和传稿，暂时把Wi-Fi网络打开供记者们免费使用，竟被这家伙利用上了。"

"比赛结束了没？赶紧把大门堵住！"杜英雄对着电话追问。

"是啊，刚结束，这好几千人，已经走了一大半了，怎么查啊？"刘队在电话那头无奈地应道。

"那算了，他也不一定在馆内，估计在馆外差不多也能收到网络信号，那您把体育馆内和馆外附近能搜集到的监控录像都带回来吧。"艾小美多少有些丧气地说。

"好吧，只能这样了，这小子还真是不好对付！"刘队也难掩失落地说道。

挂掉刘队电话没多久，韩印和顾菲菲闻讯赶到，几个人对着"1247.5YT/5128"这么一串数字和字母，研究了好一阵子，连午饭都没去吃，什么莫尔斯电码啊，电报码啊，等等，都讨论过，又相继被排除，反正最终也没弄出个所以然来。刘队带着监控录像资料回来后也加入讨论，他觉得有可能是队里办过的某个案件的档案编号，结果一问也不是，但可以确认的是，这应该是凶手在用自己的方式传递信息。

这么多人卡在这一个问题上也不是办法，顾菲菲便将解谜的任务交给艾小美和杜英雄，同时让两人把刘队带回来的监控录像仔细过一遍，看能否发现行踪可疑的人。刘队接着插了句嘴，问韩印和顾菲菲接下来要干啥去，韩印吐出四个字"坐公交车"。

其他人都各自去忙了，机房里又只剩下两个小家伙，英雄提议让小美到网络上搜搜，也许能找到有关那串数字的线索，他则在另一台电脑上看监控资料。小美当然举双手赞同，倒不是因为看录像枯燥，而是刚刚当着那么多人的面她没敢说，她觉得好像曾经在哪儿看过类似的一组数字，但一时实在想不起来。

　　各自分工后，英雄开始专注地盯着显示器屏幕，而小美开始噼里啪啦地敲击起键盘来。大概过了两个小时，两人都停下手上的活，不约而同地对视一眼，然后又一起失望地摇摇头。恰在此时，小美的手机响了，她便出机房接电话去了。

　　过了五六分钟，艾小美喜滋滋地走进来，摇晃着手机含笑说："是大学同学的电话……"

　　还没等艾小美说完，英雄便略微带着醋意抢下话头："看这情绪，是初恋男友吧？"

　　"滚一边去，我还没说完呢。"艾小美边坐回电脑前，边感慨地接着说，"人家是通知我出席他下个星期的婚宴的，哎呀，太出人意料了，我们班最先结婚的竟然会是他！他那个时候……唉，我想到了，这也许是……"

　　"是什么？"英雄滑着椅子靠过来急着问。

　　"我刚刚说的那个同学，读书时家境特别不好，他一直勤工俭学才坚持到毕业。他一天要打好几份工，还曾经在学校图书馆做过一阵子管理员，有一次他生病了，我还帮他顶过一天班。"艾小美又仔细看了一眼那个可疑的回帖，稍微回忆一下解释说，"我觉得这串数字和字母原本可能是这样的，'I247.5YT/5128'的第一个字符应该是英文大写的I，而不是数字1，不知道是凶手看错了，还是写错了。我想他原本要写的是一个图书馆的索书编号。通常咱们国家的图书馆使用的都是中图分类法，'I'意味着'文学类'；'24'意味着此类别中的'小说类'；'7'意味着'1949年至今的当代作品'；'5'意味着'新体长篇或者中篇小说'；紧跟着的'YT'两个字母，没猜错的话应该是'冶图'的缩写，即'冶矿市图书馆'的拼音缩写；再后面的数字恐怕是图书具体的序列号啦！"

　　"噢，说白了就是一本长篇小说的借阅号。那从网上能查出对应的是哪本小说吗？"英雄着急地追问。

"大多数图书馆都有网站支持在线查询的。"小美又摆弄了几下电脑,然后缓缓摇头道,"网站倒是有,但从三天前开始做升级维护,无法正常使用。"

"那还等什么?"英雄抬头看看电子钟,"还没到下班时间,咱赶紧去一趟图书馆,说不定他在那本书中夹了什么线索。"

两人抢时间,也没顾上通知刘队,出了支队大门便拦下一辆出租车,直奔市图书馆。

20分钟左右,出租车在一栋外表气派的米黄色大楼门前停下,两人下车踏上几层青灰色的大理石台阶,走进图书馆大厅。

小美在大厅门口稍稍驻足,四处张望一下,英雄则径直走向正对面的服务台,但还没走几步,便听见小美在身后轻声招呼他。英雄回过头,看到小美已经站在大门左手边五六米远的大落地玻璃窗前,身边是一排供书店和图书馆专用的查询机。

英雄走过来时,小美已经在触摸屏上的查询栏中输入了"I247.5YT/5128",也就是小美将1改成I的这么一串数字和字母。果然如她所料,是一个索书号,对应的是一本叫作《花非花 雾非雾》的小说。深入查询,显示此书2002年入库,目前仍在流通库中,也就是说,此时未被借出。

"走吧,既然确认了,那咱抓紧时间找书去啊。"小美催促道。

"我觉得不用了。"英雄眉头拧紧,脸上现出一丝苦笑,叹道,"'花非花雾非雾',就是啥也不是。估计凶手只是想借由书名来回应网上所谓的老警察,说明祥瑞家园的案子不是他做的!"

"啊,这死变态,折腾来折腾去,就是为了传递这么个事吗?那干吗不直接在网上说啊?"小美一脸愠怒道。

"你也说他是变态的啦,怎么会跟正常人的思维一样呢?"英雄恨恨地说,"他躲在暗处,肆意考验、戏弄咱们这些警察,这对他来说是多么爽快的事啊!"

"那我去图书馆机房查一下借阅记录和搜索记录？为以防万一，你还是去找找那本书。"小美出于谨慎，建议道。

"以凶手一贯的谨慎，我估计他没借过这本书，他应该只是在查询机上随意找的，只要书名能表达他想要传递的意思就行。不过确认一下也好，书我去找，你重点查看一下搜书的时间……"英雄顿了顿，抬头向天棚四周看了看，失望地说，"门口附近没有监控，只能等确认了时间，再问一下图书馆的人有没有注意到搜书者吧。"

"行，不过你还是让人家管理员协助一下吧。"小美拽住正欲向借阅区走的英雄，然后转向服务台，边走边内行地解释说，"图书每天都借来借去的，要是总摆在固定的地方，那还不累死人家管理员了？就像I247.5大类的图书，通常借阅率都较高，为节省时间和劳动强度，一般收到还书之后，管理员应该只是按照大类别重新上架，仅这个类别可能就会有若干个书架，把还回来的书任意摆到哪一个都成，要是只靠你自己去找，还不知道找到什么时候呢！"

"啊，那还是让管理员帮一把吧！"英雄摸着脑门诧异地说。

直到傍晚，英雄和小美才回到队里，那时韩印和顾菲菲也刚从外面回来。刘队想得比较周到，已经在食堂把晚饭备好，让他们吃完再回宾馆去。

吃饭的时候，小美和英雄将下午的一系列活动经过做了汇报。

《花非花　雾非雾》是一本悬疑小说，作者是国内一位著名女作家，英雄在管理员的协助下找到了这本书，里面确实没有夹带任何东西，也没有特别标注的字句，凶手应该只是借用它的名字而已。小美在图书馆微机室的服务器上查到了借阅和搜索记录，除了她搜索的那一条，在开馆后不久还有一条搜索记录，估计就是凶手所为。小美和英雄相继询问过图书馆的管理员、保洁员以及保安，对搜索者都没有任何印象。至于此书的所有借阅者名单，小美也打印了一份带回队里。

不过，听完小美和英雄的汇报，韩印和顾菲菲以及刘队都觉得调查价值不大，但就凶手此次如此绞尽脑汁、大费周折的表现来看，可以感觉到他对犯罪的那份深深的痴迷和投入，表明他个性的转变正日趋明显和深入，恐怕未来他还会做出更加超乎想象的事情。

另外，至此，韩印的设想基本变为现实，通过网络确实捕捉到了凶手的蛛丝马迹，也与之建立起隐秘的交流方式，他也确实上钩了。但当众人问韩印接下来该如何在帖子中再做些文章时，却听到一个出人意料的回答："小美，帖子你不用管了，交给网警来监视。如果凶手再次登录账号主动回帖最好，否则咱们不要再有任何动作，以免激怒凶手。我担心他'文考'没有得到回应，会转向以暴力来证明他在那件案子上的无辜。"

◎第六章 地理侧写

经过几天实地考察，这天下午，一直游离在外看似漫不经心的韩印，觉得是时候将针对犯罪地理所做的侧写，拿出来与办案组方面交换一下意见了。当然，这个结果先前已经在支援小组内部讨论过，并得到一致认可。韩印和顾菲菲有意锻炼一下两个小家伙，便让杜英雄作为主汇报人，艾小美从旁协助。

刑警支队小会议室。

杜英雄神色严肃地站在投影幕布前，刘队带着几名办案骨干和支援小组其余人分坐在长条会议桌的两侧。艾小美在笔记本电脑中调出一幅标记详尽的犯罪方位图，把它显示到投影幕布上，随后杜英雄开始沉稳地讲解：

"本次系列犯罪总体来说分两个大的阶段，从地理上看正好横跨本市市内两区，我们的分析侧重于1988年至2002年这一个犯罪阶段，因为这一阶段凶手作案的地理分布特征，对侧写凶手的背景信息更具有指引作用。

"通过我身后的方位图，大家可以很清晰地看到，前面八起作案其实是以向阳区人民路为中轴来展开的。其中案件一、二、五、八，以及案件三、六，分别发生在人民路的东西两侧方向，前者案发地距人民路直线距离20米至150米不等，后者在700米至1000米的距离；案件四和七则出现在人民路南端与之交界的水川路，案发地距交界处均不超过50米。由此很清楚地表明，人民路周边是凶手的心理舒适区域，同时也可以看出他对这个地形复杂的区域有着相当高的熟悉度；加之我们认为人民路繁华高级的区域特点，会对外来者和境遇窘迫者产生一定的心理压迫，所以从凶手数次稳健作案和来去自如的表现上看，他应该就是人民路周边的'坐地户'。"

杜英雄进入状态很快，首个论点阐述得可谓清晰明了。他稍微顿了顿，冲小美微微点头示意，小美随即配合地操作键盘，投影幕布上又出现两张同样标记详尽的方位图。

杜英雄冲身后并排的两幅图指了指，接着说："那么能否从刚刚介绍的犯罪地理分布特征中，寻找到凶手选择受害人的固定模式呢？答案是——能！

"我身后是两幅途经人民路周边的公交线路图，分别为9路和3路公交车的下行线路，大家可以看到我们在上面重点之处做了特别的标示。

"先来说9路公交车：是以人民路西北方向的冶矿公司铜加工厂为下行始发，进入人民路地段不久，在第一个带有红绿灯的岔路口左转至与之相交的四龙路，然后在人民路东边方向绕行一大圈后，通过冶矿汽车站的环形路口再次并入人民路，最后进入水川路终点站。这一线路涵盖了案件二至案件七的犯罪现场方位，其中距车站近的只有十几米，远的也不超过200米。

"再来说3路：是以人民路东北方向的冶矿公司铅锌加工厂为下行始发，却是先经过四龙路，再于上述所说的同一个岔路口左转进入人民路，然后便完全是沿着人民路，穿过冶矿汽车站的环形路口，经过交界处，同样进入水川路终点站。其中涵盖了案件一、二、四、五、七、八的犯罪现场方位，距离相对应的车站均很近。

"综合以上两条公交线路，可以涵盖所有犯罪现场方位，那么这是否就是凶手选择目标的一条途径呢？凶手可能是在坐公交车出行时，偶遇'心仪'的目标，随后跟踪，当日即时作案，或日后反复跟踪之后再作案。

"那再具体一些，咱们来看上述两条公交线路的几个重叠的路段和站点：水川路终点站；然后是它们都在冶矿汽车站的环形路口附近设有站点，且彼此相距不远；再就是四龙路，虽然行驶方向不同，但彼此在这条路上有长达1千米左右的重叠。如果如上面判断，凶手分别在3路和9路两条公交线路上选定目标，那么它们的重叠之处就非常有意义了。当然，综合案情，后两个重叠的地段显然更具有分析价值，因为它们也意味着凶手生活轨迹的重叠。

"来深入分析一下：首先说冶矿汽车站环形路口附近的公交站点的重叠，它意义重大就重大在它们距离供电局以及供电局家属楼均非常近。那么回顾一下案情，无论是我们支援小组还是你们的办案组，都认为凶手特别了解供电局，可能与供电局有着直接或者间接的关系。说到这儿，我想刘队和在座的同人应该都经历过当年那场大规模的指纹提取比对工作，遗憾的是，最终的结果是排除了凶手与供电局职工的直接关系，从而也放弃了供电局这么一个调查方向。但是现在，当我们明确了分别以3路或9路公交车作为媒介寻找目标的方式，当我们蓦然发现它们都在供电局附近设有一个站点，再来审视供电局那两起案件的特征时，我们不得不承认如果凶手与供电局没有直接关系，那很可能存在着间接关系，也许是供电局职工的家属，也许是住在周围与供电局能打上交道的人，总之凶手绝对脱不了与供电局的干系。

"如果上一条分析可能存在着某种意外情况，那么分析四龙路两辆公交车的重叠路段就让我们很确定——凶手必属于冶矿公司或者是冶矿公司系统的职工……"

杜英雄说到此处，会议室中少见地出现了一点嘈杂，看起来是有办案组警员想要反驳他的观点，但被刘队及时用眼神制止住，杜英雄便接着说："本案凶手，我们认为他属于有组织力和无组织力之间的混合型，作案特点从距离上讲，通常都是由近逐步向远发展，这不仅仅是地理方位上的距离，也是心理上的距离，初次作案他要么选择自己熟悉的地理方位，要么是熟悉的作案目标。当然后一种熟悉并不意味着现实中的真实关系，而是一种通过间接方式建立起的熟悉程度，比如凶手和受害人坐车经常会碰到，比如他听工友谈起过她的背景信息，但是我们很确定他们没有直接的利益交集，顶多是个见面点头打招呼的关系。那么，我们不禁要问，首起案件的受害人在冶矿公司总厂工作，是不是表明凶手也如此呢？

"刚刚的论点只是其一，那么其二：前面提到过，凶手是围绕人民路东、西、南三个方向作案的，唯独没有在北边方向，而分界处便是人民路第一个带有红绿灯的岔路口，也就是说，所有的作案都发生在四龙路以南，这是为什么呢？是因为冶矿公司总厂恰恰就坐落在四龙路以北直线距离一两百米远的友好路上。这就不用多解释了吧？这几乎就是一种非常本能地要在他熟悉且经常活动的区域，保留一个心理上的安全区域，这表明凶手很担心警方会把案件与冶矿公司联系在一起。

"其三，前面的几起作案，大都发生在傍晚五六点钟的样子，与大多数人下班时间吻合，再联系到两条同样在四龙路冶矿公司附近设有站点、加在一起可以涵盖所有犯罪现场方位的公交线路，以及已经大致明确的以公交车为媒介的寻找受害人的方式，应该可以得出一个再具体一些的比较合理的推论——凶手是从冶矿公司总厂下班后，搭乘公交车向供电局方向返程时遇到受害人并作案的！这也是开始我一直强调公交车线路为下行线路的原因。至于说后面的案件，有发生在上午或者下午的，可能是因为凶手的工作时间实际上是三班倒。稍微再详细解释一下：凶手可能是在下班后搭乘3路公交车时，遇到了案件一、七、八，分别在人民路沿线或东边方向居住和工作的受害人；搭乘9路公交车时，完成了案件三、四、六的实施。这个作案规律也能够再次佐证，凶手有组织能力超强的一面，虽然时隔至少一年，但他从不在某一路公交车线路上接连作案。由此我们还能够得出一条推论，虽然上述受害人都属于偶遇型，但凶手的作案绝不是随机的。此外，没有提到的案件二和案件五，应该与公交车没有关联，鉴于他可能与供电局有间接关系，我们认为这两起案件是完完全全的有预谋犯罪！

"至于本年度的两起案子，凶手将作案区域扩大到富平区，很可能是因为他生活或者工作的重心转向那里，咱们可以试着查查这个方向。"

终于挨到杜英雄做完类似总结式的发言，坐在下面一直忍着气未发作的几个办案组骨干成员，此时也顾不上刘队的面子，立马就冲着杜英雄以及韩印等人嚷嚷开来："你们是不是太自以为是了？你们以为冶矿公司我们没有彻底排查过吗？"

"是啊！是啊！冶矿公司总厂，甚至整个冶矿公司系统我们基本都捋过一遍，你们的意思是说我们工作做得不够细致，所以让凶手漏网了吗？"

"供电局和冶矿公司我们都重点调查过，你们凭什么只认可前面，而否定后面的调查啊？"

…………

"好了，你们几个，吵吵啥啊？有不同意见，说归说，但注意态度！"

有人领头呛声，后面的人便纷纷附和，刘队虽然勉强出来圆场，但也让人感觉有些不太情愿。会议室中的气氛甚是尴尬，好在此种场面支援小组见多了，也没有表现出特别对立的情绪，顾菲菲面带苦笑地瞅了韩印一眼，韩印淡然出言安慰道："我们无意抹杀各位的劳动，也没有觉得各位有办案不力的地方，只是把我们分析的结果通报一下，稍后我们还会根据情况不断做修正，然后才会以此为基础做出更全面的犯罪心理侧写。当然，我承认我个人心里还是稍微有一点点困扰……"

韩印话未说完，就见刘队放在桌上的手机突然嗡嗡地振动起来，便停下话冲刘队点头示意让他先接电话。没承想刘队把电话放到耳边一会儿，神色迅即大变，他快速瞅了一眼手机屏幕，然后冲身边的警员急促说出一个固定电话号码，吩咐他立刻找技术科查实机主登记地址。

再回过头，面对韩印等人，刘队眉头紧锁，出人意料地说："是、是凶手，他在电话里说：'既然你们不够聪明，那我就打电话通知你们，祥瑞家园的案子不是我干的。想要知道我喜欢什么，那就来看看吧！'"

"他怎么会有你的手机号码？"众人异口同声诧异道。

"这没什么稀奇。"刘队面色颓然地解释说，"早年办案时，我还不是支队长，在走访调查中不知道发了多少张印有手机号码的警民联系卡，这么多年我一直不换号码，其实也是盼望着某天能够接到一通有价值的线报，可没想到会是凶手打来的嘲讽电话。"

◎第七章　杀戮证明

　　这是一起超常规的案件——凶手作案后，用受害人的宅电打通该系列案件主办刑警的手机亲自报案，于是当警方迅速通过电话登记的地址，找到位于富平区锦华路196号3单元501室的犯罪现场时，看到的是遍布血渍的房间，以及近乎被五马分尸的死者。

　　犯罪现场集中在房子的客厅中，这是一个通常意义上被称作明厅，也就是带窗户的客厅。一进来，窗户上是拉着窗帘的，待韩印将之拉开后，一缕斜阳随之悠然透射进来，客厅里顿时更显血红夺目了——地板、墙上、沙发、装饰柜、窗帘等等，无一不被鲜血抹红。同上两起案件一样，受害者系一名中年妇女，在她家中找到的身份证显示她叫刘红岩，她的衣物被撕成碎片散落在周围，全身赤裸披散着长鬈发满面污血地仰躺在玻璃茶几旁，再准确点说只是一个连着头颅的躯干躺在血泊之中，脖子上系着红布条，四肢被砍掉，随意扔在两边，上身被整个剖开，心肺等内脏器官被切割掉，明晃晃地摆在茶几上，大肠被生生扯成几段，有的甩在沙发上，有的挂在电视上……

　　"凶手刻意把现场布置得如此血腥，想必是有意要让咱们见识一下他的能力。也许通过网络与其接触，真的不是一个明智的选择。"先前的担忧似乎被印证了，韩印的语气多少有些自责。

　　"你是说因为咱们在网络上的'挑逗'，他才有这么强烈的表现欲望？"刘队咧着嘴四处打量着问道。

"未必，我觉得他更像是被受害人激怒了！"顾菲菲接话否定道，然后把受害人的脑袋特意向后拨弄一下，露出脖子上的刀割创口解释说，"你们看，这个刀创很浅，并没割断动脉，而且整个现场没有拖拽的血痕，反而有很多滴落形态的血迹，尤其是从门口到茶几这么一段距离。我刚刚稍微测量了一下，血滴直径大致相同，表明当时死者的出血点距离地面的高度至少要1.2米，很明显凶手从背后的一刀，并没有形成致命一击，于是受害人慌不择路，从门口逃向客厅窗户前，想要向外求助……"

听着顾菲菲的话，刘队又特意打量了受害人几眼，插话道："她整个人都比较胖，脖子又粗又短，凶手当时可能没掌握好方位和力度。"

"没错！"顾菲菲站起身，边比画着说道，"受害人头部明显被钝器连续击打过，腿部膝盖部位淤血严重，估计当时她在跑向窗前躲避的时候，不小心被茶几绊倒了，凶手随后赶上，两人便展开搏斗。过程中，凶手可能随手抄起身边的某样东西，反复向死者头部猛击，所以咱们可以看到现场很多地方的血，都是凶手为宣泄愤怒故意抹上去的，但死者头上方的天棚和窗帘上沾染的，基本都是中速飞溅形态的血迹，应系凶手大力挥动钝器所致。"

"凶手第一击失手，导致整个作案过程失去应有的控制，他因此感受到强烈的挫败感，从而激发出更疯狂的残尸举动。"韩印接下话头道，"这样看来，凶手对挫败的体验很敏感，现实中应属于社会地位低下的阶层。"

晚上8时许，顾菲菲亲自上阵，完成了验尸。

韩印等人进入解剖室时，摆在解剖台上的死者已被拼凑完整，周身血迹被处理干净，头发被剃光。

"和先前判断完全一致，受害人系头部遭到钝器重击导致颅脑损伤而死，死亡时间大致在刘队接到电话前的半小时至一小时。"顾菲菲指了指受害人头顶部说，"这儿有一处凹陷性骨折，比较常见的形状为圆形、圆锥形或类圆形，但现在大家看到的是棱角分明的。从轮廓上看，头部与钝器的接触面应该是长方形的，长度为六七厘米，宽度接近2厘米。另外，刚刚剃发时，在受害人头发中发现了几块黑色工程塑料碎片……"

"工程塑料碎片？会不会是手机后壳？难道凶器是那种大宽屏的手机？"艾小美一时没忍住插话道。

"不是。"未等顾菲菲说话，英雄先鄙夷地说，"没听顾姐说宽度在2厘米左右吗，现在哪儿有这么厚的宽屏手机？"

"英雄说得对，不像手机，这种工程塑料很多电子产品、小家电乃至办公用品等的外壳都会采用，而手机相对较轻，很难使上这么大的力。"顾菲菲接道。

"那、那会不会……"小美似乎很不服气，使劲想了一下说，"有没有可能是平板电脑或者MP4播放器那种东西？市面上有很多这样的国产机器，都做得很厚而且很重。"

"唉，这是有可能的。"顾菲菲转向小美又点了点头，"总之，如果能够确认凶器种类，对锁定凶手身份应该会有些帮助！"

几个人正议论凶器所属，刘队悄无声息地踏进来，径直走到顾菲菲身边，轻声说："受害人女儿来了，想看一眼母亲的尸体。"

"她想看就看吧，这是她的权利。"顾菲菲多少有些无奈地说。

既然顾菲菲没意见，刘队便向门口方向招招手，随后一个满眼泪花的年轻女孩，在一名女警的搀扶下走进来。

"你确定要看吗？"顾菲菲握着刚刚蒙回尸体上的白布两端，温和而又怜惜地说。作为法医，她见过太多因这一刻而崩溃，以至于很多年后都无法抹去心灵创伤的例子。

"是，我想看看妈妈现在的样子。"女孩嗫嚅一阵，推开身边的女警，像是鼓起了很大的勇气。

"那好吧。"随着女孩应声，顾菲菲缓缓掀开白布，布满伤痕的光头、面如白纸的母亲形象，便呈现在女儿面前了。

女孩倒没有想象中的激动,她直直地盯着母亲凄惨的面庞,两只手来回使劲扭搓着衣襟,眼泪大颗大颗地无声落下。

此情此景,每多一秒,对在场的这些办案警察都是煎熬,不仅仅是同情和沉痛,更多的是愧疚,尤其是韩印——尽管凶手在犯罪现场释放出来的疯狂行径,更多的是愤怒于受害人的激烈反抗,但真的冷静下来客观地想一想,韩印不得不承认:凶手此次作案的出发点,有相当一部分是在嘲讽警方的洞察能力,那个打给刘队的电话便是最好的证明;当然,更主要的还是意在彰显他自己的实力。

如果没有网帖的暗战,他也许不会出手这么快;此次他差点失手,明显跟选择受害人比较仓促有关,这应该就像刚刚说的,他太急于证明和彰显自己了!如果他能够迟几天,甚至哪怕就晚一天,理论上都有落网的可能,那么此刻解剖台上便不会有这样一具尸体。如此韩印总觉得,对眼下出现的局面,他负有不可推卸的责任,他对先前侦查方向的选择懊悔不已。

解剖室中的气氛令人窒息,唯有赶紧结束这一切。顾菲菲顾不上女孩一再要求多待一会儿的请求,将白布罩回死者脸上,然后让女警将女孩带到隔壁的办公室里。她此举并不只是为了转移女孩的注意力,而是希望她能帮助确认杀死她母亲的凶器。

在法医办公室里,见女孩喝了几口女警倒来的热水,情绪得以稍微缓和,顾菲菲便开门见山地问道:"从你母亲头上的骨折来看,凶器长度为六七厘米,厚度2厘米左右,外表材质是黑色的工程塑料,就类似咱们经常见到的电视遥控器或者手机后壳,另外它应该有一定的重量,不知道你家里有没有摆放这种东西?尤其在客厅茶几附近。"

"没有,肯定没有!本来有个差不多大的收音机,但前几天给我姥姥了。"女孩不假思索,随即话锋一转,"不过你们的人刚刚把我带回家,核实财物和其他损失情况时,我发现妈妈下午刚从银行取出的一万块钱不见了!"

"会不会放到别处你没发现？"韩印突然急促地问。

"不可能，这钱是这么个情况，"女孩连连摇头说，"我有个特别要好的同事，最近买房子手头比较紧，想借点钱装修，我自己工资不高，没多少积蓄，想着前两天我妈说有个存折到期了，就让她先取一万块钱给同事应应急。我还嘱咐过她不要乱放，反正钱也不多，放电视柜上就成，结果我刚刚在家里找了好几个地方都没找到。"

"你肯定她取过钱吗？"不知为何，韩印对丢钱这个问题，显得特别慎重。

"是啊，她下午取完钱，还特意给我打了个电话，估计杀人凶手就是在银行盯上我妈的。"女孩带着恨意说道。

"哦……"韩印轻声应了一下，随即陷入沉思。

"你真的能确定家里没有我说的那种规格的东西吗？有可能是小家电或者数码产品，也有可能是装饰物什么的。"这回轮到顾菲菲追问道。

"这个……真的没有。"女孩虽然慎重地想了想，但答案和先前一样。

"这样看来，凶器应该是属于凶手的，有可能是他随身携带的东西。"顾菲菲眼中略显一丝光彩，"经常带在身边，又有一些重量的，会是什么呢？"

送走刘队和受害人家属等人，已近晚间10点，几个人帮着顾菲菲做完收尾工作，便回到宾馆。可是随后不久，韩印不知何故又返回法医科，在与值班法医简单交涉过后，竟只身一人走进解剖室。

午夜的解剖室，孤灯暗影，诡寂深沉，空气也因冷藏柜的存在而愈加阴冷。韩印缓缓走向墙边，匪夷所思地陆续拉开三个大冷藏抽柜，该系列案件的后三名被害人相继映入视线。不仅仅是这三个，此刻她们都在，所有11个受害人，全部出现在韩印的脑海里，在闪现的画面中，她们都罩着惨白的尸布，静静地躺在解剖台上。

韩印凝神静默片刻，退后几步，稍微抬了抬臀，便坐到身后的一张解剖台上。他双手轻抚台面,似乎在感受曾经在上面躺过的尸体的气息。他目光漠然而又空洞地盯向远处,脑海里遵循案发顺序依次揭开蒙在受害人脸上的尸布,而那些受害人似乎也一下子都睁开了双眼,哀怨地望向韩印,诉说着她们遇害背后的故事——就在这个晚上,韩印做出了一份几乎可以说是颠覆性的犯罪侧写报告!

◎第八章　犯罪侧写

"我们都错了！从一开始直到现在！"

这是韩印在侧写分析会上的开场白。能够想象得到在座当地办案组警员的反应，他们即刻做出或惊讶、或错愕、或不屑、或鄙夷、或愤怒的表情，于是各种情绪夹杂在一起，会议室中不可避免地响起一阵动静很大的嘈杂声。

有了先前在地理侧写会上的经验，孤身站在会议室最前面的韩印，似乎早有心理准备，面对眼前交头接耳、指指点点、纷扰声不绝的场面，他始终神色淡定，没有着急解释，只是用一种平和而又稍带些冷峻的目光，默默地望向众人。

片刻之后，韩印无声的沉着和笃定，渐渐感染了下面的人，会议室中的各种情绪逐渐趋于理智，噪声也越来越轻，直至完全安静下来。

就像刚刚所有的一切都未发生过一样，韩印没有任何过渡，再张口即直接将话题引向侧写的中心内容：

"首先，就如我开场白说的，从一开始我们就错了。我认为本次系列案件并非如先前认定的是以'性'为主导的性变态强奸案，它真正的犯罪动机实质上来自'愤怒'，而愤怒的根源是生活平衡感的缺失，也就是说，本案是一起'以毁尸与性侵作为手段，以寻求控制感作为动机'的系列犯罪。

"案情各位都很清楚，应该知道在案件五之前，凶手和受害人始终未有生殖器的接触，那么这真的是缘于生理障碍吗？我觉得不是！我认为那是一种不屑和鄙视！这一点在案件三和案件四中表现得尤为明显：案件三的现场环境，可以让凶手很清楚地判断出受害人是独自居住，他有充分的时间去做更多的事，他也确实做了。他唯一一次将受害人衣服全部剥掉，就是这件案子；他开始切割受害者器官组织作为纪念物带离现场，但就是没有奸尸的举动。而案件四有这样一个细节——受害者裤子只是被扒至膝盖处，想必成年人都能想明白，如此别扭的体位，表明凶手压根就没想过与受害人发生关系。

"但性侵行为为什么自案件五出现了呢？先前我们认定凶手患有性功能间歇性生理障碍症，其实这一解释从病理角度来说显得很牵强，许多此类病例显示，尽管得到了很充分的治疗，病患的性功能也很难发生由极弱到恒强的转变。那么自案件五发生转折的关键是什么呢？是受害人的年龄因素，是那个年龄段的幼女让他心里感觉舒适！我必须承认，在这一点上，我先前也做过错误的判断，从而忽略了很重要的行为证据。接下来，就重点说一说案件五，因为在整个系列案件中，这一案件对侧写凶手的犯罪心理和背景信息是至关重要的。

"首先，虽然先前我提到过很多次，但现在还是有必要重复一下。一方面，从案情上看，凶手必须充分掌握供电局内部以及受害人家属的作息时间，才能够把握好作案时机；另一方面，在先前的犯罪地理侧写分析会上，已经向各位阐明供电局这一区域在整个作案方位中的重要地位。两方面综合起来，我可以明确地告诉各位，凶手就居住在供电局周边。

"再者，在案件五中，除了首次出现奸尸行为外，凶手其实还有两个特别的动作，那就是他在整个系列案件中唯一一次变换了杀人手法，以及对尸体做了隐藏。

"就这个话题，我们先从杀人手法上来分析一下凶手的外在和个性特征：本案中，凶手大多采用闪电式刺割受害人颈部的杀人手法，其目的简单明了，就是在作案的第一时间，让受害人丧失抵抗和求救能力。这表明凶手对自己的能力没有足够的信心。这可能是缘于身材矮小或者患有残障，比如连环杀人奸尸狂徒董文语；或者是言辞木讷，缺乏诱骗能力，比如制造青少年连环失踪案的张永明；又或者是因为挫败经历的积累，比如小径杀手杨树明。总之，我认为本案凶手三者皆有，这就解释了为什么在案件五中，当凶手面对年幼无知便于掌控和欺骗的小女孩时，会改变杀人手法。

"至于在作案后将小女孩藏到衣柜中的举动，很明显是内疚甚至羞愧心理所促成的，但为什么此种情绪只出现在案件五中呢？答案和上面提到的出现奸尸的原因一样，是因为受害人的年龄因素。可是，因为受害人是小女孩，凶手便产生了奸尸的欲望，也因此产生了愧疚心理，这二者之间不矛盾吗？

"确实，从表面上看好似不合情理，不过在解释之前我要先说说犯罪行为中的另一个矛盾点。各位都清楚，本案中凶手皆采取'入室作案'的方式，这明显是一个高风险的选择，可凶手为何如此执着呢？应该有两点原因，一是现实环境中，凶手其实是没有独自一人居住的房子的，无法对目标进行拘禁；另一点，在潜意识中，凶手很想与受害人建立某种亲密关系。矛盾之处就在于这后一点，既然凶手想亲近受害人，又为何以如此残忍的手段去摧毁她们呢？

"总结以上矛盾点，再结合整个案情，便可以发现犯罪行为有这样的特征——凶手极度痛恨女性，却又幻想拥有女性；极度厌恶女性身体，却又忍不住奸淫女性尸体。只是他痛恨和厌恶的是女性叛逆复杂的成年时期，对思想简单、心灵纯净的幼女是有着相当的好感并会被激发性欲的。这是不是说凶手其实是有愤怒对象的呢？年轻女性和幼年的女童其实是这一对象的综合体，他作案的真正目的，便是幻想通过摧毁具有负面行为的前者，来换取乖巧单纯的后者。那么，由此我们得出一个重要的结论——凶手的愤怒焦点就是他'当时已经长大成人的女儿'。

"好吧，至此，相信我又为各位带来了新的疑问，既然凶手作案是想找回他单纯时期的女儿，又怎么会做出奸淫这样的举动呢？还有为什么在后面的案子里，面对他厌恶的成年女性，他也会产生性欲呢？解答这两个疑问，我要承认一点，凶手那时的确有相当程度的性压抑，但奸尸的重点不在于此，它其实映射的是一种在冲动之下企图强烈'占有'的心理。也因此，平静下来后，凶手猛然发现自己对小女儿的替代品做了乱伦的举动，才会产生把小女孩塞进衣柜这种表现羞愧心理的行为。可是他突然发现，他掌握了一种更具有代表性意义的摧毁和占有的方式，于是在随后的案子中，奸尸便成为标记行为中不可缺少的环节，甚至要比先前以利器毁尸的地位更加重要……"

一鼓作气长篇论述过后，韩印略做停顿，让自己稍微休息一会儿，也给其他人消化一下信息的机会。不久之后，他继续道：

"综合以上以及先前的所有分析，下面我为各位总结一下，凶手到底是怎样的一个人。他是本地人，身材瘦小，面容和蔼，个性自卑，有一定程度的文化修养，反映到生活中，会给人沉稳、低调、不善言辞、彬彬有礼等富有欺骗性的印象。这虽然能让他迅速从杀人恶魔的身份中抽离出来，但极具暴力性的人格障碍仍会使他在现实中不时显露出反常的举动，比如喜好刀具和玩火，伤害小动物，以及可能被某件事情激怒之后突然大发脾气，等等。

"上面说了，凶手的愤怒对象是他的女儿，可以想象一定是因为女儿犯下了在当时社会环境中不可饶恕的过错，比如因情感问题忤逆父母的意愿跟人私奔了，或者犯罪入狱了，或者生活糜烂，又或者染上吸毒的毛病……而这个过错，致使他平静的生活发生严重的负面转折，从而刺激他不断地去摧毁那个时期的女儿，以寻求生活原有的平衡和控制感。那么首次作案，也就是1988年时，女儿的年龄应在进入青春叛逆期之后，相应地，凶手当时的年龄至少40岁，至今应该六七十岁，同时也表明他有家庭，与家人同住，但可能是单身父亲，或者妻子身染重病，等等。

"凶手住在供电局周边，熟悉供电局内部环境和信息，因此我认为住在家属楼的供电局职工的家属应被列为重点调查对象；同时，我认为在作案初始阶段，凶手有稳定的工作，单位应该隶属于冶矿公司系统，他工作成就不大，时间上可能是三班倒。

"关于工作问题，我还要深入地讲讲。不知道各位注意到没有，刚刚我所讲的稳定工作，是处于凶手的初始作案阶段，这个阶段大致在1998年年底之前。为什么这么说呢？因为1998年对中国工人来说，是极为敏感和多波折的一年，尤其对于冶矿这座以有色冶炼为支柱产业的重工业城市，它的影响力甚至可以用震撼性来形容。就在这一年，全国范围内下岗工人开始大量涌现，而且以煤炭、化工、有色金属等企业的产业工人为主，可以想象，当时已超过政策规定年龄的凶手，是无法逃脱下岗命运的。

"现实生活遭到的史无前例的沉重打击，其实在案情上也有体现：在先前的分析中，我有意漏掉一个重要的案情特征，那就是在整个作案中，1998年最为密集、间隔最短，也最为残忍，总共有四起作案；同时大都伴随肢解器官组织作为纪念物的行为，其中'98·11·30'案最为惨烈。这也就表示，这一年对凶手来说，心理上的挫败感已经达到了顶点，濒临，不，应该说已经彻底崩溃，他作案越频繁、手段越残忍，意味着他心理的失衡感越严重！各位在'98·11·30'案中可以看到，凶手那时开始着迷于性变态的幻想，他割掉受害人的双乳、双手及阴部，可能是为了日后通过抚摸来重温作案过程，也是一种极度逃避现实的心理表现。当然，此种演变在过往的案例中经常出现，比如前面提到的杨新海和赵志红，他们疯狂作案的后期阶段，其实已经背离早期寻求生存、释放性欲望以及报复社会的作案初衷，更多的是一种应对挫败经历的习惯性的宣泄手段。杨新海的某次作案，就是因在洗浴中心被三陪小姐索要了高价，怨气难平之下，即刻流窜到郊区完成的；而赵志红更甚，现实生活中他不但有建立在感情基础上的稳定的性伴侣，还有多名不正当的偷情伴侣，也就是说，他身边从来不缺乏女人和性生活，但当他事业受到打击之后，他又重蹈先前一穷二白时的覆辙，以奸杀女性作为宣泄渠道。

"冶矿案凶手在下岗之后，又出现两次作案，也就是案件七和案件八。说到这里，我首先要同意我的同事小杜的分析，凶手在那个时候的职业身份，可能变为一名司机了；同时，也要对先前的犯罪地理侧写稍做修正，我认为那个时候，凶手选择目标的渠道，已经由公交车变为'出租车'！具体来说，案件七的受害人是一名护士，工作在人民路沿线设有生产病房的幼儿保健院，受害时间为其早间下夜班返回住处之后；案件八的受害人是一个生意人，受害时间为其午后外出办完事返回租住的回春宾馆长包房之后。可以设想一下，前者因下夜班，身体乏累，所以选择搭乘快速而又舒适的出租车；而以后者的身份和经济能力，外出代步显然乘出租车更为合理。综上，我想说的是，凶手下岗之后是以开出租车为谋生手段的。

"至此，我想各位已经对凶手有了比较全面的了解，同时可能也解开了一直以来困扰我们所有人的两个问题：为什么凶手看似与冶矿公司有关系，但全面排查之后会毫无结果？为什么如此竭尽警力，几乎搜索了大半个城市，却始终无法捕捉到凶手的身影？我想前面的问题出在当我们想要以冶矿公司作为重点排查范围的时候，凶手已经下岗离开了；后面的问题，则完全跟我们先前犯罪侧写的范围较为狭隘有直接关系。"

韩印再次停下话，抬手推了推鼻梁上的镜框，但看似并没有完全结束话题的意思。果然，在环顾众人一圈之后，他接着说道："最后还有一点疑问，各位一定也早已如鲠在喉，那就是上面的分析中，我始终未提及本年度的三起案件。究其原因，我认为它们与前面的八起作案，非同一凶手所为，下面就来具体说说它们——

"其实自接手此次办案任务起，本年度的两起案件就让我觉得怪怪的，不仅受害人年龄与先前有非常大的跨越，而且凶手的个性特征也发生了很大转变。尤其在刚刚发生的案件前后，凶手先是在网上以图书馆索书号来暗耍所谓的退休老警察，紧接着又亲自把电话打到刘队那里向咱们示威，这就可以确定他需要有人认同他的成就，希望得到外界的广泛关注。这与先前那个只在乎自己内心感受的凶手个性相比，有了相当大的升级。当然，犯罪欲望升级不是不可能发生的，甚至可以说是在变态连环案件中时常会出现，可有一点是不应该发生转变的，那就是刚刚发生的案件中出现了财物损失，凶手顺手盗走了受害人刚从银行取出的一万块钱。

"而本年度以前的八起案件，从未有过失窃情节，这从现实意义上可以佐证凶手有一份稳定的职业。前面的分析各位也看到了，他也经历了下岗等生存危机，可是七和八两起案件，尤其是回春宾馆长包房中的受害人，随身携带相当可观的现金，他依然不为所动，这就显示出他极度'偏执'的一面，也就是说，'盗窃'行为在凶手的道德观中，与常人的认知是一样的，认为这是一种可耻和羞辱的行径。各位一定觉得不可思议，但是在变态连环杀手的人群中，这种带有妄想性的偏执心理确实存在，其形成多与高水平的文化教育和宗教信仰有关——他不认为自己是这个社会的异类，他愿意与平常百姓一样去遵守社会公德和法律制度，甚至要更加严谨，因为在他的内心世界里，早已把他的连环杀人行为通过一种心理认知反馈机制合理化、合法化。这一个性特征最明显的例子便是'优等生杀手泰德·邦迪'：一方面，他是个连环强奸杀人犯；另一方面，他经常告诫不在他目标范围内的女性，要小心提防身边欲行不轨的色狼，甚至还当街追捕过抢劫犯。

"从我个人的专业来说，我通常认为几乎每一个连环杀手都或多或少具有反社会人格障碍，但总结前面的所有分析，我必须承认，前八起案件的凶手，他作案只针对幻想中代替愤怒对象的个体，没有报复社会的欲望；本年度作案三起的凶手，则是不折不扣的具有反社会人格障碍的连环杀手。至于两个连环杀手之间是什么关系，就现有的信息恐怕我解释不了，但案件特征很明显地表明后面的杀手对他的前辈有着相当深的了解，且凶器属于同一种类，甚至也许就是同一把凶器；还有阴毛的获取，也意味着彼此是有接触的。我认为咱们若是能抓到前者，离后者也就不会太远了，所以我给出的最终建议是：凶手虽为两人，但还是要并案侦破，只是要以前八起作案的凶手为重点，遵循对其的犯罪侧写，来制订搜索和抓捕计划！"

会议室中鸦雀无声，安静到连一根针掉到地上都能让人心惊肉跳，这就是当时的反应。听完韩印这一通理论与现实情境结合得严丝合缝的长篇论述之后，办案组的所有警员似乎更加茫然了。而这大抵和先前在许多基层单位遇到的情形一样，这些惯常以遵循实际证据为主要办案手段的基层刑警，对所谓的行为科学分析并不十分服气，可是他们冥思苦想又丝毫找不到反驳的论据。于是，越来越多的目光聚焦在作为决策人的刘富志身上。

刘队当然明白自己眼下身处的境地有多么微妙，虽然韩印已经给出一个相对具体的排查范围，但因牵涉职工众多的供电局以及本市规模最庞大的整个冶矿公司系统，实际执行起来恐怕不是那么容易，尤其想要在短时间内出效果，那可非一般警力所能完成的。如果真的大规模调动了警力，却最终仍然没有找出凶手，那该怎么向上面领导交代呢？更为敏感的是，认同韩印的分析就等于全盘否定前面许多老领导和专家的意见，也就等于把这么多年办案不力的责任落到那些人身上；别说他们，恐怕连自己属下的普通办案刑警在情感上一时也很难转过弯来，那自己岂不成了众矢之的？不过他个人的利益倒不是最重要的，关键是这期间凶手不再露面怎么办？如果他又像十几年前那样突然消失了，那所有的努力不是又付诸东流了吗？

思前想后，刘队举棋不定，似乎很难抉择。他皱着眉头，环顾左右，然后扭头冲着坐在左手边的办案组副组长，求援似的试探着问道："你觉得韩老师的分析怎么样？"

"我持保留意见。"副组长看似早已对韩印不满，不假思索地答道。

"那顾组长，您是什么意见？"刘队又转向另一边，冲顾菲菲问道。

"从办案的角度，韩老师说的每一句话都不代表他个人，代表的是整个支援小组的意见。"向来雷厉风行的顾菲菲，非常受不了刘队的优柔寡断，于是面现不快，冷冷地说道。

问了等于没问，还碰了软硬两根钉子，刘队尴尬地露出一丝苦笑，旋即低头陷入沉思，须臾再抬头，只见他从上衣口袋里掏出警官证扔到身前的桌上，接着又解下腰间的配枪压到警官证上，以一种孤注一掷的气势，冲韩印逼问道："你真的能够确定你的分析？"

"当然，我确定！"韩印坦然答道。

"好吧，反正也输了这么多年，再输一次又何妨？"刘队先是叹口气，转瞬又豪气满怀地说道，"我就用这把跟随我20多年的警枪和我身上这身皮陪你赌一次！"

韩印很清楚，刘队做出如此姿态，其实很大程度上是给他那些下属看的。如此一来，即使有人心怀不忿，也不敢造次，刘队都豁出去了，下面的人怎么敢和他唱反调？既然这样，韩印也不能露出丝毫的怯意，便也铿锵有力坚定地应道："不，我不喜欢赌博，赌博总会有输有赢，我要的是一定赢！"

◎第九章 锁定目标

时间转眼来到4月中旬，天气并没有转暖，反而因一股较强冷空气的袭来，气温再次急剧下降。伴随着料峭的春寒，大规模的排查行动在艰难推进着，时间消耗得越来越长，符合侧写范围的嫌疑人却始终未出现。警队中先前被刘队强压下去的质疑声开始泛起，支援小组因此背负了前所未有的压力，韩印整天带着杜英雄跟随刘队不知疲倦地奔波在第一线，把自己搞得灰头土脸，异常辛苦；艾小美除了时不时要关注网帖中可疑的留言，更重要的任务是协助顾菲菲通过受害人头顶部的骨折来查找凶器。

顾菲菲在承受力大致相同的塑胶脑袋上反复进行过击打实验，在先前确认凶器的一端是长为7厘米左右、宽为2厘米左右，4个角都是直角的平行四边形，也就是长方形的基础上，进一步认定凶器重量应在一公斤左右。由于受害人女儿否认家中有此种物品，那就应该是凶手随身携带的，这样看来凶器很可能是某种电子产品。

随后，顾菲菲和艾小美把目光放到冶矿市各大电子产品市场和网络电商平台上，广泛搜寻与疑似凶器规格和重量范围相似的电子产品，目标主要集中在艾小美先前提到的方便携带的小平板电脑、MP4影音播放器，以及手持游戏机上。两人差不多查阅了几百种此类电子数码产品，但不是规格出入太大，就是重量不够，始终未找到与二者都符合的，于是顾菲菲觉得是不是该换一种思路——先来假设一下凶手的身份，然后以这个身份来寻找与之匹配的电子产品。

综合来看，共11起案件，虽非同一凶手所为，但这两名连环杀手似乎都有着让人放松警惕的本领。前者韩印已经分析过了，可能因为他身材矮小、慈眉善目，且外表看起来年长、有一定修养，因此不被人提防。那么后者呢？他的欺骗性和伪装又是什么？会不会是他的身份？比如他是物业的修理工，或者超市的送货员，又或者是快递员？物业修理工可能会随身携带检测仪表，那超市送货员和快递员会携带何种电子产品呢？

……对了，如果顾客要求刷卡，他们是不是要带上移动POS机呢？

进入4月底，天气有彻底转好的迹象，春风和煦温暖，不再是萧瑟的感觉，冶矿市终于有了点春天的味道，并且排查工作也取得重大进展。因原供电局家属楼区域拆迁改造彻底完工，被拆迁人陆续进行回迁登记，一些先前辗转大半个城市都无法找到的供电局老职工，即家属楼的老住户，都纷纷露面了，符合侧写的嫌疑人也终于浮出水面。只是他已经去世半年多了，让人情何以堪！

该嫌疑人叫单熊业，冶矿本地人，出生于1944年，身高1.65米，性格温和，大学本科文化，妻子于1987年6月因病去世，留有一女一子；他的父母早在20世纪50年代就供职于电力系统，也是冶矿市供电局正式成立后的第一批职工，便理所应当地于20世纪70年代末供电局家属楼建成后成为首批入住者。单熊业本人作为冶矿公司总厂的仪表工人，工作时间是倒班制，于1998年正式下岗，后以开"面的"为生，2005年其父母因年迈相继过世，去年9月中旬，其本人也因睾丸癌去世。

此人早前曾进入过某排查小组的视线，但并未被纳入重点调查对象，究其缘由是当时获取的信息不够详尽，且其本人部分背景信息与侧写范围出入较大——在韩印的侧写中，凶手出生在人民路周边，并且一直生活在此区域，但该嫌疑人实际上于1963年便离开冶矿市赴外省求学了，且毕业后留在当地工作并娶妻生子，直至妻子病故才于1988年年初调回冶矿工作，与父母同住在供电局家属楼。

其实，如果该组侦查员对犯罪侧写多些了解的话，早前是不应该忽略此人的。一方面，犯罪侧写作为侦查的辅助手段，并不完全严谨，它的功效必须结合现实情境；另一方面，该组办案人员也应该想想，嫌疑人妻子的病故以及他调回冶矿的时间点，与首起凶案发生的时间如此接近，二者会不会就是他作案的刺激性诱因呢？

韩印偶然接触到以上信息并深究下去，再次走访了嫌疑人的一些老邻居，这些人反映，曾经在聊天中，从嫌疑人父亲口中得知，嫌疑人由于一向喜欢男孩，又因民族身份属少数民族，符合二胎生育政策，故妻子在人过中年后又为他生了个儿子，但因是高龄产妇，产后身体虚弱难调，再加上当时正处在叛逆期的女儿经常逃学，难以管教，遂积劳成疾染上重病，不治而亡。时年女儿18岁，儿子不到2周岁。由此佐证了侧写中指出的有关凶手的作案根源，以及对他女儿的相关推测。

嫌疑人背景信息如此吻合，接下来似乎就很简单了。因为其已去世，无法直接采集有效DNA检材，那么用他儿女的DNA与早前在案发现场获取的DNA做比对，或者用他子女提供的带有其指纹的遗物做比对，便可以完全确认他的凶手身份了。

事实上，案件走向远没有韩印想象的那般顺利。

通过回迁登记处登记的信息，刘队联系到嫌疑人单熊业的儿子单华明和女儿单迎春，并将他们请到队里来。可姐弟二人还未等刘队把话说完，便异口同声断然回绝了警方的协助请求，尤其是已步入中年的姐姐，反应更为坚决和激烈，她甚至丝毫不理会刘队晓之以理的劝解，硬是拉着弟弟离开了刑警队。不过设身处地地想想，倒也能理解姐弟俩的反应，过了这么多年，谁愿意去证实自己已去世的父亲，就是这座城市最暴戾的色情杀人狂呢！

既然子女的思想工作暂时做不通，又鉴于单熊业在本地已无任何亲戚，那就只能试着从他本人身上想办法。通过多方打探，刘队了解到单熊业患癌之后入住冶矿市第二人民医院，便和韩印第一时间赶去医院，寄望医院能保留当时治疗化验的标本。

在冶矿市第二人民医院，他们顺利找到了单熊业的病历，上面记录的血型与凶手是匹配的，这极大地增强了韩印的信心，可是医院方面表示他当时住院检查的标本早已被处理掉，无法进一步提供DNA检材。两人还不死心，要求见一下单熊业的主治医师，想问一下他有无保留单熊业曾经接触过的物品，但见面之后又是徒劳一场。不过，让刘队感到意外的是，他与这个主治医师竟然打过交道，他叫赵亮，是整个系列案件首个被害人赵琳的弟弟。

医院一行虽没有达到预期目的，但也并非毫无收获，赵亮的意外现身，似乎真的如他的名字一般，为案件照亮了新的方向——赵亮既是受害人的弟弟，又是重点嫌疑人的主治医师，与侵害和受害两方都有接触和交集，所以刘队提出一个假设："如果单熊业真的是前八起案件的凶手，那赵亮会不会是后三起案件的凶手呢？"

韩印在侧写中确实指出过，前后非同一凶手作案，两人可能有着某种交集。这个赵亮突如其来地冒出来，身份的确相当敏感，但韩印想象不出他有何种作案动机。当然，对于刘队提出的对其全面调查一番的建议，他觉得还是很有必要的。

可这世界上的事情总是瞬息万变，刚刚还让人万分棘手的事，可能马上就变得再简单不过了；或者刚刚还觉得捡到了一个宝贝，转瞬就变得一文不值。

在两人从医院返程的半路上，刘队接到队里来的电话，说是单熊业的儿子单华明出人意料地主动来到刑警队，表示愿意配合DNA检测。这可真是峰回路转，两人禁不住好一阵兴奋。案件难道就此柳暗花明了吗？非也，两人愉快的心情还没保持多久，就又来了个大反转。几个小时之后，DNA检测比对完毕，结果显示：单华明与凶手并非父子关系，这即表明他父亲单熊业与前面八起案件根本没有任何关系！如此一来，与单熊业有交集的赵亮也就失去调查的价值了！

千辛万苦锁定的重点嫌疑人，最终却被排除，兴师动众耗时一个多月的排查行动，到头来仍是竹篮打水一场空。是遵循侧写继续排查下去，还是及时终止行动另寻侦查方向？面对来自外界和内部上上下下的压力，刘队很清楚自己必须尽快做出抉择。

不单单是他，到了眼下光景，韩印自己也在反思，是不是应该适当调整一下侦查方向？其实自打确认后一名凶手的人格特征，他就一直在酝酿一个"前摄策略"，但中心点是要激怒凶手，因此他心里很是踌躇，担心如上起案件一样，凶手最终会把愤怒发泄到无辜者身上，所以他只是在私下里和英雄讨论过，对其他人并没有提及。

目前的局面让支援小组在整个办案团队中的地位十分尴尬，再拖些时间如果案件仍没有进展，恐怕所有的责任都会被归到支援小组头上，连带着也损伤了整个重案支援部的声誉，所以除了韩印，组里的另外三人也是异常心焦。

顾菲菲先前变换思维，通过假定凶手身份，反向来推理凶器种类，由此她想到了快递公司的快递员和超市送货员在提供上门服务时，有的会随身带移动POS机设备，而POS机大都方方正正的，是可以造成上一起受害人头顶部四边都是直角的骨折轮廓的。通过多方走访调查，整个富平区只有两家超市提供上门送货服务，但都只收现金；而整个冶矿市能提供货到付款刷卡服务的快递公司共有三家，经比对之后，这三家公司为快递员统一配备的POS机均与骨折轮廓不符。

实证和物证追查皆遇瓶颈，英雄再也淡定不下去了，憋不住地把韩印和他讨论过的诱捕计划告诉了艾小美。小美毕竟年轻，没有韩印那么多牵绊，考虑问题自然也欠谨慎，冲动之下便鼓动英雄和她一起去找刘队，按照韩印的计划讨论出具体方案，来个先斩后奏。总之，不管怎样，把案子破了才是最紧要的。

韩印的前摄策略与假装退休老警察的人在论坛上发的网帖有关。他相信直到现在凶手仍然会不时关注那篇网帖中的跟帖回复，因为他最初的作案也许就是受到网帖的启发，而且从中感受到作为一名连环杀手的成就感——那种肆意操纵、支配、控制局面的成就感，令他深深着迷，并展开不懈的追求。如果让他发现老警察是冒牌的，真正被愚弄的人其实是他自己，可以想象出他会愤怒到何种程度，以他反社会的人格，一定会想要对发帖人进行报复，这就给了警方瓮中捉鳖的机会。

在韩印的设想中，当然不会透露真实的发帖人信息，为最大限度地"诱惑"凶手，他会将发帖人设计成凶手喜欢侵害的目标类型——中年家庭主妇，居住地也设计在凶手熟悉的富平区，然后让艾小美在论坛上申请几个"马甲"，以揭露发帖人谎言的名义，将精心设计过的发帖人信息，以跟帖的方式揭露出来。

听完英雄的转述，正身处四面楚歌境地的刘队可以说是捡到了一根救命稻草，他积极地表示会马上着手安排合适的人选和布置诱捕地点，而网帖中的环节则拜托艾小美来负责。一场隐秘的诱捕行动就此展开……

◎第十章　终极目标

当韩印得知消息时，诱捕行动已部署完毕。

刘队按杜英雄转述的韩印前摄计划中的设定，特意在某辖区派出所挑选了一名40多岁、面相温和、警察气质不明显的女民警假扮发帖人，并在富平区某开放小区一栋单元楼内租下一套两居室的房子；楼内楼外以及小区的几个主要进出路口都安排了大量便衣，24小时布控坚守，以防有失；刘队还在该单元楼街边的路灯架上以及楼道内隐蔽地安装上监控探头。刘队认为如果凶手企图报复发帖人，也许事先会反复踩点和观察作案现场周边的环境。为了避免引起他的怀疑，刘队会在适当的时间安排女民警出来买买菜、遛遛弯什么的，当然，这个时候会有便衣接力对其进行保护。

艾小美在网帖中的"煽风点火"进展得也比较顺利，成功挑起众多被骗网友的心头怒火，想必这其中有凶手。她先是利用一个"马甲"声称在警局内有熟人，说从熟人那里得知该篇网帖早就引起过警方的注意，但调查之后发现是一个女网友企图哗众取宠搞出的恶作剧，不过熟人表示不便透露该网友真实身份，所以号召大家来把她人肉搜索出来；接着，她相继登录多个"马甲"来炒热这个话题，随后看火候差不多了，便将设计好的发帖人信息详细揭露出来，包括年龄、家庭情况、照片、住址等。

为此，顾菲菲和韩印都相当恼火，但木已成舟不可挽回，两人也只能静观行动进展，祈祷结果能向理想的方向发展。但事实恰如韩印先前所担忧的，多日来凶手并未出现在警方的监控视线内,而这并不表示他没有被激怒!

　　这天早晨,天刚蒙蒙亮,向阳区一个住宅小区里喜好晨练的人们已纷纷出门了。小区里有一个喷水池,周围的一块空地是专供小区居民晨练用的;紧挨着水池边是一个爬满藤蔓的长廊,里面有几把石凳,为居民小憩休闲之用。可以说,这块区域以往总会让他们感到安宁舒缓,充满闲情逸致。但这个早晨,他们在长廊前看到的是惊人眼球的一幕!

　　一个赤身裸体的中年女子,双手双脚被捆绑在两边的水泥柱上,整个人呈"大"字形挂在长廊口。双乳和下体赫然暴露,上身几乎布满刀伤。致命伤还是脖子处的砍切,刀口很深,整个脑袋差不多都被切掉了,只有一层皮连着,挂在后背。最惨烈的是她的脸,被刀划得血肉模糊,凶手可能觉得意犹未尽,似乎想要把脸皮剥下来,但或许是因缺乏经验,只撕掉了两边脸颊的部分皮肉,简直就像在两边脸颊上画了两块红;两个眼球也被抠出一大半,从边缘粗糙的创痕上看,应该是用手硬生生拽出的……这就是整个系列案件的第12名受害人,如果说她的出现并未超出韩印的预料,那么让所有人都万万没想到的是,她竟是先前作为重点排查嫌疑人的单熊业的女儿单迎春!

　　"怎么会是她呢?"韩印围着尸体转了一圈,然后双手插在衣兜里,将视线定格在单迎春挂在后背的脸上,喃喃自语道,"这一次凶手怎么会在受害人面部做如此多的动作?对了,为什么脖子上没系红布条呢?"

　　单迎春,40岁出头,专职家庭主妇,女儿读寄宿中学,丈夫是一家贸易公司的业务经理,居住在向阳区天河路一高档小区内。

　　长廊附近只有少量血迹,单迎春显然是死后被移尸过来,其生前居住在距小区晨练地西向大概20米远的一栋单元楼中,经勘查确认,她的住所为第一作案现场。经法医尸检推断,其死亡时间在昨夜9点到10点之间,比对尸体上的刀创,与前案出自同一类凶器。除此,在现场未采集到与凶手有关的任何物证，但在现场所在楼层的楼梯间内，发现了一支黑色圆珠笔，上面提取到多枚指纹……

其实单看单迎春个人的背景信息，是符合凶手一贯追逐的目标标准的，可是除此之外，案情呈现的特征与前案相比，还是有相当多的不同。

首先，犯罪区域由富平区转到向阳区，犯罪现场由低档开放式小区转到安保相对严密的高档小区，犯罪时间也由白天改到半夜。当然，这最后一点可能是受犯罪现场环境所限——在那样一个进出口均设有保安岗亭且有摄像监控的小区里作案，如果不想留下踪迹以及不被监控拍到，恐怕只能采取在晚间翻越栅栏进入小区的办法，事实上办案人员也确实未在小区进出口的监控录像上发现可疑的身影。那么再深入挖掘一下，作案现场环境和时间的转变，似乎也表明凶手对受害人有一定程度的了解。昨夜受害人丈夫出差，女儿又寄宿在学校，便只留她一人在家，而凶手偏偏就选定在这个晚上作案，难道仅仅是运气好或者巧合吗？

其次，此次作案凶手将虐尸的范围扩大到受害人脸部，这在近几起案子中是从未出现过的。上一起案子针对受害人头部的击打，是因为杀人时出了意外，与犯罪标记无关。从犯罪行为分析的角度，通常认为有意识地针对脸部的正面侵害，意味着侵犯和受害双方是熟人关系，因为脸部更加具体地代表了她这个人。这也表明此次非移情作案，凶手想要报复和摧毁的就是受害人单迎春本人。

再者，此次作案凶手移动了尸体，并将尸体暴露在大庭广众之下。如此羞辱的手段，无疑表明凶手对单迎春抱有超出前面所有受害者的怨恨。

还有，不要忘了凶手此次作案的时间点，是在他发现被网帖狠狠地愚弄了之后。前面分析过，那篇网帖实质上是凶手作案的原动力和信仰指引，而一旦他发现这一切只不过是假象，那么通过连续杀人建立起的自信便会彻底崩塌。他又被打回原形，甚至感觉到更狼狈、更自卑，应运而生的愤怒将会是前所未有的，那么在这样的时间和心理背景下，韩印认为他一定会把怒气撒在一直以来他最想惩罚的人身上。

综上分析,韩印认为单迎春也许就是后一名杀手的终极目标,本年度前面的几起案子可能只是铺垫,凶手必定与单迎春在现实中存在着利益的交集,彼此的关系甚至相当密切!

不过有一点韩印还是想不通:为什么偏偏是单迎春呢?警方刚刚排除她父亲与早年案件的关系,她就被杀了,这其中有什么联系吗?难道仅仅又是个巧合吗?

如果按韩印的分析,那么接下来的办案行动,就要围绕单迎春的社会关系展开。

单迎春自结婚后便没再工作过,生活圈子比较窄,平日都是以照顾孩子和伺候丈夫为生活重心,加之前面介绍过其母亲早亡,父亲半年前因病去世,所以比较显而易见的是,与她关系最密切的只有她的丈夫、女儿和弟弟。女儿就不必说了,只是个初中生,不可能作案;那么她的丈夫和弟弟会有作案动机吗?关于这条线,韩印和顾菲菲决定亲自跟进,在刘队的协助下,走访多名与两人有过交往的朋友、邻居和同事等,发现这一家人的关系确实不怎么融洽。

单迎春的丈夫叫于宁,年龄比她大出整整10岁,两人是在2000年时经人介绍认识的。当时于宁已经历过一次婚姻,不过好在那段婚姻没有孩子牵绊,且他的事业和经济条件比较好;那时单迎春已是大龄剩女,所以两人交往半年之后便顺利结婚。婚后一年有了女儿,随后三口之家生活平稳,其乐融融。直到两年前,于宁在生意往来时认识了一个年轻漂亮的女销售,自此开始变质。他给女销售买了房子,按月给付高额的生活费,实质上就是金屋藏娇,包养了那个女孩。据于宁的朋友说,于宁和那个女孩的关系在他的朋友圈里基本是半公开的,他特别迷恋那个女孩,为此曾多次与单迎春提离婚,但单迎春始终不同意。

从周围了解到的信息看,动机似乎有了,韩印他们便转而与于宁进行正面接触。不过于宁表示,案发时他在邻市出差,同行多人都能证实他的说法。不过这并不能完全排除他的嫌疑，这年头只要有钱，很多事是不需要自己亲自动手的。随后，警方对于宁和他情人的电话、邮件等通信记录，以及公司账户、个人存款、银行卡支出等，进行了全面的调阅，并对两人的社会交往再一次进行筛查，均未发现雇凶杀妻迹象……

单迎春的弟弟单华明则是个吃啥啥没够、干啥啥不行的主。他初中没读完便辍学混迹于社会，好吃懒做，打架斗殴，经常流连于低档酒吧和歌厅等娱乐场所；正经事不爱干，做梦都想着挣大钱，结果与朋友合伙做生意，被坑了好多钱；有过两任女友，一个跟人跑了，一个嫌他穷，和他分手了。

他与姐姐年龄相差过大，代沟明显，加之父亲喜欢男孩，偏心过甚，姐弟感情向来不好。当然，最大的积怨还是在房子问题上。单熊业过世后留下遗嘱，回迁的新房姐弟俩一人一半，这让单华明很难接受。因为姐姐现在住着上百平方米的大房子，生活富足，却还要贪心地霸占他一半的新房；而且父亲向来比较娇惯他，怎么可能会把房子分给姐姐一半？所以他认为房子的事，一定是姐姐捣了鬼，于是三番五次找碴儿和姐姐吵架。对于案发当晚的活动情况，单华明说他整晚都待在出租屋里（因旧房拆迁，他和父亲在向阳区暂时租了个房子）没出去，但同时也坦诚表示缺乏证明人。

除去他没有确凿的不在案发现场的证据，还有一个身份让单华明看起来颇具嫌疑——他目前的工作是在快递公司做快递员，而且负责的区域是本年度案件频发的富平区。提到这一点，顾菲菲眼前一亮，因为她之前就认为凶手可能有此种伪装，所以才令受害人在近距离接触时放松了警惕。只是对应快递员身份的凶器先前已经排除POS机了，那还有什么呢？单华明是骑电动车派件的，担心货物被偷，在派件时比较贵重的货物大多会放到随身的背包里。难道在本年度第三起案子中，是因为受害人的反抗，背包里货物散落出来，然后被他随手拾起作为凶器了？证明这一点倒也不难，到他工作的快递公司查一下货物损耗，应该就可以搞清楚了。

犯罪心理档案第三季

还有一个关键性问题，梳理起来很是让人头疼：如果是单华明杀害了他姐姐，那就意味着他是韩印口中的后一个连环杀手，那么他与前一个连环杀手是怎么扯上关系的？他是如何洞悉一切隐秘信息，并得到凶器和阴毛的呢？对了，还有一个物证可以比对——先前在单迎春家所在楼层的楼梯间里，勘查员曾发现一支黑色圆珠笔，上面采集的多枚指纹均来自同一个人。

随后经比对，指纹与早些年凶手遗留在现场的指纹不符，也不属于单华明，但放到指纹系统中搜索，却发现有匹配的，而且还来自一个曾经出现在警方视线中的人——赵亮！

赵亮，这个曾经在嫌疑人名单中一闪而过的名字，现在又因一支留在犯罪现场附近的圆珠笔而再次进入办案组视线，但是依然让所有人都感到费解的是，他有作案动机吗？

如果先前的嫌疑人单熊业被确认为杀害赵亮姐姐的凶手，那么赵亮杀死单迎春可以被视为一种复仇行为，但问题是单熊业已经被排除作案嫌疑了；再联系韩印的行为分析，认为单迎春是一个非常明确的侵害目标，也就是说，即使单迎春确系赵亮所杀，有可能也只是因为他们两人之间的恩怨，与单熊业无关。就目前的物证，经过办案组和支援小组的讨论，决定依法对赵亮进行传讯，并派出多组人手对他的住所和工作单位进行搜查，同时广泛搜索他与受害人单迎春的利益交集，争取尽快明确作案动机，为下一步全面解决案件打好基础。

审讯室里，个子不高、长相周正、浓眉大眼的赵亮，一脸莫名其妙地坐在审讯椅上，对面长条桌后坐着刘队和一名助手，韩印和杜英雄则待在隔壁观察室关注审讯。

一系列包括姓名、年龄、单位等审讯中的固定询问环节之后，刘队将问话转入正题："你认识单迎春吗？"

"认识！"赵亮不假思索地答道，随即反问，"难道我被带到这里是因为她？"

"回答得很快，看起来你们蛮熟的。"刘队没理会赵亮的问题，饶有意味地盯着他又问。

"岂止熟啊，印象简直太深刻了。"赵亮嘿嘿讪笑两声，说，"因为她和她弟弟的无理取闹，我差点就做不成医生了！"

"怎么个情况，仔细说说。"刘队精神一振，心里暗念，"难道赵亮在不经意间吐露了作案动机？"

"其实也没什么，像他俩这样的人，我们做医生的见得多了！"赵亮一脸不屑地解释，"她父亲患了睾丸癌，检查出来已经是末期了，癌细胞扩散得相当厉害。作为主治医师，当时我跟他们说不建议做切除手术，以放化疗加以中医中药综合治疗的效果相对更好。可这姐弟俩也不知是哪根筋搭错了，非要手术不可，结果切除了单熊业的两边睾丸后，没过几个月他就去世了！姐弟俩可能一时感情上接受不了，非说我的手术有问题，成天到医院、到科里来闹，有一次我实在控制不住便把她弟弟打了……"

"我记得当年你还是个高中生，斯斯文文的，很有礼貌，说话声音都很轻。"赵亮话未说完，刘队便感慨地打断他，接着语气一转，"我们这次找到你，很大程度上是因为在指纹系统中发现了你的指纹记录。令我很惊讶的是，你竟然是因家暴行为被拘留过才留下的案底，而这次你竟然又对病患家属动了手，你怎么会变得这么暴力？"

"我怎么变成这样，你会不知道？你、你们，谁见过自己的姐姐赤身裸体，还被鲜血包围着，身上被刀捅得像马蜂窝似的?！"赵亮皱眉瞪眼一脸恼怒，但语气中有一丝哽咽，"知道吗？直到现在，我每每还会因那个场景从梦中惊醒，醒来之后便觉身上的每个器官都在撕裂，犹如被无数根针扎过似的疼痛，一种莫名的愤怒便会从四面八方向我的身体里聚集，而你们从来就没给过我和姐姐一个交代！"

随后，赵亮的哽咽变成了呜咽，眼泪满溢，气氛有些感伤，刘队也只好暂停问话，示意身边的助手给赵亮拿点纸巾。

"好吧，我也不绕圈子了，单迎春死了，是被谋杀的，时间是……"须臾，见赵亮情绪逐渐平复下来，刘队便继续发问，"那晚你在哪里？在做什么？"

"噢，那天……"赵亮仰头稍微回忆一下，说，"那天我应该是休息，头天上的是夜班，半夜来了几个急症，我差不多忙到早晨，回家感觉特别累，一觉便睡到晚上9点多，起来弄了点吃的，看了会儿书，便又继续睡了。怎么，你们怀疑我？"

"整晚都没出去过？"

"没！"

"没去过单迎春家？"

"我去她家干吗？再说我根本不知道她家！"

"有证明人吗？"

"我离婚了，孩子判给老婆，现在是孤家寡人，那大半夜的找谁证明？"

连续追问几句，刘队从身边证物箱中取出一个证物袋，交给身边的助手。助手便起身走到赵亮身前，把证物袋举到他眼前。刘队紧跟着说："那里面的笔是我们在单迎春家门口发现的，上面有几枚指纹，已经与你在指纹系统中的记录做过比对，结果是完全吻合的，这你怎么解释？"

"我承认这是我在工作时写处方用的笔，可我经常丢三落四，买了好多这种笔，也弄丢不知道多少支了。"赵亮稍微停了一下，随即有些闹意气地说，"我脾气是比较暴躁，但也不至于杀人吧？你们到底在搞什么，案子破不了，想拿我垫背是不是？明明我和姐姐是受害人，怎么现在我倒成杀人犯了？"

"你激动什么？你用过的笔遗留在杀人现场，我们依照程序传讯你有什么不对？"刘队似乎被戳到了痛处，斜楞起眼睛，没好气地说。

…………

审讯室里的气氛越来越僵，而此时身处单向玻璃另一侧的杜英雄，正抓耳挠腮地不时偷看身边的韩印——自打他自作主张与刘队计划并实施了诱捕计划，韩印就没拿正眼瞧过他，而计划最终取得韩印预料中最坏的结果，更是让他在韩印面前无地自容，所以这几天他都老老实实跟在韩印屁股后面，不多言不多语的，即使心里有新的想法，也不敢贸然出声。

其实韩印能理解英雄破案心切，在权衡利弊之后，自己也很有可能做出和英雄同样的选择，所以他心里早就不生英雄的气了，只是觉得有必要就着这件事教训教训他。对于警察侦破案件这档子事，结果重要，过程同样重要，不能为了追求最终的破案，而超越法律法规的界限，更不能不考虑人民群众有可能遭受到的潜在伤害……

此时，见杜英雄一副欲言又止的憋屈样，韩印不禁哑然失笑，但表面上还是很严肃，语气冷淡地说："有话就说！"

"呃，是这样，我有点想法。"眼见韩印给自己台阶下，杜英雄忙不迭地一口气说道，"我昨晚又重温了一下首起案件的卷宗，上面显示受害人赵琳的父母早年因车祸不幸去世，剩下她和弟弟相依为命，赵亮可以说是她一手养大的，姐弟俩的感情肯定相当深厚。而案发当时赵亮才刚上高二，他是在放学回家后发现姐姐尸体的。我想这样的人生经历，对正处在青春期、人生观和价值观还不够成熟的赵亮来说，会让他从心底萌生老天爷对他不够公平的念头，从而逐渐滋生出反社会的情绪；尤其目睹姐姐尸体时那种感官上的刺激，可能会对他内心造成损伤，导致他出现暴力倾向；加之刚刚他交代因家暴行为妻离子散，如果单迎春姐弟俩的举动又让他事业受挫的话，便很有可能刺激他把怒火集中到单迎春身上。"

"这种人格蜕变倒不是不可能，但他为什么要杀另外三个女受害人呢？"韩印疑惑地说道。

"哦，这倒是不太好解释！从咱们目前掌握的资料看，除了赵亮居住在富平区算是与那三个受害人有共同点，的确还没发现他们有其他交集的地方。"

杜英雄顿了顿，思索片刻说，"会不会是这样：他的终极目标是单迎春，但只杀她一人容易暴露作案动机，如果通过模仿早年的连环杀手，迂回达到报复目的，便很有可能让咱们忽略他与单迎春的联系，从而将咱们的视线引开。"

"这种分析理论上是能说通的。"韩印微微颔首，但随即话锋一转，"可是这就又回到咱们先前最猜不透的问题上：他与早年的连环杀手是怎么接上头的？阴毛是怎么来的呢？"

"这……"英雄一下子被问住了，不禁沮丧地晃了晃头，过了好半天，突然兴奋地嚷道，"早年的连环杀手会不会是赵亮以前的病人呢？可能他现在已经去世，赵亮知道他过往的罪行，于是借用了他的杀手身份？"

韩印和杜英雄正讨论到关键处，审讯室里的局势也发生了转折。刚刚有名警员敲门进去，交给刘队一个蓝色的文件夹，先前一脸冷峻的刘队翻开来只看了一眼，便忍不住微微咧了下嘴角，脸上隐隐现出一丝微笑来。

"好吧，如果你的圆珠笔遗留在杀人现场是偶然的话，"刘队故意话说到一半停下来，然后加重语气冷冷地问道，"那你来解释一下，为什么会在你更衣箱里发现与凶器匹配的折刀呢？而且通过试剂测试，上面还残留了人的血迹。"

"啊，怎么会？凶器在我的更衣箱里？怎么会这样？怎么会这样……"赵亮惊讶得整个人霍地从椅子上跃起，情绪也异常激动，但反复嚷了几句，声音就越来越小，已经不像是在发问，而似乎是在尽力思索应对之道。呆愣一阵，他默默坐回椅子上，咬了咬嘴唇，一副胡搅蛮缠的模样，生硬地辩解道："肯定是有人想陷害我！刚刚说过了，我平常在生活上比较粗心大意，所以有时会把钥匙落在更衣箱的锁上忘记拔下来，如果真有人有心要让我做替罪羊，那肯定是趁那样的机会偷配了钥匙。"

"你不必再表演了。"刘队哼了哼鼻子说，"除了单迎春，我们相信你还杀了另外三个女人，时间分别是在今年的1月20日、3月4日和3月——我们的人刚刚在医院调查发现，那三起案件同样发生在你下夜班的休息日。"

"自从离婚后，我的生活基本就是辗转于单位和家之间，我承认你说的另外三起案件发生时，我没有不在场的人证，但我还是可以解释的。"也许觉得自己罪责难逃，赵亮虽在极力辩解，但听得出语气已流露出无力之感，"我们每个月都有排班表，就贴在护士办公室的门边，我哪天上夜班可以说是一目了然；还有，其实我们的夜班都是很规律的。还是那句话，如果有人想陷害我，是很容易算出来的。"

"你不觉得这种理由很牵强吗？"刘队撇了下嘴角，讥诮道，"就算是你说的这样，那么你觉得有谁会想要陷害你？"

"我、我哪儿知道！"赵亮吼了一句，随后双手抱头神色无措地左右摇晃着，末了他抬起头，绝望地说道，"你们认定我是凶手了，对吗？"

"不是我们认定了你，是证据认定的你！"刘队表情凝重地说。其实此时他心里已经没有多少欣喜，和杜英雄想的一样，他觉得赵亮之所以蜕变成今天这样，与他姐姐的被杀是不无关系的，一切的一切都是那个恶魔造成的。刘队不禁要问，他究竟是谁？"你怎么想到要模仿当年杀死你姐姐的凶手的？"

"什么乱七八糟的？我听不懂你在说什么。你知道我有多么多么痛恨他，我怎么可能模仿他去杀人？如果我真的成为一个杀人犯，那么死的一定是他！"赵亮好似遭到了侮辱，情绪又反弹起来。

"没有如果，你已经是了！不是有很多人说过吗，随着岁月蹉跎，人们会变成他们曾经最厌恶和痛恨的那种人！"刘队面色凄然地应道。

◎第十一章　红色标记

　　虽然赵亮并不认罪，但相关证据链已基本形成，仅差一个环节，那就是他与杀害他姐姐的凶手的交集之处。关于这一点，杜英雄的分析很合理，也许那个凶手就存在于赵亮曾经诊治的病人当中。按照这个方向，办案组开始梳理赵亮经手的病例，来寻找符合韩印侧写范围的对象。可是没想到，随着顾菲菲确认了凶器，竟又出现一名嫌疑人，这个人对办案组来说同样不陌生，他就是单熊业的儿子、单迎春的弟弟——单华明。

　　在办案组将视线锁定在赵亮身上的同时，顾菲菲仍未放弃对凶器的追查。经过这么长时间，排除若干种有可能是凶器的电子数码产品，顾菲菲心里隐隐有种直觉，凶器也许是一种使用范围较小的，或者是只应用在某种工作上的专业用具，如果能够追查出来，就很有可能将凶手缩小到极小的范围内。

　　先前她怀疑过凶手是快递员，并对快递员随身携带的移动POS机抱有很大的希望，但结果还是令她失望了，她也只好暂时放下追查快递员的这个方向。可是随着单迎春的遇害，随着韩印推测凶手可能来自她身边的熟人，单迎春做快递员的弟弟单华明便被纳入调查范围。虽然还是没能明确他作案的嫌疑，但是他的职业契合了顾菲菲先前的分析，由此她决定再捡起这条线，深入单华明工作的快递公司，集中对他经手的货物进行梳理，没承想得到一个大大的惊喜——原来这家快递公司的快递员不仅会随身携带移动POS机，而且还人手一把"无线巴枪"！

关于物流快递企业使用的巴枪，简单点说就是快递员在收派快件时，通过巴枪扫描快件上的条码，从而将快件信息通过移动网络平台直接传输到管理中心，以便公司对快件数据进行实时处理，同时也方便客户随时查询快件的各种信息。而单华明服务的这家公司，它的整个巴枪管理系统是从国外引进的，相应的巴枪设备比国产的体积和样式都要笨重许多，其重量和底部的规格，均符合顾菲菲先前对凶器相应范围的划定，且其外壳材质与在受害人刘红岩头发中采集到的工程塑料碎片为同一种，即表明该公司使用的巴枪就是造成刘红岩头部骨折的凶器品种，由此大大加大了单华明的作案嫌疑。更让顾菲菲怀疑的是，其公司部门负责人表示，单华明在前段时间自称在派件时被机动车刮倒了，造成巴枪被碾碎，身上穿的工作服也被剐破，所以他自己承担了大部分费用，又在公司申领了一把巴枪和一套工作服，这与刘红岩案的案情特征是相契合的：因为那起案件出了意外，在搏斗中单华明随身携带的巴枪从包里掉了出来，于是他随手拾起它，底部朝下砸向受害人的脑袋顶部，最终令受害人死亡，也致使巴枪损坏，同时工作服上也沾染了受害人的血迹，所以他要全部换新的。

要么不出现，一出现就一下子冒出两个嫌疑重大的对象。相比较而言，从各项证据上，尤其是物证上讲，赵亮更具作案嫌疑。他认识受害人单迎春，并且在她被杀一案上是具有作案动机的；同时本年度的所有案件都发生在他下夜班的休息日，这可以被视为一种作案的时间模式；尤其全面提取在他更衣箱里发现的那把折刀上各个部位残留的血迹，与单迎春DNA的比对是吻合的，在那把刀上同时也采集到本年度另外三名受害人和早年两起案件受害人的血迹，这已经不是凶器种类吻合的问题了，而是可以完全确认这把折刀是1988年至今贯穿案件始终的凶器了。单华明虽然可以接触到致使刘红岩脑袋骨折的钝器，但因其已被销毁，无法获得明确认定；不过，单华明这种销毁证据的行为，似乎又表明他才是真正的凶手。韩印觉得，辨出真凶的关键，就是看他们两人之中谁与早年的凶手有瓜葛。

目前在赵亮经手的病例中还未发现符合侧写的对象，而单华明身边原本被认为最具嫌疑的单熊业也被排除了。既然一时半会儿无法找出全面符合侧写的对象，韩印觉得不妨试试以小见大的策略，从某个细节入手来寻找突破口，比如：如果这两人当中有真凶存在，那么他是如何精准地了解到当年只有警方和凶手才知晓的作案情节呢？韩印觉得他有可能是在机缘巧合下读到了凶手的一个记录。

从早年的作案特征以及韩印所做的侧写上看，凶手个性内敛，少与他人交流，有相当程度的文化水平，具有一定的隐忍力和自控能力。除1998年因下岗导致心理一度崩溃作案密集外，其余的作案间隔时间都保持在一两年甚至更长，韩印相信，这么长的一个冷却期限，应该是缘于某个"载体"的维系，结合刚刚提到的个性特征和文化修养，韩印认为凶手可能会把每次作案前前后后的所有细节，原原本本地记录下来，事后还会反复地翻阅，从而回味杀人的快感。那接下来就要看看，赵亮和单华明身边有没有这样习惯用文字记录喜怒哀乐的人。

韩印带上杜英雄先来到单华明姐夫于宁的公司拜访，一见面免不了要对他妻子单迎春的遇害表示慰问。于宁一边客套地道谢，一边将两人请到迎客长条沙发上落座。

于宁较前几日明显消瘦，白头发也多了不少，精神看上去有些萎靡不振，想必虽然有出轨行为，还曾动过离婚的念头，但毕竟一日夫妻百日恩，他跟单迎春还是有一定夫妻情分的。待秘书将茶水奉上之后，于宁坐到侧面的沙发上，主动提起案子："您二位来，是迎春的案子有进展了吗？"

"抱歉，还在调查中！"韩印尴尬一笑说，"您对您小舅子单华明交际圈的情况有多少了解？"

"华明怎么了？"于宁一脸惊讶，模棱两可地说，"这小子虽然浑，尤其最近几个月因为房子的事，经常来家里找碴儿吵架，但也不至于杀了他亲姐姐吧？"

"你只回答问题就可以了，这是我们工作的程序，任何人都有可能成为我们的调查对象。"杜英雄不卑不亢地接下话。

"那好吧。"于宁迟疑地点点头，随即干脆地说，"要说华明平日接触的人，就是他那些狐朋狗友呗，不过具体的我也说不上来。其实迎春和她父亲，还有这个弟弟的感情向来比较淡，我们结婚十几年，除了过年过节，其余时间她回娘家的次数都能数得过来。她甚至也不怎么愿意让我和他们接触，这还是去年他父亲患癌症住院了，迎春经常去医院照顾，我和他们的接触才多起来。"

"他们一家人的关系怎么这么冷淡？"韩印顺着于宁的话问道。

"我也不太清楚，只是听迎春说小时候她父亲对弟弟太偏心了，经常因为弟弟的过错而惩罚她，让她心里有阴影什么的！"于宁讪笑一声，一脸的怒其不争和无奈，"再有，她这个弟弟不着调，一身的毛病，抽烟、喝酒，尤其喜欢赌博，家里的钱都被他败光了，迎春也是眼不见心不烦。我刚刚提到房子的事，想必你们已经有所了解，其实就是岳父担心小舅子把房子也输出去，所以才留了姐弟平分房产的遗嘱。"

"原来是这样！"杜英雄又插话，顿了一下，将话题引向重点，"您再仔细想想，在单华明认识的人里，有没有年纪比较大、文化水平较高的，尤其是喜欢写东西的人？"

"我岳父就喜欢写写记记啊！别看他只是个普通的仪表工人，那也是正儿八经地上过大学的。"英雄话音刚落，于宁便不假思索地说，"我每次去岳父家，都能看到他在书桌前写东西啥的！还有，岳父书桌旁有一个老式的木柜，上面总是上着锁。一次偶然的机会，他打开柜子的时候我正好经过，看到里面装着很多那种牛皮纸封面的日记本，我问他那里面都记着啥，他似笑非笑地说：'就是些不值一提的回忆！'"

"日记本？"杜英雄和韩印迅速对视一眼，急着问道，"那些日记本现在在哪儿，你知道吗？"

犯罪心理档案第三季

"烧了啊！"于宁莫名其妙地望着两人，不以为意地说，"头七那天，华明在岳父墓地前全烧啦，有10多本，华明说岳父这辈子就写东西这点爱好，干脆都烧给他，省得他挂念。我当时还问了一下看没看上面写的啥，华明大大咧咧地说，谁有工夫看那破玩意儿，估计就是老头子写点破诗、整点酸词啥的！"

"真的一本都没留下吗？"杜英雄追问。

"应该没留吧！那柜子是老物件，值不少钱呢，前阵子听说被华明偷偷贱卖了。他连柜子都卖了，还能留那些破日记本？因为这事，迎春气坏了：'真是个败家子，要是想要钱，把柜子卖给我啊，好歹也是自家人！'"于宁正愤愤地数落着，桌上的电话响了，他下意识地望了两人一眼，有意想让他们回避一下，但又不好意思明说，支吾道，"那个……我先接个电话？"

"噢，你接你接，我们正好出去透透气，你接完了咱们再聊！"韩印明事理地边起身边说。

"对了，你爱人脖子上有系红围巾的习惯吗？"没走几步，杜英雄突然回头，问出一个先前已经问过好多遍的问题。

"没有吧，偶尔系过，但没有红色的。"于宁拿起电话的手愣在半空，给出的答案也与前面几位受害者家属如出一辙。

两人刚出于宁的办公室，见走廊两边没人，杜英雄便迫不及待地把韩印拉到走廊一侧的通气窗前说："韩老师，我越来越觉得单熊业太符合咱们的犯罪侧写了，连日记这项都跟您分析的一样，可惜被单华明烧了，您说有没有可能这小子其实是看了日记的？或者是单熊业在住院期间随身带了一本日记，被赵亮偶然看到了呢？当然，这个问题是在假设单熊业是凶手的前提下。难道是DNA比对出错了？"

"肯定不会。"韩印头摇得像拨浪鼓似的说，"是你们顾组亲自经手的，你觉得会有错吗？不过你前面说的想法很好，咱们暂时就确认凶手是单熊业，那么你说说，赵亮和单华明看过日记，把单迎春作为终极谋害目标的动机又是什么呢？"

"单华明的我实在有点想不通，他看了父亲的日记，干吗要去杀他姐姐呢？而赵亮的似乎比较好解释，我就说说他吧！"杜英雄略微思索了一会儿说，"如果他从日记中得知他的病人竟是自己寻找了多年的仇人，那么以其人之道还治其人之身，杀死他的女儿是一种很解恨的报复手段。至于另外三起作案，就像您先前分析的那样，是担心咱们发现他与单迎春的交集，所以故设迷障。对了，如果凶手是赵亮，有个标记行为就能说通了。"杜英雄特意抬头看了韩印一眼，怯怯地试探着问，"关于这一点，我说了您可别生气。"

"有什么想法尽管说，什么时候变得这么磨叽了！谁还没有犯错的时候，我犯错也很正常啊，为了案子咱都得虚心接受！"韩印这话像是在说他自己，其实也在暗示英雄不要老纠结先前的过错，鼓励他尽快解开那个心结。

"好，我说！"杜英雄明显受到鼓舞，信心满满地说，"我觉得您在整个办案中忽略了一个比较重要的标记信息，那就是受害人脖子上系的那块红布条。先前咱们认为可能是凶手愤恨的人有系红围巾的习惯，但几位家属甚至包括于宁都否认了这一点，所以我就想解开这个标记的真正含义，于是我仔细研究了系红布条的手法，发现它其实与小学生佩戴的红领巾是一个系法。再结合我上面的分析，因为父母死得早，姐姐一手带大了赵亮，可能姐姐给他系红领巾的画面对他来说记忆深刻，当他想要以单迎春作为报复目标的时候，在她的脖子上戴上寓意红领巾的红布条，就意味着代表姐姐来惩罚她和她父亲。"

"不对，红布条也是凶手要摧毁的一部分，赵亮怎么会想要摧毁他姐姐呢？"韩印用食指推着鼻梁上的镜框，眼神飞快地闪烁起来，看起来大脑中破案的小宇宙又要爆发了，"红领巾方向似乎是对的，但是……它指向的应该是单华明！"

话音未落，韩印已经反身走向于宁办公室，直接"闯"了进去。于宁看起来刚放下电话，韩印走到桌前劈头盖脸地问了一句："您对您爱人单迎春年轻时候的事了解多少？"

"啊……"于宁冷不丁被韩印这咄咄逼人的气势吓了一跳，不禁缩了缩身子，惊诧了好一会儿，才呆呆地说，"呃，她跟我说过，年轻的时候有一阵子不怎么爱念书，贪玩、爱慕虚荣什么的，可是谁没有叛逆的时候啊？她本质是没问题的，说实话，结婚后她真的是实心实意和我过日子，称得上好老婆和好母亲！"于宁顿了一下，凝凝神，口气有所转换，犹疑地说，"不过，经您一问，我倒还真觉得有些东西不对劲。您应该知道她出生在包土市，在那里生活了十几年，她母亲去世后才随我岳父回到冶矿的，我曾经问过她在包土市的那段生活经历，她好像特别不爱提，总是敷衍说记不起来了，就转了话题。"

"嗯！"韩印抿着嘴，若有所思片刻，接着问道，"赵亮医生你知道吗？"

"当然，我岳父的主治医师。"韩印的问题从单迎春跳跃到赵亮，于宁有些想歪了，脸色微变，试探着说，"赵亮和迎春有啥关系？他们原先在包土市就认识？"

"你知道赵亮的姐姐20多年前被谋杀的事吗？"韩印顺着自己的思路继续问。

"听说了！"于宁不假思索，"有一次他在病房和我岳父聊天，岳父不经意问他家里的情况，他便说起来了。"

"当时单华明在不在场？"韩印问。

"在啊，我们全家都在！"韩印东一句、西一句，听不出完整的逻辑，让于宁更加摸不着头脑了，急赤白脸地说，"到底咋回事啊？迎春的死和华明，还有岳父都有关系？"

"好，谢谢你，今天先到这儿，案子有进展我会通知你。"韩印斩钉截铁结束问话，随即扭头冲英雄使了个眼色，两人便相继大步流星走出于宁的办公室。于宁不死心地还想追问，可他们人已经没影了！

◎第十二章　罪与惩罚

火急火燎地从于宁公司出来，韩印赶紧给刘队和顾菲菲打电话，让他们不管人在哪儿，都立即回队里碰面，说有重大发现要跟他们议议。

到了队里，韩印和杜英雄直奔会议室，顾菲菲和刘队已在里面等候多时。迎着他们焦急又期待的目光，韩印废话不多说，简要介绍了刚刚与于宁会面的情况，然后郑重其事地抛出一个在他看来足以解开所有谜团的观点……

不过韩印话音刚落，顾菲菲便紧跟着提出疑问："综合目前掌握的信息，单熊业的确很符合早年凶手的侧写，不过关于他和单华明之间的关系应该不是你说的那样。DNA检测结果我反复确认过，从似然比率上看，单华明与早年的凶手没有一点存在亲缘关系的可能。"

信心满满的推论被顾菲菲在第一时间否定了，韩印面色平静，似乎并不意外，可还未等他辩解，刘队就先抢下话："我倒是非常同意韩印老师的分析，至于DNA不匹配，有没有可能是问题出在单迎春身上呢？她会不会是……"

"对啊！这就能将整个案件理顺了！"杜英雄双手猛击，一脸兴奋地道，"当初单迎春拒绝配合DNA比对，肯定是担心暴露她与单华明之间的真实关系；而单华明转悠一圈又回来，是因为他早已获知自己与所谓的父亲和姐姐之间的关系，他很清楚检测结果不会对案件起到任何帮助！"

"反而可以撇清他们全家与案件之间的关系，尤其为他最后杀死单迎春做了一个很好的铺垫。他可能侥幸觉得咱们已经用他的DNA与早年凶手的做过比对，便不会再在单迎春的DNA上花心思了！"顾菲菲也豁然醒悟地附和道。

"好吧，各位都是一点即通，我就不多解释了。"韩印笑笑道，"当然，咱们还要等三方DNA交叉比对的结果出来才能完全确认，不过我是很有信心的！"

"那赵亮怎么处置？我们查看了二院的监控录像，没发现所谓栽赃他的人，不过那儿监控盲点太多了，熟悉地形的人是有可能避开摄像头的……要不先放了……可这小子有动机，有作案时间，又有确凿的物证，放了也有些不妥……"刘队话说得支支吾吾、颠三倒四，貌似有什么难言之隐。

"您这么为难，估计是赵亮有些背景吧？"韩印试探着问。

"因家暴被拘留过，还动手暴打病患家属，至今仍能安然无恙留在医院工作，说他没背景，谁信呢？"顾菲菲适时对韩印的问题做了注解。

"既然你们都猜到了，我就直说吧！"刘队叹口气道，"赵亮虽然脾气暴躁，但业务能力还是很出色的，在我们冶矿整个医疗圈里也算出类拔萃，若不是经常惹是生非，恐怕现在最次也能混个科室主任什么的，就他惹的那些事，换成别人早被开除好几回了。至于这其中的因由，则完全得益于他利用医务工作的优势，结交了很强的人脉关系，这些人里不乏富豪显贵和市里高层领导。不瞒你们说，自从他被带到队里，已经有多位颇具身份的大人物通过各种渠道打探他的消息了，局领导压力很大。若只有他一个嫌疑人，再大的阻力咱也能扛住，可现在看，他确实有可能是被陷害的！"

"单华明曾经在医院陪护单熊业前前后后好几个月，想必对医院的地形、工作制度以及赵亮的作息时间都有相当的了解；加之机缘巧合，他获悉赵亮就是父亲第一个加害人的弟弟，而后他认为是赵亮医死了他父亲，且又遭到赵亮毒打，心里的愤恨可想而知。所以在他精心谋划的报复计划中，有心让赵亮做他的替罪羊！"杜英雄顺着刘队的话深入阐述道。

"应该就是这种动机。"韩印颇为认可地点头道。突然他定住身子，眼神凝滞了几秒钟，似乎捕捉到了某种灵感，旋即他又做出那个熟悉的动作，伸手推了推鼻梁上的镜框，加快语速道："等等，我想到了，除了刚刚分析的，我觉得从动机上也可以锁定单华明的凶手身份。先前一直无法找到那几个被害人之间的交集，是因为咱们没往单华明身上联系过。就像英雄刚刚说的，如果单华明整个作案动机中带有一定的报复成分，那么那几个中年妇女会不会也是他一开始便谋划好的报复对象呢？"

"对啊！这点我倒还真是忽略了，那几个女被害人都住在单华明派送快件的区域内，说不定曾经因为快件的事情与他发生过冲突。"刘队使劲拍着桌子嚷道，"我待会儿马上派人，不，我亲自去一趟快递公司，核实一下这个情况。"

"行，不过即使是这样，从稳妥的角度出发，我觉得赵亮暂时还是不能放！"韩印慎重地建议道。

"其实还有个问题让局里很被动。"刘队皱皱眉道，"你们年轻人都清楚，现在是网络信息时代，什么微博、微信的，好多事想捂是捂不住的。赵亮被抓的消息其实早就从医院流传到社会上了，现在社会上正疯传谣言，说是咱们忌惮赵亮的深厚背景，所以一直没正式拘捕他……"

"那就更不能着急放他走了！"顾菲菲提高声音强调说。

"唉，道理我也明白。算了，先不管他……"刘队烦躁地摆摆手，冲韩印问道，"对了，即使DNA结果和动机都确认了，也无法作为抓捕的证据，那接下来您有什么打算？"

"您说得对，还缺乏直接定罪的证据，所以我才急着和您碰面，想咱们一起商量下对策！"韩印望向众人说。

"我估计去快递公司调查等应该已经惊着他了，要不咱们就先把他控制起来审审？"顾菲菲低头沉吟一会儿说。

"对啊！以他的嫌疑，咱们完全可以依法传讯他。"杜英雄也建议道。

"先试探着审一下也行，不过像他这种连环杀手，除非你现场人赃俱获，否则他是不会轻易招供的。尤其我们的目的并不只是简单地让他招供，还希望他能提供确认单熊业是早年凶手的证据。"韩印顿了顿，略微思索一下，"还是这样吧，我和英雄去趟包土市，争取把他们一家的经历了解清

095

楚，然后制订出一个有效的攻心策略。同时还有个方向，也值得咱们去深入调查一下——于宁说日记是单华明在头七的时候烧掉的，而他开始作案是在单熊业去世几个月之后，却仍能清楚地执行完全一样的标记行为，所以我觉得单熊业的日记也许并未被全部烧掉，有关作案的记录可能被保存下来，单华明甚至可能还在做续写！"

"如果真能找到这本日记，不仅在审讯上咱们可以占据绝对主动，从经验上说还非常可能在日记本中发现隐形的DNA证据。"顾菲菲说道。

"那咱们就多点出击，我立即安排车，你们赶紧上路，队里这边也抓紧时间申请搜查证，对单华明的住处和单位大范围搜查一下。"刘队总结式地说道。

"那你不等DNA结果了？"顾菲菲迟疑地望向韩印，似乎觉得他操之过急了。

"没事，咱们随时保持联系，结果出来你立刻通知我就是了。就算错了，也只是在路上浪费点时间罢了。现在两名重要嫌疑人都被咱们控制住，一定不会再有受害人出现了！"韩印特意冲顾菲菲微笑一下，故作轻松道。

"路上小心。"顾菲菲贴心地回了一个微笑并叮嘱道。

包土市距离冶矿市900多千米，系蒙原自治区第一大城市，是一座与冶矿背景颇为相似的重工业城市。这里同样有着丰富的矿产资源，也拥有一家历史悠久、在国内乃至世界都闻名的有色矿业集团，而单熊业在调回冶矿公司之前，一直在该集团下属的一个冶炼分厂工作。

历时十几个小时，韩印和杜英雄终于在次日上午安全抵达包土市。差不多与此同时，顾菲菲打来电话，除了关心他们一路上的安全问题外，更重要的是要向他们通报DNA比对结果。当然，结果不出韩印所料！另外，刘队在快递公司的派件记录中果然查到了除单迎春之外的三个女被害人的交集之处：单华明不仅为她们派送过快件，还曾因态度问题被她们三个分别投诉过，致使单华明被公司扣罚了一定数额的提成。就此，单华明选择目标的模式得以完全确认，即他所有的加害目标，均与他有着一定的恩怨。

随后，韩印与当地警方接上头。借助前期调查整理的一些资料，加之当地警方接到了冶矿市局请求配合办案的电话，他们立即派出人手全力协助走访，韩印和杜英雄在隔天下午得以顺利见到工厂的一些退休老职工，有几位竟然还与单熊业在一个工厂家属大院住过，对他家里的事是一清二楚。可以说此次跨省调查的进展，要比预想顺利得多……

可是，冶矿市这边就没那么幸运了！应该说局面非常糟糕！

针对单华明采取的搜查取证，没有丝毫收获，损坏的巴枪和旧的制服，单华明表示都被他扔掉了，至于所谓的日记更是难觅踪影，与他亲近的一些社会关系都表示从来没听他提起过什么日记。更令警方意外的是，在念及亲戚情分且不相信单华明会犯下如此罪行的情形下，于宁在单华明被传讯后不久便为他聘请了律师，在律师的干预下，警方与其对峙了48小时无果，只能无奈依照法律放人。

而单华明及其律师并不想善罢甘休，他们通过网络媒介散布消息，质疑警方放着证据确凿的嫌疑人不去追究，反而一再为难无辜市民，暗示警方在此次调查中，存在不可告人的黑幕，企图陷害平民百姓，替"根基深厚"的赵亮顶罪，并表示择日将有进一步的声明！

单华明如此有恃无恐地向警方挑战，无非是看准了时下的社会大环境中，高层领导以及社会大众对警队在办案过程中的舞弊行为深恶痛绝和严惩不贷的态度，企图混淆视听，蒙骗不明真相的群众，借助舆论的影响将警方逼入难堪的绝境。此举对他来说就是一种游戏，一种补偿多年以来自认为被社会忽视、被社会迫害和边缘化的报复行径。当然，归根结底还是因为他很清楚警方没有指证他们父子俩犯罪的确凿证据。

冶矿的局面刻不容缓，身在包土市的韩印和杜英雄获悉后，顾不上连日来的奔波劳累，即刻马不停蹄地往回赶。汽车一路风驰电掣高速疾驶，终于回到冶矿市刑警支队大院时，已近午夜，黑漆漆的办公大楼中唯有一扇窗户还透着光亮，韩印知道那里是会议室。

会议室中烟雾弥漫，气氛异常沉闷。顾菲菲和艾小美表情严肃；刘队等几位办案骨干闷头抽着烟，一脸的愁眉不展；长条会议桌正中间坐着市局正、副两位局长，两人都表情阴沉，看起来甚为恼火。

韩印和杜英雄冲诸位点点头，分别在顾菲菲和艾小美身边坐下。韩印屁股沾到椅子的同时，便听顾菲菲在耳边轻声道："几个小时之前，单华明和他的律师分别通过微博公布消息，称明天，不，这个时候应该说是今天上午10点，将在律师事务所所在的写字楼会议室开一个新闻发布会，详细说明被警方无辜迫害的经过！"

"咱们目前的办案进展，实在不宜向外界公布，看来这个哑巴亏咱们是吃定了！"刘队勉强挤出一丝苦笑，接着顾菲菲的话说。

"怎么说？跟人说赵亮有动机、有作案时间、有凶器，却是被冤枉的？你们言之凿凿指认人家父子俩是凶手，却没有丝毫的实际证据，说出来还不让人笑掉大牙？那些记者好问了，你们破案是靠猜吗？"局长姓周，语带讥诮地瞪着刘队，发出一连串的诘问。

"周局，关于单氏父子的作案嫌疑，应该说现在是可以确认的，尤其是我们从单熊业早年的几位工友那里获取的相关信息，都能和先前的侧写报告对上……"刘队脸色甚是难堪，求援似的瞅向韩印，韩印便就着局长的话，将包土市一行所掌握的信息做了具体的汇报。

"还是那个问题，证据，证据在哪儿？怎么才能让单华明在短时间内认罪？"局长脸色稍微缓和一些，但语气还是带着质问。

"是啊，这新闻发布会一开，咱们局就又要被放到舆论的风口浪尖上了。过往的十几二十年，由于案子一直悬着，这种针对局里办案能力的质疑和非议已经够多的了，如果眼下不能尽快给民众一个交代，恐怕咱们这拨人的警察生涯就到此结束了！"一旁的副局，神情沮丧，不无忧虑地说。

两位局长的气势如此低落，别人就更不用提了，会议室又陷入悄然无声的氛围中。韩印默默思索了好一会儿，转头与顾菲菲对视一眼，斟酌着字眼，打破让人窒息的沉闷，说道："困难很大，但也未必不是一次机遇！从作案表现上看，单华明的确有一定的犯罪和反侦查能力，但从中也可以看出他在控制情绪方面相较他父亲要差太多，咱们几次在网帖中的引诱动作，实质上都让他产生了很强烈的应激反应，若不是他运气好的话，恐怕早就露出马脚了！再有，他是个赌徒，争强好斗，越挫越勇是他的本性，如果能在众目睽睽下激起他赌徒的性格，让他情绪失控，也许会令他失语吐露出真相！所以我请求领导批准，给我一次在新闻发布会现场与其正面交锋的机会！"

"这个……"周局眼睛里闪过一丝光亮，但很快又变得混沌，与身边的副局和刘队交换眼神后，迟疑不决地盯着韩印说，"你有十足的把握吗？你要清楚，一旦弄巧成拙，那在外界看来，就更像咱们在有针对性地诬蔑单华明啦！"

"周局，我觉得搞不清状况的是你！"憋了很长时间的顾菲菲终于按捺不住，用咄咄逼人的语气和凌厉的腔调呛声道，"说到底，案子是你们的，韩印老师为了破案甘愿用自己多年辛苦建立起来的声誉做赌注，可以说已经做出很大牺牲了，而你们还前怕狼后怕虎的，不觉得有些过分吗？不然你们还有更好的办法？"

顾菲菲还想再接着说，韩印赶忙拦下她。那边被后辈毫不留情狠狠将了一军的周局，脸上红一阵白一阵，看似恼羞不已。刘队看出这气氛不对，赶紧站出来圆场。他先是冲周局低姿态地建议了一句："要不然让他试试？"然后又转头谨慎地冲韩印叮嘱道："但是韩老师，你这边一定要制定个完备的对话策略！"

"这个是必须的，您尽管放心！"韩印刻意让自己脸上现出一丝笑容，想缓和一下场上不和谐的氛围。

"那好吧，时间也不早了，距离新闻发布会召开也就几个小时了，你们先回去，抓紧时间研究出个具体的实施策略！"周局看了看表，顺着刘队的话，给自己找了个台阶下。

"好，好……那我们先回去了！"韩印边应话，边轻轻拍拍顾菲菲的肩膀，生怕她怒气未消，再说出让周局难堪的话。

顾菲菲明白韩印的好意，但并不领受，甩了甩胳膊，冲周局和刘队声音冷冷地说："今天的行动你们就不要参与了，在写字楼外面做接应就好。本地媒体都熟悉你们，届时被认出来，局面很容易失控。"

顾菲菲的话虽然听起来刺耳，但不得不承认是很有道理的，周局和刘队只能木然点头，被动地表示认可。

上午10点整，支援小组四人准时赶到发布会现场。不算太大的多功能会议室被各路媒体记者挤得水泄不通，单华明及其代理律师面对众记者坐在正前方，身前的长条桌上摆满带有各种标牌的话筒。

发布会由单华明的律师主持，内容无非是添油加醋，渲染夸大被警方调查的经过。律师声称，警方一而再，再而三的无理调查已严重干扰到单华明的正常生活，为此他甚至还丢掉了工作，呼吁媒体为其主持公道，要求警方立即停止对其的迫害。另外，针对赵亮，律师也做了相当深入的了解，他向媒体详细罗列了赵亮过往的斑斑劣迹，隐晦地指出赵亮才是真正的杀人凶手……

可以说现场的气氛是异常热烈，闪光灯频频在单华明脸上闪现，虽然口口声声称自己的生活被警方搅乱，却没见他有多少愁容，反而一脸的意气风发……随后，律师宣布进入所谓的媒体提问时间，还像煞有介事地规定只有点到的人才能发问。就在单华明左顾右盼选择提问人选时，杜英雄在前面开路，竭尽全力分开拥挤的人群，将韩印引到最前排来。

韩印突然闯入，引起现场一片哗然，单华明却颇沉得住气，一边上下打量着韩印，一边试探着问道："你们这是……"

"我们是来恭喜你的，恭喜你终于得偿所愿了！"韩印向前几步，迎着单华明的目光，冲身后记者群指了指，一脸轻蔑地笑道，"这就是你一直期盼的场面，对吗？你想要更多人感受到你的存在，你想成为这个社会的焦点，过了今天，那些曾经忽视你、对你不屑一顾的人都会把目光聚焦在你身上，这种将所有人玩弄于股掌之中的感觉让你很享受，对吗？"

单华明看出来者不善，但仍然克制着情绪，还抬手拦住正欲质问韩印的律师，他扬了扬眉毛，表情略带不屑地说："我想到了，听说上面来了一个犯罪心理学家帮我们冶矿破案，应该就是你吧？"

"我是谁不重要，重要的是我知道你是谁！"韩印不置可否，转头冲记者们问道，"你们想听我说说他的故事吗？"

"想啊！""你快接着说啊！""你真的是北京来的专家吗？""请问你是代表冶矿警方出席这次发布会的吗？""你们警方对单华明刚刚的指责有什么看法？"……

韩印话音刚落，现场便炸开了锅。记者们手中的照相机和摄像机镜头齐齐对准了他，紧跟着七嘴八舌地抛出各种问题。他们怎么也不会想到，北京来的刑侦专家竟然采取此种方式与单华明直接对峙，这新闻素材简直太劲爆了！

韩印笑笑，没理会记者们的提问，又转回身子，盯着单华明，挑衅似的问道："你呢，想听我说吗？"

单华明先是耸耸肩膀，一副无所谓的样子，接着把身子靠到椅背上，双臂抱于胸前与韩印对视，做出迎战的姿态。韩印则稍微侧侧身子，这样既可以观察单华明的表现，又可以兼顾记者们的反应："说到你的故事，恐怕要先从你父亲单熊业说起，因为我必须为1988年5月至2002年2月这14年间失去生命的8位女性讨个公道。

"在我的调查里，你父亲是个极为内向和沉默寡言的人，他总是沉浸在自己的精神世界里，习惯用文字表达内心情感和记录生活点滴，当然这不妨碍他成为一个优秀的人才——1963年他以优异的成绩，考入邻省一所重点工业院校包土钢铁学院。在那里他度过了愉快的四年时光，还认识了你母亲，并确立了恋爱关系。

"也许是天意弄人吧，就在你父亲准备与你母亲一道迎接更美好的生活时，特殊历史时期的一份特殊公文彻底打乱了他们的愿景。中央发出通知提出，那一年的大专院校毕业生，不再享有国家干部编制，而是要下基层当农民、当工人，于是你父亲只能追随你母亲分配到当地的一家工厂里。寒窗苦读、金榜题名，到头来却只成为一名基层的冶炼工人，你父亲心中的失落和不甘不言而喻，我想这一点他应该会记录在日记中。

"生活总要继续，而且当时做工人，也是一份不错的职业，于是参加工作不久之后，你父亲和你母亲便正式结合了。按正常人的生活，娶妻之后接着就是生子，可是两年之后，你母亲的肚子毫无动静。去医院就诊，问题出在你父亲身上，精子成活率偏低，以那时的医疗水平，这就等于宣布你父亲没有生育能力。一个男人没有繁衍后代的能力，在那样一个保守的年代，可以想象，他会遭到怎样的羞辱和嘲笑，你父亲同样会把这份自卑和无助用文字记录下来。

"随后在组织的帮助下，你父亲和你母亲收养了一个小女孩，也就是你姐姐。对于她的到来，你父亲在情感上是复杂的：一方面，这个家看起来终于像个正常的家庭了，但同时似乎又总能让你父亲看到自己耻辱的一面。好在那时你姐姐是个十分乖巧懂事的孩子，她的天真可人渐渐化解了生活中的波折，为这个家庭带来一段在记忆中难以磨灭的幸福时光，以至于很多年后，当你姐姐进入青春期成为一个叛逆、颓废、放荡、经常逃学与社会上的地痞厮混在一起的坏孩子时，你父亲是无论如何也接受不了的。父女俩的争吵、打骂、冲突日渐加剧，结果便是你姐姐三番五次离家出走。

"你姐姐最久的一次离家出走时长将近一年，回来的时候，她已经是一个挺着大肚子的即将临盆的孕妇，没几天便生下一个小男孩；更过分的是她也分不清孩子的父亲到底是谁，当然也不会有人愿意为她负责任。作为父母来说，自己十几岁的孩子未婚生子，孩子的父亲未知，还有什么比这更让他们羞耻的！于是，你本就体弱多病的母亲，一股火上来就病倒了，就此卧床数月，直至去世。到最后也没查出具体病因，医生只能以心火郁积来解释，也就是说，你母亲是被你姐姐活活气死的！

"从那时起你姐姐又变成你父亲的耻辱了，他一定很想让时光倒流，很想回到你姐姐给他们带来快乐的时光。于是几天后，包土市一个白天独自在家的20岁女青年被凶手入室割喉，死后尸体惨遭虐待，凶手在现场留下了指纹，被包土市警方保留至今……

"你母亲去世之后，你父亲在包土市再无牵挂，他更不愿意因为你姐姐的事情而被街坊邻居和工友们在背后指指点点，所以在你爷爷的疏通下，他带着你姐姐和她的孩子调回冶矿工作。那时应该是1988年了。一个40多岁的中年男人，来到陌生的单位，一切都要像学徒工一样从头再来。没有朋友，周遭满是鄙夷的目光，放到任何人身上，那种失落感恐怕都是难以承受的，何况又丧妻不久，还要养育女儿及其年幼的孩子，这一桩桩烦心事终于让你父亲彻底迷失了。他开始把愤怒的焦点放到你姐姐身上，觉得都是因为她的堕落，才令他的生活如此狼狈。他需要掌控自己的命运，妄想通过消灭你成年堕落时期的姐姐，让他的生活重新回到正轨上。于是从那一年开始，和前一年包土市发生的案件一样，冶矿市也陆续出现独居女青年遭入室割喉残杀的案件，直至2002年，受害人数达8名之多……"

韩印稍微停顿了一下，眼睛紧紧地盯着单华明，加重语气道：

"我想刚刚说的这些，在你父亲去世后，你收拾他遗物的时候，一定都在他的日记里读到过。对，他就是那个令整个冶矿闻风丧胆、奸杀了8名无辜女性的连环杀手！而更令你难以置信的是，你从你父亲的那些日记中赫然发现，他真实的身份其实是你的外公，而你姐姐竟然是你的母亲。

"我能够想象那一刹那你的震惊和愤怒，朝思暮想的母亲竟然就近在身边，而她却没有尽到哪怕一丁点的母亲的责任，她甚至担心你影响她新组建的家庭，而教唆她的丈夫对你敬而远之，甚至还想霸占你'父亲'一半的遗产。回想这一路的成长经历，你觉得如果你有了母亲，也许就不会被其他小朋友叫作野孩子，也许就不会过早地厌学、离开学校，也许就不会总是在社会的底层挣扎与徘徊，你似乎一下子找到了你人生失败的根源。你满腔愤懑、怒不可遏，幻想着终有一天你要像你外公那样去惩罚你母亲！

"不久之后，你偶然看到了那个所谓退休老警察的网帖，你从中感受到了你外公的荣耀。那种杀人于无形、蒙蔽世人双眼、从容摆布警察的成就感，令你深深着迷，于是你决定重拾你外公用过的那把嗜血折刀，去报复所有曾经伤害你的人。当然，你很聪明，一开始就想好了让赵亮做你的替死鬼！

"说到这里，我想插一段我自己的经历。在我很小的时候，母亲与父亲离婚后去了国外。对于母亲，我最深刻的记忆恐怕就是入少先队时，她亲手为我戴上红领巾的画面。我想这对你来说，是一种奢望，也是一种盼望。你无数次在脑海中想象那样的画面，以至于渐渐地那样的场景就成为记忆中母亲的形象，所以你在前三次作案中会在受害人的脖子上系上红布条，来替代你母亲的身份。当然，你最后一次作案，所面对的已经是你的母亲，也就无须再系什么红布条了！"

韩印再次停下话，冲记者群打量几眼，又扭过头，视线重新锁定在单华明的脸上，说："故事讲到此，你和在场的所有人一定都能发现，穿起整个故事最核心的，就是你外公的日记了。这一点你无须否认，因为你母亲的丈夫于宁已经证明了日记的存在，还表示所有的日记都被你在你外公的墓地前烧掉了！但我不这样认为，我相信在你外公众多的日记中，一定有一本是专门记录他所有犯罪经过的，而这本日记应该被你保存了下来，它会成为指证你和你外公最直接的证据。"

韩印话音未落，单华明扑哧一声笑出来，摊摊双手，讥诮道："说得这么热闹，都只是你的推测啊！"

"是啊！有没有搞错！没证据出来说什么？""你们警察就这么办案的吗？""也太不严谨了吧！"……记者们也开始起哄，现场又嘈杂起来。

韩印咧了下嘴，露出一丝诡笑，似乎对众人的反应早有预料。他先是冲着一干记者压了压双手，示意他们安静下来，接着转过头凑近单华明，再次挑衅地说道："你敢不敢和我赌一次？"

"赌什么？"单华明不假思索地问道。看来对一个赌徒来说，任何赌局都能挑起他们的斗志。

"你信不信，我问你几个问题，当然都不涉及日记，我就会知道日记的下落？"韩印以激将的口吻说。

"三个就三个！"单华明干脆地说，随即又问，"如果我赢了呢？"

"你赢了，我可以代表冶矿警方正式向你道歉，并保证从此不再打扰你。"韩印故作诚恳道。

"要是你赢了，你想要什么？"单华明扬扬下巴问。

"你好像没明白，如果我赢了，接下来的事情，就由不得你了！"韩印哼了一下说。

"那来吧，开始吧！"单华明信心满满地说。就像所有赌徒一样，开赌前他们从不认为自己会输。

"你上个月去过图书馆吗？"

"没有！"

"你在医院见过赵亮的更衣箱钥匙吗？"

"没有！"

"在来这个发布会之前，我刚刚从你的出生地包土市回来，我们了解到你母亲是在同时与多位男性淫乱的时候怀上你的，过去的技术做不到，但现在我们通过科技手段确定了你父亲的身份，你想见见他吗？"

"不想！"

三个问题问完了，单华明似乎发觉自己被耍了，恼羞成怒地说："你根本不是在找日记，是想借机羞辱我对吗？"

"被你看穿了，对，我的确是在羞辱你！"韩印摊摊双手，露出一脸讥笑道，"因为我们已经发现那本日记了，就在你外公的墓穴里，上面有你和你外公的指纹，还有你续写的犯罪记录。"

"你……"单华明霍地站起身来，用拳头使劲捶了一下桌子，摆在上面的麦克风被震倒一地，随即他脸色煞白地呆愣住了，看似有些不知所措。此时坐在他身边的律师赶紧欠身，凑到他耳边，轻声说了几句，单华明脸上迅速恢复血色，竟然又稳稳坐回到椅子上。他低头沉思了一会儿，再抬头已是一脸狞笑，冲着韩印淡定地说道："你说得对，你说得都对！我喜欢出名，喜欢被别人重视，我也确实续写了一本日记，而且所记录的内容都是我亲手做过的！可那又怎样？我的律师刚刚告诉我，你们先前出示的搜查证上标明的范围中，并没有涉及我父亲的墓地，也就是说，你们取得那本日记的方式并不合法，我们有权利要求法庭不公开日记上的内容，也不可以作为呈堂证据。好了，你们唯一的证据不能用了，不管日记上写了什么、我做了什么，你们都奈何不了我。拜您所赐，我应该会被载入犯罪史册吧？"

"你高兴得有点太早了吧！"韩印脸上露出一丝狡黠道，"不知道是我没说明白，还是你没听懂，我刚刚说的是我们'发现'日记，并没说'得到'日记，也就是说，我只是推测日记在你外公的墓穴里，指纹和所谓的续写也是我推测的，而你刚刚好像当着在场所有人的面认罪了吧？"

"双手抱头，身子趴到桌子上，马上！"见火候差不多了，杜英雄拔出枪对准了单华明。单华明也清楚大势已去，只好听从杜英雄的命令。

◎尾声

　　正如单华明交代的那样，他外公单熊业确实有一本日记是专门用来记录犯罪经过的，他也确实做了续写，之后将日记偷偷藏到单熊业的墓穴里。警方在这本日记本里发现了两人的指纹，笔迹鉴定也是匹配的；也正如顾菲菲预想的那样，日记本里夹有单华明的皮屑，也就是所谓的隐形DNA检材；再加上单华明的口供，证据链完整无缺，完全可以确认单熊业自1988年至2002年跨越两地的9次作案，以及单华明在本年度的4次作案……只是单华明无论如何也想不明白，韩印怎么就突然发现日记本藏匿的地点了呢？其实当时在场的杜英雄、顾菲菲和艾小美也搞不明白。还有最后打赌的那三个问题，韩印绝不会只是为了耍弄单华明，他一定有用意，那到底是什么呢？

　　韩印回到学院后，在他的课堂上揭晓了谜底：

　　核心就是三个字——微反应！韩印之所以要在发布会上针对单华明的身世，以及爷孙俩作案的前因后果做那番冗长叙述，无非是想从单华明的应激反应中找到突破口。在整个叙述中，他一直旁观单华明的表情和肢体语言，当然，单华明做出过很多反应，就不一一赘述了。最引起韩印注意的是，当他讲到听于宁说单华明将所有的日记都在单熊业的墓地前烧毁时，单华明做出一个用手背蹭蹭嘴唇，然后迅速放到鼻子上闻了一下的举动，这在韩印看来，有可能是单华明在遇到压力时，做出的"安慰"似的应激反应。

　　随后的打赌其实是为了确认单华明恐惧反应的"基线"，就是说想确立他在没有任何思想准备的情况下，做出应对压力的反应动作。当时的那三个问题都是经过设计的，均属于"无关有压"类型的问题。深入一点解释就是，三个问题其实都跟韩印想要找的日记无关，但都会让单华明心里有一定压力。不过前两个问题都是单华明之前做过的，他有可能心里早就做好了应对此类问题的准备，做出的反应有可能是他设计过的，但最后一个问题是他完全没有预料到的，所以他又下意识地做出用手背蹭了蹭嘴唇，然后迅速放到鼻子上闻一下的举动。由此韩印便更加确认"墓地"是一个让单华明内心恐惧的地方，所以大胆推测那里是日记藏匿的地点。

当然，就算警方从墓地中找到日记，上面有单华明的指纹和笔记，那也只能证明单华明看过日记和写过日记，他要是硬扛着不承认杀人，结局也很难预料。所以就如韩印在发布会之前说的那样，他要利用单华明好斗以及越挫越勇的赌徒性格去激怒他，从而诱导他承认犯罪事实……

韩印在课堂上对他的学生们讲述了这个案例，并对相关疑惑给予了解答，学生们听过之后，便在下面纷纷议论开来，说话也都是没遮拦的：

"老天爷还是长眼睛的，那个叫单熊业的奸杀了那么多女的，结果报应到自己蛋蛋上了，得了睾丸癌，到最后还是受害人的弟弟亲手把他的蛋蛋割了，这不是报应是什么？"一个女同学大大咧咧地说。

"哎呀，我去，您这也太豪放了，好歹也一青春美少女，蛋蛋、蛋蛋地叫着，我脸都红了。"旁边几个男同学哄笑道。

"滚，你们不装能死啊！"女生捶打着男生说。

"不过说得倒是有些道理。命运这东西真的不好说，单熊业虽然躲避掉了法律的制裁，但没逃过癌症的折磨，而他更不会想到，他的外孙竟然会杀死亲生母亲！尤其对单华明来说，似乎这就是他的命，想躲也躲不开！"坐在前排的一个女同学用冷静的口吻说。

…………

韩印站在讲台上,默默地注视着下面学生的议论,心里也有些感慨:"有些时候,命运其实只是失败者和愤怒者自暴自弃的借口而已,就像伏尔泰说过的:'没有所谓命运这个东西,一切无非是考验、惩罚或补偿。'人选择不了自己的出身,选择不了自己的外在,但是一定可以选择善与恶!"

第二卷
心灵杀手

人是可以被驯养的！

◎ 楔子

北方，海滨城市，明珠市。

6月天，万里无云，天空蓝得通透，冷热适中的城市中高楼密布，人群熙攘，一派生机勃勃的景象。

但，正如再明媚的阳光也无法透射到大地每个角落，城市繁华的背后，亮丽高楼的掩映之下，时不时地就会显现出几栋满目疮痍、荒弃多年的建筑，也就是所谓的烂尾楼。至于烂尾因由，无非是开发商资金链断裂，深陷债务泥潭无法自拔，建筑违规或工程质量低劣被勒令停工等。

在明珠市市区南部，就有这么一片烂尾的住宅工程，名为丰收园，上面列出的那几条烂尾原因它几乎全占了，所以在停工的十几年间，历经多家开发商，也始终未使之咸鱼翻身，现今已经称得上这座城市最著名的烂尾楼了！

今天是个难得的好天气，丰收园也迎来了罕见的人气。

走在工地上的一行人，差不多都穿着蓝色西裤和白色衬衫——政府工作人员标配打扮，被簇拥在人群中间的几个面目看起来颇具威严，不用问，肯定是市领导，他们此行考察的目的也不难判断，应该是为随后的全市烂尾楼工程大清理做准备。

前阵子下过几场雨，工地的土路有些泥泞，加之多年人迹罕至，使得遍地荆棘丛生，荒草高至没膝，虽前有随从开路，几个养尊处优惯了的领导仍显得不太适应。不过更让他们难以忍受的是空气中弥漫着一股刺鼻的臭味，好像是老鼠或者别的什么动物死了之后的腐烂气味。

看着领导们一个个紧皱眉头的模样，有眼力见儿的下属赶紧向职位更低的下属使眼色，几个年轻的工作人员便分散开来，像小狗似的抽着鼻子，东闻闻、西嗅嗅，四处寻找臭味的来源……

找了好大一会儿，没有什么收获，一个小伙子却不小心跌到土路边一条被荒草遮掩住的沟渠里。那沟渠有1米多深，小伙子冷不防闪这么一下，跌得不轻；更要命的是那里面还躺着一只大铁桶，小伙子的脑袋生生磕到了桶沿上，疼得他是连声惨叫。

好容易狼狈地爬起身，小伙子一脸窘迫，气急败坏地照着铁桶便踹了一脚。随着铁桶发出一声闷响，一股比之前更加浓烈的恶臭猛地蹿出来，让小伙子觉得臭味的源头似乎就近在眼前。他赶忙弯下腰拨了拨身边的杂草，先是看到了桶口边散落的水泥碎块，紧接着看到了一颗皮黑肉烂的人头！

◎第一章　铁桶藏身

刑事侦查总局，重案支援部。

顾菲菲近段时间的变化是显而易见的。原来精干的短发，稍微留长了一些，修剪成时尚的中分波波头；衣衫颜色和款式多了一抹靓丽和妖娆，比如今天穿的就是一件带蝴蝶结的酒红色V领衬衫，搭配灰色的修身西裤，优雅中透着知性，高贵气质十足。性格方面似乎也潜移默化地随着外在变得温婉了许多，收敛了咄咄逼人的架势，与人交流的态度也不那么冷淡了，甚至有时在路上遇见同事还会主动打招呼。或许这就是爱情的魔力吧，在爱情面前，再强硬的女人也会变得柔软起来。

当然，在面对老领导吴国庆时，她还是保持一贯的庄重。她恭敬地从眉头紧锁的吴国庆手中接过一份案件卷宗，翻开之后看到：

本年6月1日，接到群众报案，明珠市警方在市郊一处废弃已久的厂房内，发现一只用水泥浇灌封住桶口的大铁桶，桶内装有一具裸体女尸，经比对失踪人员报案记录，确认为66岁的饭店老板张翠英；时隔四天，也就是6月5日，明珠市政府领导在巡视当地一处烂尾楼工地时，在一只同样用水泥封口的大铁桶内发现一具高度腐烂的男尸，经法医验尸确认，受害人为年近62岁的蒋青山，其退休前为明珠市公安局刑警支队支队长……

见顾菲菲合上卷宗，吴国庆严肃地叮嘱道："蒋青山的情况我稍微做了下了解,他在当地刑侦界有一定影响力,刑警支队现任的大部分领导都是他一手培养起来的,所以他们对破案应该会比较迫切,难免会急躁和鲁莽一些。还有,现如今社会舆论对政府公务员享受特权的行为比较反感,对咱们执行任务的时间点也许会产生误会,可能会觉得先前发现女老板遇害时咱们没有过问,而当受害人身份变成刑警队原支队长时才引起我们足够重视。所以,这次任务不管是面对当地办案人员还是媒体,一定要注意言行,态度要适当,以免引起不必要的冲突,影响和谐。"

"您放心,我心里有数。"顾菲菲郑重应道,"如果时机恰当,我会向他们解释——咱们之所以接下这次任务,是因为犯罪模式的同质化,比如抛尸的手法、工具、地点,以及受害人的年龄层,等等。"

"嗯,搁以前我心里还真有点打鼓,不过最近你的变化我可是全看在眼里。"吴国庆到了这把年纪,把身边的下属都当作自己的孩子看待,孩子们能够幸福快乐,他当然是最欣慰的,末了他还不忘打趣一句,"这应该感谢韩印老师吧?"

"干吗谢他……"顾菲菲低头理了理发梢,扭捏了一下,随即抬起头,略带伤感地说,"其实也不尽然,与他只是一个方面,更多的是对生命的一种顿悟吧!作为法医,死亡和尸体对我来说再熟悉不过了,以至于我似乎从未真正思考过死亡对一个人本身和他身边的人来说意味着什么。可当那一具具冰冷的尸体是我朝夕相处的同事、我曾并肩作战的战友时,我才真真切切感受到生命的终结给心灵带来的那种从未有过的震撼。'泰平案(见第二季第四卷)'三名同事牺牲,杜英雄也在鬼门关前走了一遭,站在手术室门前的那一刻,我真的难受极了,不断在心里问自己:为什么不珍惜和这些同事相处的时光呢?明明在乎他们,为什么平日里不能对人家好一些呢?"

"小顾,你开窍了,听你这么说我真高兴。"吴国庆愈加感到欣慰,"人活着,自己开心当然很重要,但其实当你让你在乎的人开心的时候,你会更开心!"

北方某警官学院，大阶梯教室。

韩印的每堂课都有案例讨论环节，今天他抛给学生们的案件，是曾震惊全国的"河阳性奴案"。

"2011年9月，河阳市警方成功破获一起恶性拘禁案件，犯罪人为30出头的当地李姓男子。该犯罪人将一处地下室深挖改造成地窖，先后囚禁6名女子作为其性奴，并逼迫她们从事网上视频裸聊以及在现实中卖淫等色情活动，囚禁受害人时间最长的达2年，这期间更有2名女子遭到其折磨杀害，被就地掩埋。

"但令许多办案人员大为不解的是，被解救出来的几名女受害人并未表现出对犯罪人的记恨，反而异口同声地表示得到了妥帖的照顾，并且在警方办案调查取证过程中对犯罪人进行袒护；更不可思议的是，办案人员从这几名受害人的笔录中发现，她们在被囚禁期间不仅不反抗，反倒为了取悦犯罪人而互相嫉妒、争风吃醋，即使有外出逃脱的机会也不利用，甚至助纣为虐，与犯罪人一道折磨杀死'不听话'的同伴。

"至于囚禁现场，也就是所谓的地窖，建成耗时达一年之久，隐藏在地下6米深处，先通过一口三四米深、带有梯子的竖井，再通过一口近5米长的横井才可进入地窖。其间，还要经过装着锁具的5道铁门。地窖面积不足20平方米，高2米左右，在距地板1米多的地方用木板隔成两层，上面是床，下面有液化气罐、煤气灶、热水壶、电脑等。除了视频裸聊表演，其余时间电脑无法上网，但可以玩游戏和看影碟。电是从外部接入的，生活用品以及食物和水，由犯罪人不定时地从外面运进来……"

随着投影仪屏幕上闪过一张张与囚禁案件有关的存证照片，韩印将案件细节详尽地还原了一遍。坐在下面的学生们开始交头接耳，火热讨论开来。过了一会儿，韩印开始发问："我刚刚介绍的是典型具有'人质情结'因素的案件。以往上课咱们更多的是分析犯罪人的心理，今天讨论的侧重点是受害人的心理。哪位同学能说说本案中导致受害人患上人质情结的因素是什么？"

韩印的话音落下，教室里先是静了几秒，但很快便出现踊跃举手发言的场面。韩印的目光四下扫了一圈，冲一位戴眼镜的女生扬手示意一下，那女生便抬手扶了扶镜框说道：

"我觉得从犯罪行为特征来看，犯罪人具有追求权力型的人格，那么相对来说他的控制欲望会更加强烈，他会让受害人清晰地感受到，在那个地窖中他就是掌控一切的神，尤其是生死。最直观的例子莫过于，如果他几天不带食品和水进来，受害人就都命不久矣。所以受害人心里会非常真切地感受到，她们的生命遭到了严重的威胁。我相信这应该是因素之一。"

"还有人要说说吗？"韩印冲眼镜女生笑笑，不置可否，转头又冲其他人问道。

接着被韩印选中的是一个胖胖的男生，他急切地说："我觉得是缘于受害人彻底的绝望。因为那个地窖隐藏得特别深，而且还隔着很多道铁门，受害人一定知道不管她们怎么呼喊求救，外面的人都不会听到，所以逐渐地会放弃抵抗和自尊，为了让自己在那种环境下能够获得相对好一点的对待，便转而开始迎合犯罪人。"

"我觉得应该还有一点。"坐在最前排的一个男生未等韩印示意便径自抢着说道，"就像刚刚那个女同学说的，犯罪人应该特别享受控制局面的感觉，所以他可能会运用一些手段，比如给某个听话点的受害人一些小恩小惠，以引起其余人的嫉妒或者向往，同时也向她们表明配合他的好处，然后再掌握时机，使每个人都能得到一些恩惠，从而让那些受害人主动地向他靠拢。"

"还有要补充的吗？"韩印再次微笑着点点头，然后又望向其他人。

这回坐在比较往后的一个男生得到了发言的机会，他声音响亮，看似非常自信，说："我认为肯定少不了'洗脑'。因为受害人与世隔绝，她们所能接触到的信息的来源便只有犯罪人，犯罪人又善于掌控，当然不会错过这样的洗脑机会。比如，他会混淆信息，让受害人觉得虽然她们失踪很久，但外面没人在乎，没有人在找她们，这样便引起受害人对外界的愤恨，从而更易于接受他；再比如，他可能会不断地给受害人讲述或者播放与性奴有关的故事和影片，慢慢地让受害人认可这种行径的正常化和普遍化，从而让受害人从心底彻底接受这种变态的行径；再有，他可能会将淫秽色情服务所带来的利益前景描绘得特别美好，通过利益驱动来消灭受害人的良知和理智。总之，到最后，那些受害人会完全丧失思考的能力，无怨无悔地任由他摆布。"

其实讨论至此，韩印所要的答案已经呼之欲出，再看看也差不多快下课了，便示意那些还想表达观点的同学把手放下，紧接着总结道："刚刚这几位同学的观点很好，此四项特征确实在人质情结的案件中经常看到，大多数时候都会同时显现……"

韩印话未说完，放在讲桌上的手机突然振动起来，屏幕上随即显示出顾菲菲的来电……

◎第二章　兵分三路

顾菲菲在明珠市刑警支队法医科见到了主检法医——年轻的女法医戴敬曦，她指着解剖台上的两具尸体介绍道：

"老队长蒋青山的尸体被发现时，腐败已相当严重，估计死亡已超过10天，也就是5月25日左右遇害的；死因比较明确，系被钝器击中左侧翼点部位，造成硬脑膜外血肿引发死亡；体表无其他外伤，内部器官、肝脏液和血液检测均无异常状况。

"女受害人比较复杂。尸体虽然发现较早，但死亡时间要比老队长稍晚些，发现时尸僵已基本缓解，角膜完全浑浊，差不多死了3天，遇害时间在5月29日左右。面部遭到毒打，体表有多处挫伤，皮下出血非常严重，背部淤积大量血块，但未见组织器官及大血管破裂出血，胸肋骨和左侧肋骨有不同程度骨裂，血液检测显示血清必需氨基酸和非必需氨基酸浓度均大幅降低，色氨酸和胱氨酸浓度降低更为明显，脏器出现紊乱症状，无明显致命伤，也没发现被性侵的迹象，所以综合起来看……"

"是大面积软组织损伤导致的创伤性休克死亡！"顾菲菲接着戴敬曦的话总结道，"加之有贫血和营养不良迹象，估计是遭到了长时间的非法拘禁，然后被虐待死的！"

"没错，我也这样认为。"戴敬曦有些匪夷所思地叹道，"也不知道谁跟老太太有这么大仇，如此残忍地对待老人家。"

"是啊！难以想象！"顾菲菲摇摇头，挤出一丝苦笑，向前迈两步，凑近蒋青山的尸体。由于尸体被发现时已高度腐烂，法医需蒸煮去掉腐肉，再做进一步的检查，所以摆在顾菲菲眼前的所谓的尸体，其实只是一堆白骨拼凑成的人形。她盯着已变成骷髅的脑袋观察了一阵，说："创痕呈舟状凹陷形，前深后浅，应该是被圆锥形棍棒由后方垂直击打造成的，显然凶手是……"

就在顾菲菲和戴敬曦交流尸检情况时，杜英雄和艾小美敲开女受害人张翠英位于城市中心地带一片高档住宅社区内的家的门，接待二人的是张翠英的两个女儿——王覃雯和王覃婧。

二人被请到客厅沙发落座，趁着姐妹俩沏茶端水的空当向四周打量一番——房子是复式结构的，客厅显得格外开阔，现代感十足的豪华装修，明快时尚又不失非凡气派，不难想象，这一家人在经济方面是十分富足的。

姐妹俩忙活一阵后，在侧边沙发坐下，不知道是紧张还是彼此关系特别融洽，两人身子挨得很近。大姐王覃雯冲茶几扬扬手，做了个"请喝茶"的动作，语气带着一丝诧异地问道："该说的先前我们已经跟你们警察都说了，不知道你们还想知道什么？"

"我们是刑侦总局的，刚接手案子，有些东西还是想听你们亲口说。"艾小美客气地解释道，"为了尽快查出你母亲被杀的真相，你应该不介意再说一遍吧？"

"不介意，不介意，想问什么尽管问。"与外表气质看起来精明干练的姐姐不同，妹妹王覃婧完全是一副居家小女人的贤惠模样，她忙不迭地边摇手边诚恳地说道。

"你们姐俩这么多年一直跟母亲在一起生活吗？"杜英雄紧跟着便发问。

"噢，不。我父亲两年前去世了，母亲一个人住总说害怕，我们便搬进来陪她。"王覃雯答道，"我和妹妹几年前都离婚了，孩子也都不在身边，反正在自己家也是一个人，不如就住我妈这里，彼此有个照应。"

"你们最后一次与母亲接触是哪天？"艾小美问。

"就她失踪那天，应该是5月29日。"姐妹俩互相看了一眼，最后还是姐姐王矕雯全权代表说，"那天早晨，吃了早饭，大概9点，我和妹妹去饭店上班，然后就再也没见到她。我们俩找了一整晚都没找到，30日一大早去派出所报了案！"

"你母亲失踪前，有什么异常表现吗？"

"没有，吃饭、睡觉、说话啥的都很正常。"

"家里有什么东西少了吗，尤其与你母亲有关的？"

"有几件她平时喜欢穿的衣服不见了，她所有的金银首饰也没有了，放在家里备用的大概3万块钱我们也没找到。"王矕雯顿了一下，像是突然想起什么，又说，"对了，她随身总是带着几张银行卡，里面的钱加在一起也有10多万。"

"从你们姐妹俩的角度，你们觉得周边谁比较可疑？"艾小美再接着问。

"肯定是曲晓军。"姐妹俩不约而同地说出一个名字，神色和言语间都透着恼怒，互相又对视一眼。接着还是由王矕雯来回答："曲晓军做过我们总店的店面经理，跟我妈干了很多年，我妈挺喜欢他，处处照顾他，这不后来我父亲去世了，他没事总来家里陪我妈说话解闷，一来二去不知怎么两个人就有点'那个意思'。拜托，那曲晓军还不到40岁，他能看上我妈？分明是想骗钱骗色！我和妹妹觉得苗头不对，想着必须彻底切断他们的联系，便干脆把曲晓军辞掉了。所以我和妹妹觉得说不定就是他不知怎么又联系上我妈，然后骗完钱就杀人灭口了！"

"什么时候把他开除的？"

"去年年底。"

"那之后曲晓军的动向你们了解吗？"

"不清楚。"

"能把你们姐妹俩29日那一整天的行程说一下吗？"担心引起误会，杜英雄又解释道，"这是我们办案的例行程序，你们别介意。"

"那天白天我们都在饭店，傍晚的时候我妹先回来给我妈做饭，发现她不在家，打手机，关机了，又发现那些东西不见了，觉得不对劲就赶紧通知我，然后我俩就带着店里的员工开始各处找。刚刚也说了，找了一个晚上，直到隔天早晨报案，店里的员工都可以做证。"王瞾雯稍微回忆了一下说。

"好，我们会做了解的。"艾小美从衣兜里掏出一支笔和一个小记事本，"对了，麻烦你把曲晓军的情况再说得具体点，包括他的家庭住址、他用过的手机号码、平常交往比较多的同事什么的……"

"这没问题。"王瞾雯说着话，拿起手机开始翻找电话号码。

杜英雄适时起身，装作不经意地问："我可以看看你们母亲的卧室吗？"

"这个……"似乎对杜英雄的请求缺少心理准备，姐妹俩迟疑地互相看了一眼，王瞾婧才站起身，看似有些不情愿，但又刻意掩饰地说，"你跟我来吧，母亲不在了之后，我们姐俩都不敢进她的房间。"

杜英雄跟随王瞾婧顺着木梯来到二楼，王瞾婧推开紧挨着楼梯口的一扇房门，冲里面指了指，示意杜英雄随便看。

卧室里以白色系为主，床、床头柜、衣柜、梳妆台、棚顶吊灯等全是白色的，整个房间乍一看光洁耀眼。

杜英雄在里面四处看了看，表情一直很放松，也不在某个位置多做观察，给人一种卧室里其实没啥可关注的感觉。但当他表示可以出去了的时候，在王瞾婧转身的一瞬间，他迅速伸手在梳妆台桌面上抹了一把，随即感觉手掌上沾了一层厚厚的浮灰……

韩印与明珠市刑警支队支队长张宏盛一道走访老队长蒋青山家，因事先打过招呼，蒋青山经商的独子蒋文斌特意从百忙之中抽出时间在家中恭候二人。

年近不惑的张宏盛其实是蒋青山的老部下，他能有今天的成就，多亏蒋青山的一路提携，当然也就与年龄相差不多的蒋文斌来往比较密切，关系好到可以称兄道弟，所以一碰面，在引见过韩印之后，也不过多寒暄便直接切入正题。

"我查了一下你的报案记录，是在6月3日，而那时你父亲应该已经失踪相当长一段时间了，为什么等那么多天才报案？"韩印问。

"说到这个问题，我真的特别愧疚……"显然被韩印的话刺中心底的痛，蒋文斌刚刚还挂着睿智与自信的脸瞬间写满尴尬，他顿了一下，伸手冲张宏盛要了一支香烟点上，狠狠吸上几口，才继续说，"我和我爱人共同经营一家环保公司，近段时间一直在筹备赴美上市，差不多整个5月都待在美国与各大投行和相关部门没日没夜地谈判交涉，对父亲这边确实是疏于照顾。中间给他手机打过一个电话，但他关机了，我也没多想，直到回国后一直联系不上他，才给宏盛哥打了电话。"

"这个也不能全怪文斌，"张宏盛接下话，帮蒋文斌圆场道，"其实自打阿姨去世后，文斌就一直想让蒋队搬到他那儿一起住，方便照顾他，可蒋队死活不去，怎么做工作也没用，说给他雇个保姆他也不要，没办法就只能由着他的性子。加上文斌夫妻俩都特别忙，有时候一段时间疏于联系也挺正常的。"

"不管怎么说，还是我这个儿子没当好。"也许是脑海里突然浮现出父亲生前的一些画面，蒋文斌脸上浮现出一丝微笑，"我父亲就属于那种特别能折腾的人，活着的时候总让我觉得不省心，不过现在想想倒挺可乐的。他十几岁当兵，复员转业到公安局，没什么文化，性格鲁莽，脾气还倔，一辈子最在意的就是他身上的那身警服了。你说退休了，你就安安稳稳地跟小区里大爷大妈跳跳舞、健健身、打打扑克、下下象棋什么的呗，他可好，没事就往队里打电话指导工作，弄得宏盛哥都不太敢接他电话。"蒋文斌拍拍旁边张宏盛的肩膀，笑了笑继续说，"跟周围的大爷大妈也相处得不好，隔三岔五为点小事就呛起来，打个牌输不起能把人桌子掀了，到最后没人愿意搭理他，弄得老头特别可怜。后来我鼓励他学上网，说不用跟人打交道，在网上就能打扑克、下象棋和看电影什么的。说了几次，他有点动心了，我安排公司电脑部的人给他挑了台大屏幕、配置比较高的电脑，还专门派人到家里教了他一段时间。别说，他还真用心学了，学得还不错，还挺上瘾的，着实消停不少。"

"他失踪之前的那段时间跟人结过仇吗？"韩印耐着性子听完蒋文斌的感慨，继续问道。

"没听他提起过。"蒋文斌干脆地说。

"那有什么异常的举动或者要求吗？"韩印又问。

"应该也没有吧……"蒋文斌迟疑了一下，突然提高声音说，"对了，大概过完五一小长假，我去美国出差前来家里看过他一次，他提出想要一部照相功能比较好的智能手机，我当时也没多想，隔天吩咐秘书给他买了一个，不知道这算不算你刚刚说的异常举动？"

"嗯！"韩印点点头，沉思了一下说，"对了，你刚刚提到电脑，我可不可以把它带走，让技术人员在里面找找线索？"

"当然可以。在我父亲这个案子上，你们有什么需要，我一定会尽量配合。"蒋文斌一脸诚恳地说道。

"那好，今天就到这里，不管你想起什么，都随时联系我。"韩印起身，掏出一张名片递了过去。

"这是我的名片，不光是案子，有什么要我帮忙的，都尽管开口。"蒋文斌也回了一张名片。

随后，蒋文斌锁了门，三人一道走出小区。蒋文斌道别之后先开车走了，韩印坐到张宏盛的车里。张宏盛把电脑机箱放到后备厢后上车，但不知为何并不急于发动车子，他沉默着像是在费力思索，须臾转过头，涨红着脸，冲韩印支吾地说："有件事，想来想去，觉得还是应该和你说说，其实老队长的死我也要负一定责任……"

◎第三章　案情梳理

傍晚，支队会议室。

初步案情汇总分析，照例由梳理尸检情况开始。顾菲菲先用投影仪为大家播放了几组造成受害人死亡的创痕照片，又具体介绍了死因与死亡时间，然后说："从创痕形状和走向上看，凶手是从背后偷袭了蒋青山，着力点在左侧，说明凶手是一个左撇子。致命凹陷创痕周围的裂纹是放射性的，无重叠迹象，表明凶手只挥了一棒便令蒋青山丧了命，手法干净利落、富有经验，由此看，凶手也许有犯罪前科。

"而张翠英的尸检信息显示出，她曾遭受过长时间的拘禁和虐待，到最后是被活活打死的。当然从医学的角度具体阐述，张翠英是因为大面积软组织损伤，致使组织病变、坏死，从而导致肾功能急性衰竭，直至休克死亡。这表明她的死是一个相对缓慢的过程，也就是我想着重指出的。与其他案件不同，这起案件中受害人的死亡时间不等于凶手的行凶时间，致命伤害可能发生在几天前甚至一周之前。"

艾小美接着介绍有关受害人张翠英的背景信息："张翠英在本地从事餐饮业多年，至今已拥有三家名为'翠英老菜馆'的中等规模饭店，经济实力雄厚，生活相当优越。生前与两个婚姻各自解体的女儿同住多年。女儿中的姐姐叫王鼟雯，44岁，儿子在省城读大学；妹妹叫王鼟婧，40岁，女儿在本地读高中，但主要随父亲生活。

"从明珠这边先前走访的反馈信息看，姐妹俩很早便跟随母亲打理饭店生意，为人心地善良，稳重不张狂，同事们对她俩印象都特别好，而且始终尽心尽责辅佐母亲，从不争名夺权。直到三年前，张翠英自感年龄增大，精力逐渐不济，决定安心养老，主动将饭店交给两个女儿全权打理——姐姐王亶雯头脑灵活，事业心强，负责经营；妹妹王亶婧比较柔弱，心思细腻，负责管钱。姐妹俩性格迥异，工作上相得益彰，把饭店经营得红红火火。

"就以上信息看，姐妹两人应该不具备作案动机，比较可疑的是一个叫曲晓军的人。受害人的几家店，都雇有店面经理，曲晓军先前是总店的店面经理，鞍前马后跟随张翠英多年，一直未婚。虽然姐妹俩说得比较含糊，但实际上这个曲晓军是张翠英的情人，后来他们的关系被识破，姐妹俩担心曲晓军是冲着家产来的，便将他'扫地出门'。据姐妹两人说，她们的母亲失踪时带走了一些衣物和所有昂贵的首饰，还把家里备用应急的现金带走了，加之随身携带的银行卡中的钱，张翠英当时身上有近20万块钱，所以她们的意思是怀疑曲晓军把她们母亲骗跑了，把钱弄到手后，杀人灭口。"

"如果只看表面信息，这是一个合理的推断，但也有可能是姐妹俩故意放的烟幕弹！因为她们的口供，与实际情况是有出入的。"杜英雄接过艾小美的话，把问题深入下去，"这姐妹俩一直强调张翠英是5月29日失踪的，失踪前一切表现都很正常，当然这与死亡时间相符，同时她们也能给出不在犯罪现场的人证。但正如顾姐介绍的法证信息显示，张翠英死前遭到过长时间的拘禁，这就有矛盾的地方。那到底谁说得对呢？当然是顾姐，因为张翠英的卧室乍看起来光鲜整洁，但稍微仔细观察，便能发现不论是家具表面还是床罩上，都落着厚厚一层灰，显然那卧室已经很长时间没住过人了。再加上顾姐特意提醒的，张翠英虽然死于5月29日左右，但行凶时间有可能是几天之前，那么这姐妹俩所谓的不在现场的证据也就没有任何意义了！"

"我们向小区物业提出查看相关监控录像的要求，结果他们回应说，因为物业方和小区居民在物业费上涨问题上意见未能达成一致，小区内的监控在半年前被他们擅自关闭了，所以没法提供录像。总之，我和英雄都觉得姐妹俩有些不对劲，但又确实找不出她们的作案动机！"艾小美总结道。

"你怎么看？"听完两个小家伙的汇报，顾菲菲把目光转向韩印。

韩印像以前一样，别人介绍情况的时候，他要么找个小黑板，要么在自己的记录本上埋头写写记记。听到顾菲菲的提问，他放下笔，抬起头凝了凝神，道："我先说说我走访的情况吧！

"蒋青山家中没有破门而入的迹象，各种家具摆设也井井有条，可以肯定不是第一作案现场。另外在尸体出现之后，张队这边广泛搜集了抛尸现场周边的监控录像，在一个十字路口的摄像头拍摄到的画面中，发现了蒋青山平时驾驶的捷达车，时间是5月26日凌晨1点左右。对比死亡时间来看，这个时候驾车的应该是凶手，也就是说，凶手可能是驾驶着蒋青山的车进行抛尸的，捷达车目前还未找到。

"至于蒋青山的儿子蒋文斌，我相信与案件无关，不过蒋文斌提供了两点信息值得注意：一、蒋青山遇害前一段时间迷上了电脑，为此我把主机带回来让小美研究一下，看能否找到有价值的线索；二、蒋青山遇害前曾让蒋文斌给他买了部智能手机，还特意强调要照相功能先进的。关于第二点，我当时第一反应就是，会不会是蒋青山无意中发现了某个犯罪计划，而他在私自跟踪偷拍犯罪人时暴露了踪迹，从而遭到灭口。只可惜手机现在估计已经落入犯罪人手里，或者被销毁了！不过随后我和张队的单独谈话，证明了我的猜测有很大的可能性。"

"不对啊，如果这老头真发现了犯罪苗头，为啥不通知张队呢？他们俩不是关系特别近吗？"艾小美诧异地插话道。

"说得没错，蒋青山对张宏盛有知遇之恩，两人关系非同寻常，但任何事情总要有个度……"韩印笑笑，点了点头，顺着小美的话头说，"蒋青山退休之后，仍时不时地回队里指导工作，刚开始碍于他是老领导，加之给张宏盛面子，队里上下还能应付他一下，可时间久了，便让人觉得厌烦。张宏盛也不好当面说什么，夹在老领导和同事中间，处境特别尴尬。好在蒋文斌是个明事理的人，觉察到父亲的行为有些不妥，便找父亲郑重地谈了几次话，甚至跟他争辩，虽然情绪对立空前激烈，但最后总算是把蒋青山说服了。

"可张宏盛的烦恼并未就此打住，蒋青山倒是不到队里来了，却又隔三岔五地给他打电话，询问他手头有什么案子、案情如何、侦查进展如何……后来更麻烦，蒋青山患上了更年期综合征，疑虑心理特重，看谁都不像好人。张宏盛经常接到他的报警电话，但每次都是误会，久而久之也就不拿蒋青山的话当回事了！慢慢地，蒋青山也觉察出张宏盛的敷衍，便赌气似的不再主动联系他。

"当然，撇开工作这个层面，张宏盛对蒋青山还是挺念情谊的，过年过节或者平日有空，都会带上礼品到家里探望他。不过今年五一休假期间，张宏盛因工作忙就没去他家里，只是打个电话问候了一下。在电话里他照例询问蒋青山最近一段时间过得怎么样，当时蒋青山神秘兮兮地回应说正在搞一个大案子，张宏盛觉得老头肯定又是在瞎折腾，便没细问。之后大概过了一个星期——具体时间应该在5月20日上午11点左右，他又接到蒋青山的电话。接听之后，老头在电话里劈头盖脸地就嚷嚷着，这回真遇到了大案子，比想象中有意思得多。由于那时张宏盛正在局里汇报工作，便只应付两句就挂了电话。再后来他就忘了蒋青山打过电话这回事……所以跟我提起这段经历时，张宏盛表现得十分懊悔和内疚，反复念叨着要是一开始能重视老队长的话，一定能避免老头自己逞匹夫之勇，他也就不会稀里糊涂送了命。"

韩印顿了顿，陷入短暂的沉默，其余人也都不吭声，似乎在为一个屡立战功的老刑警最后以这样的方式结束生命感到惋惜。几分钟之后，韩印才又接着说："综合案情特征分析，蒋青山的死简单明了，应系仇杀或者灭口。一般情况下，这两种动机存在一个共同点，那就是犯罪人和受害人在社会关系上有一定交集，以蒋青山'刑警支队前支队长'的身份来推测，嫌疑最大的当然非那些他经手的案子中的犯罪人莫属！

"而张翠英的死亡方式，预示着她被杀的原因有多种可能性。比如泄愤、谋财，或者犯罪人具有施虐心理，等等。鉴于尸检报告中未显示出对性器官的侵害，也未出现切割尸体的形迹，最后一种动机可以排除。再结合刚刚小美和英雄分析中指出的嫌疑人范围——情人曲晓军和她两个女儿王矕雯、王矕婧，最有可能的作案动机必然是谋财。

"虽然当初吸引咱们到这儿的原因，是两起案件在受害人选择和抛尸手法上的相同模式，但经过深入挖掘，大家都看到了，它们在杀人手法和犯罪动机上是截然不同的，所以暂时无法准确判断这两起案件之间到底有没有牵连。不过我觉得可以试着将两起案件的作案动机串联起来，朝这样一个方向调查——蒋青山在无意之中发现一起犯罪案件，案件的受害人正是张翠英，她遭到了非法拘禁和折磨，目的是迫使她交出财物或者存折和银行卡密码等，而案件之所以能引起蒋青山的注意，是因为犯罪人有犯罪前科，曾被蒋青山抓捕。所以，我们要调查曲晓军、王矕雯以及王矕婧有无犯罪记录，如果没有则意味着他们还有同伙，需要在他们周边的社会交往上去找。"

韩印收住口，冲顾菲菲微微领首，示意由她来做总结，顾菲菲便布置了下一步的几个侦查方向："清查蒋青山的电脑和手机通话记录；全面调阅蒋青山亲自侦破的案件档案；发布协查通报，追查曲晓军的下落；调查张翠英随身携带的银行卡以及银行存款的提取记录；深入挖掘王矕雯和王矕婧的信息，对两人实施24小时跟踪监控……"

◎第四章 投毒悬案

蒋青山脾性倔强，不好相处，真正结交的朋友并不多，加之退休后无官无权，与外界互动就更少了，所以家中座机和手机使用频率不高，基本限于跟亲戚之间的通话；打得比较多的还有订餐电话，对案件侦破来说毫无价值。

艾小美非常细致地"解剖"了蒋青山的电脑，在硬盘中恢复了一些删除过的图片、文字和影像数据等，均没发现可疑点。好在蒋青山未删除网页浏览历史记录，艾小美得以从中窥探他的网络足迹。不过局限性就在于，通常浏览器对浏览记录默认的保存时间只有20天，电脑登录记录显示，蒋青山最后一次使用电脑是5月14日，以此往前推，浏览记录只保存到了4月25日。

虽然只有短短的20天，但工作强度也不小，为避免遗漏任何线索，艾小美必须逐条翻阅，用时整整一个上午，才终于将所有网页过了一遍。她总结了一下：蒋青山与大多数上年纪的男人一样，喜欢浏览军事、体育和时政要闻，出于职业喜好，对一些有关刑事案件的新闻报道格外关注，而其中出现最多的便是有关"铊"的网页。艾小美知道铊是一种金属元素，其化合物有毒，人体摄入后对神经系统和消化系统有极大损害，摄入剂量大或治疗不及时会导致死亡。相关刑事案件，最著名的莫过于发生在1994年首都某名牌大学的投毒案，该案由于相关证据被销毁，所以至今仍未查出真相，成为一宗颇为引人注目的悬案，多年来被媒体广泛报道。

种种迹象显示，蒋青山应该是无意中翻到一篇几年前报道那起投毒案的新闻，引起他极大的兴趣。因为从他的浏览记录中，艾小美看到多个报道那起投毒案的网页，并且被他收藏到浏览器的收藏夹中；同时，蒋青山还搜索并浏览了一些有关铊元素的科普网页，包括铊元素的保存、铊中毒的症状、硫酸铊以及三氯化铊这些含有铊元素的化合物的科普介绍……而发生这一切的时间点正是4月底5月初，让艾小美不由得觉得这也许就是蒋青山对张队所说的"大案子"！但不清楚的是，他是单纯地想要做些研究，还是准备私自着手追查投毒悬案的真相？

另外，艾小美还从历史记录中发现，蒋青山搜索并浏览了明珠理工大学和明珠市第一人民医院的官方网站，并着重关注了明珠理工大学化学系以及明珠市第一人民医院神经内科的网页。相信蒋青山对这两个单位感兴趣，一定也跟铊元素有关，不过尚不知道他是否已经与学校和医院有过实质性的接触。

韩印听了艾小美的分析，觉得有些匪夷所思，以蒋青山从事刑侦工作几十年的阅历，他应该很清楚调查那起投毒悬案的难度——几乎就是不可能完成的任务。所以理智点分析，他可能只是出于兴趣想要做一些资料搜集和研究而已。但问题是，在这个过程中他究竟发现了什么，会让他惹上杀身之祸呢？韩印决定循着蒋青山调查的脚步，去寻找问题的答案。

明珠市从一本到三本有30多所高等学府，其中化学系最有名的当数明珠理工大学。韩印认为蒋青山特意浏览该校化学系网页，也许是想看看系内主要负责人的情况，为日后走访提前做些准备。随后在学校保卫科的协助下，韩印直接见到了系主任，也证实了他刚刚的猜测。

"噢，又是警察？你们前段时间来人找过我了，你也是想咨询有关铊元素的问题？"见韩印亮出警官证，模样看上去有50多岁的系主任一脸诧异，主动提起蒋青山的到访。

"您说的是这个人吗？"韩印拿出一张蒋青山的照片让系主任确认。

"没错，就是他！"系主任指着照片说，"他说他姓蒋，以前是你们刑警支队的负责人，现在退休了，但还在队里任顾问。"

"他问您什么了？"韩印没揭穿蒋青山的"顾问"身份。

"问了几个简单的问题。"系主任眨眨眼睛，回忆了一下说，"他问我们实验室里有没有存放含有铊的化合物，我说当然有了；接着他又问都有什么人能接触到，我跟他说系里差不多每个专业都有实验课，所以系里的师生大概都可以接触到；最后他问铊元素化合物的存取是否严密，我说近几年这方面要求非常严格，有专人管，领取必须登记，但以往比较随便，很容易就可以获取到。就问了这三个问题，然后他就走了。怎么，他身份有问题吗？说实话，虽然他没出示证件，但我印象里好像在报纸上看过采访他的新闻报道，还附有照片，跟他很像，所以才接待了他。"系主任最后补充说。

"跟他的身份无关，至于其他……我们有纪律，不好跟您详细说，总之感谢您的配合。"韩印迟疑了一下，接着叮嘱道，"还请您对我们的谈话保密，以免流传到社会上，造成不必要的恐慌！"

"这个我懂！"系主任明事理地应道。

离开理工大学，韩印马不停蹄，第一时间赶到明珠市第一人民医院。

像刚刚一样，他也是径直来到神经内科，找到科室主任，但这次没有先前那么顺利，科主任否认蒋青山造访过，还表示压根就不认识蒋青山这个人。

韩印从主任室出来，在走廊里边走边自言自语："按道理，蒋青山既然去了理工大学，应该也会来医院。他浏览神经内科的网页，难道不是在找科室负责人的信息，而是因为这里有他打过交道的人？"

正低头琢磨着，韩印听到身边响起一阵咯咯的笑声，他扭头瞥了一眼，是护士站里几个小护士正在聊天，其中一个不知道被什么话题逗得忍不住大笑。他反身回来，拿出蒋青山的照片，冲小护士们问："你们有谁见过这个人？"

"没见过……没见过……"几个小护士凑到照片前纷纷摇头说道。韩印有些失望，正待收回照片，其中一个小护士突然大大咧咧地指着刚刚走进护士站的一个看起来年龄比较大的护士说："我们几个都是倒班的，平常不一定都在，张姐是常白班，你问问她吧。"

听了小护士的话，韩印赶紧把照片伸过去，被称作张姐的护士接过来，仔细看了看，然后狐疑地打量韩印几眼，谨慎地说："你是干什么的啊？干吗打听这个人？"

韩印一听这话，有门啊，赶忙把警官证亮出来："我是警察，你见过他？"

"是啊，大概5月初吧，这个人来科里找原来的老主任冯兵，正好被我碰见了，我跟他说冯主任退休了，他看起来很意外，有点不相信我的话，说医院网站上还挂着冯主任的照片，我跟他解释说冯主任是两个月前才退的，估计是医院网站还没更新！"张姐看到韩印是警察，态度立马放松了，滔滔不绝地说道，"然后他就说他是冯主任的老朋友，不过很多年没联系了，想去看看冯主任，问我要他的电话和家庭住址，我看那老头面相挺正派的，不像骗子，就跟他说了。"

"那麻烦你也给我写一下吧。"韩印指着小本子和笔。

张姐麻利地从小本子上撕下一页纸，写好之后递给韩印，神色带些感伤地说："给你地址也找不到冯主任，他去世了，追悼会我们都参加了！"

"什么？去世了！"韩印一脸惊讶，忍不住提高声音，又扬了扬手中蒋青山的照片，"是在这个人来打听他之前还是之后？"

"之后。"张姐答道。

韩印与一干护士道别，又找到医院人事科，问了下冯兵的工作表现。人事科方面表示，冯兵在医院工作近35年，为人正派，技能突出，在领导和同事之间有着不错的口碑⋯⋯随后，韩印对人事科方面的配合表示感谢，临走前又顺嘴问了一句有关医院保存病历时长的问题，人事科方面表示，门诊病历会保存15年，住院病历保存期则翻倍达30年。

走出医院大门，韩印顿了几秒，随即掏出手机拨通张队的电话。一来，对他这个外地人来说，居民区并不像医院和学校这种公共场所那么好找，如果有张队指引，可以节省时间；二来，他觉得有必要当面和张队交流一下蒋青山与冯兵之间牵扯的情况。

很快张队开车来到医院接上韩印，没过多久两人便顺利找到冯兵的家。

开门的是家中小保姆，两人亮明身份后被让进屋，看到客厅一侧的墙上挂着冯兵的遗像。冯兵的老伴头发稍显凌乱，气色憔悴，身子畏缩在沙发里，整个人似乎还沉浸在丧夫的悲痛之中，听小保姆说两人是警察，才勉强打起精神坐了起来。

为避免过分打扰老人家，韩印递上蒋青山的照片，开门见山地问道："这个人来过您家吗？"

"噢，来过，我记得大概是五一前吧！"冯兵的老伴接过照片，从身前茶几上拿起老花镜戴上，仔细看了几眼，哑着嗓子说。

"麻烦您详细叙述一下当时的情形可以吗？"张队从旁插话道。

"那天是我给他开的门……"冯兵的老伴扭头盯着墙上的遗像，逐渐陷入回忆，"他说他姓蒋，问我老冯在不在家，当时老冯在书房里，大概听到我们说话，就自己出来了。那人看见老冯，很热情地打招呼，报上了他的名字，具体我记不得了。他看老冯愣在原地没认出他来，便紧跟着提醒说他以前在刑警队工作，多年前和老冯打过几次交道。老冯端详了一阵，点点头说有点印象，便请那人落座，吩咐小保姆沏茶，但那人随即表示想和老冯单独谈谈，老冯便把他带到书房。过了差不多半个小时，两人出来，那人冲我道了声别就走了。"

"走的时候什么也没交代吗？"韩印问。

"我想想啊……好像说了句……"冯兵的老伴皱着眉头，用力思索了一会儿，"对，老冯送他到门口时，他转头冲老冯压低声音叮嘱了一句，原话我说不出来，大概的意思是说，他就是来确认一下什么东西，之后的事情让老冯不用管了什么的。后来我问老冯他到底来干吗，老冯轻描淡写应了我一下，说他是来问一个以前的病号的事,跟我们家没什么关系。"

"那之后冯主任的情绪有什么变化吗?"韩印跟着又问。

"好像有点郁郁寡欢,但我不确定是不是跟那姓蒋的来家里有关。"冯兵的老伴具体解释道,"那一阵子下了几场雨,老冯有一次出门没打伞被雨浇了,染上风寒,断断续续一直没好利索,所以精神头不怎么好;加之我儿子那段时间提出要辞了公务员的工作,去跟朋友合伙做生意,老冯不同意,心里生着闷气,冠心病也有点犯了。后来,大概过了一个星期,老冯在书房里看着看着书突然就不行了,送到医院也没抢救过来,医生说是急性心肌梗死……"

从冯兵家出来,刚坐进车里,张队便问道:"你怎么看蒋队的这次造访?"

"我觉得先前把问题想简单了,以为蒋队拜访理工大学和医院神经内科,是想实际了解一些有关铊元素的信息,可如果只是这样,那么冯兵不在,问神经科别的专家也一样,所以蒋队实质上就是奔着冯兵去的。由此再往前推,可能理工大学化学系也是个明确的目标。"韩印不假思索地应道。

"既然这样,综合前面的已知信息,接下来的关键就是要找出能将'铊元素''理工大学化学系''冯兵',再加上你认为'可能与蒋队有交集的犯罪人'串联起来的那条线。不过就目前来看,能着手的只有冯兵。"张队总结说。

"所以需要您向上级申请权限,全面调阅冯兵作为主治医生负责过的病例!"韩印提议道。

"没问题,我马上就办。"张队顿了一下,又接着说,"从刚刚冯兵老伴叙述两人见面时的情形看,如果某个病例是中心点,那么也应该是很多年之前的了。"

"对,是这样!"韩印点头认同道。

◎第五章　神秘别墅

这天上午，刑警队会议室，张队主持召开例会，汇总侦查信息。

由于成立之后屡破奇案，重案支援部在公安圈内赢得广泛赞誉，顾菲菲领导的支援小组更是口碑爆棚，所以时至今日在与地方单位合作办案时，对方基本都会将案件侦办的主控权交给支援小组。

就如眼下的任务，顾菲菲指示杜英雄全面跟进张翠英被杀一案，负责制订调查计划、布置侦查方向，以及与当地办案人员方面的协调。杜英雄目前正围绕受害人的情人与两个女儿展开调查。他对相关进展做出如下汇报：

"曲晓军的情况是这样的：他是外地人，籍贯是邻近城市广田市，无犯罪前科，被解雇后回广田老家待了一段时间，大概在3月初离家外出打工，之后便杳无音信。我们嘱咐过他的家人，一旦他与家里联系，要立刻通知警方，同时也拜托当地派出所密切留意他家人的动向。

"张翠英的两个女儿王矕雯和王矕婧自接受讯问后无异常表现。两人无犯罪记录，离婚后与前夫基本无联系，感情方面也还都是空白。平时姐妹俩大多待在总店办公，也经常去各分店巡视，基本上所有精力都用在饭店经营上，这也就凸显了几个月前有那么一段时间两人的反常——据总店一些店员反映，在过完春节后有那么一段时间，姐妹俩突然不露面了，甚至连电话也没来一个，直到过了一个星期，才又出现在店里。不过有个奇怪的现象，那段时间她俩总是'交替'着现身，给出的解释是张翠英病了，得留一个人在家照顾。而张翠英从春节后再也没去过店里，以往虽然她把饭店管理权交给两个女儿，但偶尔也会到店里来坐坐。不过三家店都雇有店面经理，经过多年的磨合，已经形成一套成熟的经营管理制度，即使她们不出现，也不会耽误饭店正常营业。关于此方面的疑点，小美待会儿还会进一步补充的。

"财务方面：张翠英母女在近两三个月里，多次提取各自名下的大额银行存款，至今各自的储蓄已寥寥无几，情况比较异常。就此询问姐妹俩，给出的解释是，她们正筹备再开两家分店，店面规模要比现有的三家店都大，目前正在装修中，需要大量的资金投入。经核查，情况属实。而张翠英随身携带的银行卡，并未追查到提取记录。"

艾小美还是负责她擅长的：

"曲晓军在明珠市工作期间使用的手机卡属本地通话卡。如果去外地工作的话，这张卡用起来费用太高，估计是被他废掉了，已经停机两个多月。不过梳理他以前的通话记录，确实与受害人张翠英之间的通话比较频繁，两人应该确属情人关系。

"王雩雯和王雩婧由于经营饭店，与社会上各个方面都有接触，交际范围很广泛，社会关系相当复杂，所以平日里手机的使用频率非常高，很难去逐一筛查。但我发现了一个奇怪的现象，自今年2月中旬开始，两人使用手机的次数急剧减少，前后差不多一周，也就是英雄说的她们未在店里出现的那段时间，竟然没有任何通话记录，直到4月初才逐渐恢复正常。

"当然，就通话记录的调查，这还不是最关键的发现。我记得张队说他在5月20日上午11点左右接到过蒋队的电话，我特意查了一下，接收手机信号最近的基站并不在蒋队平时活动的区域，而是在差不多20千米外隶属于临海路的一座山上。我问了下咱们本地的同事，说那座山叫双台山，周边有几个高档的别墅社区。"

然后轮到顾菲菲说：

"蒋队的案子中，韩印老师理出四点关键信息——首都高校铊元素投毒悬案、明珠本地理工大学化学系、第一人民医院神经内科前主任冯兵，以及与蒋队相识的有犯罪前科的未知犯罪人。当然，从表面上看它们没有任何交集，但如果换个角度以时间点来看待它们，就会发现一切似乎都是铊元素投毒悬案引发的。不过这起案子发生在千里之外的首都，所以相信引起蒋队重视的，或者说带给蒋队启发的，主要是铊元素投毒的犯罪模式。

"目前，理工大学方面已经否认发生过任何与铊元素有关的非正常事件，同时第一人民医院也明确表示自建院以来从未接诊过铊元素中毒病例。不过这只是他们的一面之词，我们还是在按照计划调阅冯兵接诊过的病例档案，同时蒋队经手的案件档案也在详细审查，但工作量实在太大，短时间内恐怕很难出来结果。

"另外，蒋队的车已经找到了，在郊外一个荒山沟里，车被烧了，助燃剂是汽油，犯罪痕迹都被销毁了。"

接下来众人的目光便毫无意外地聚焦在韩印身上，因为他总能在纷乱的线索中，清晰地指出下一步需要重点关注的调查方向。韩印便也习惯性地总结道：

"由目前掌握的信息看，王蕈雯和王蕈婧身上有疑点。曲晓军如果真如她们所说，是他骗光她们母亲的钱然后杀人灭口的话，那么曲晓军一定会取光张翠英随身携带的银行卡，但实际上并没有，所以曲晓军或许只是用来转移办案视线的棋子。

"其实王蕈雯和王蕈婧在一开始就露出了破绽，那就是她们极力强调最后与母亲见面的时间。英雄先前也提到了，从她们家里的状况看，张翠英实际上已经很长一段时间不在家里了，这也符合咱们法证方面的判断，那么为什么她们会咬定'5月29日'呢？很大程度上是她们自作聪明，说明她们很清楚张翠英是在那一天停止呼吸的，知道法医最终也会得出同样的死亡时间，当然这是聪明反被聪明误。

"还有小美提到的姐妹俩手机通话记录的问题，很值得深思，对生意人来说，一周未接打过电话，实在让人难以想象，最大的可能就是她们有意关掉手机；而伴随着手机关机，母女三人也从众人的视线中消失了；等再回来一切恢复正常时，姐妹俩便开始大张旗鼓地筹备开立新店。那么将这几个反常因素与张翠英的死联系起来，似乎只能说明一个问题：母女三人之间发生了非常大的冲突，而冲突的核心很可能是钱！

"关于这个问题，我再延伸演绎一下：曲晓军和张翠英的情人关系现在可以坐实了，有没有可能是60多岁的张翠英被小她20多岁的男友曲晓军蛊惑，萌生分给曲晓军一部分财产的想法，结果令两个女儿勃然大怒，而张翠英又执迷不悟，于是姐妹俩干脆选择了某个场所，将张翠英拘禁起来，切断她与外界的一切联系，直到折磨得她交出所有的财产权为止？而两人随后在饭店以交替的方式现身，可能也是因为必须有一个人在某个地方看守张翠英，以防她逃脱，当然她的死也许只是意外造成的。而后姐妹俩再通过开分店的形式把这笔钱洗白，不然以她们多年从事饭店生意的经验，应该很清楚眼下国家正大力提倡节俭之风，整个餐饮业，尤其中等规模以上的餐饮店并不景气，选择此时大肆扩张绝对不是明智之举。所以王覃雯和王覃婧必须盯死了，对她们的调查要更深入，必要时可以把她们正式传唤到队里，观察一下她们在高压审问下的表现！

"回过头再来说蒋队的案子。我刚才想了一下，这个案子肯定绕不过铊元素，不过我觉得理工大学和医院方面可能并未刻意说谎，张队这边也没听说过队里办过铊中毒的案子，既然蒋队执意要见上冯兵一面，说明问题是出在冯兵身上。也许本市曾发生过一起铊中毒案件，但由于受害人送到医院被冯兵误诊或者是他被收买了，掩盖了真实的死亡原因，而当时咱们警方这边的调查也不够深入，致使凶手成功逃脱法律的追究。然而时隔多年，蒋队在一篇新闻报道的启发下，想起那件案子的疑点，于是决定去追查真相，所以咱们要调整查阅病例和案件档案的方向，把侧重点放到疑似铊中毒病例或者疑似投毒案件上。

"另外，蒋队在临海路给张队打手机的问题，很值得深入调查。既然他当时那么迫不及待地想说明所谓的大案子的严重性，说明他可能在那时突然发现某条指引办案的线索……"

刚刚在例会上，张队显得很沉稳，基本以倾听为主，甚少插话，但一散会，他连中饭都顾不上，便迫不及待地拉上韩印赶往临海路，说到底他最在乎的还是与蒋青山有关的情节，想尽快找出老队长的遇害真相。

临海路，顾名思义，临近海边，位于城市的最南端，依山傍海，景色秀美，是这座城市中最贵的居住区域。别墅小区主要分布在这条路的西侧，大概由几百栋联排别墅与近百栋独立别墅组成，隶属于两家房地产开发商，中间只隔着一条纵向的大马路，左手边叫万福山庄，右手边叫春天之城，韩印和张队正好一人一个社区，带着照片找保安指认。

"这个老爷子来过，还跟我唠过几句。"没想到会如此顺利，万福山庄的小保安一眼就认出了照片上的蒋青山。

"他哪天来的？"韩印兴奋地抖着照片问。

"噢，记不清了，好像来过不止一次，还向我打听C区35号楼来着。"小保安挠挠头说。

"那栋楼什么情况？"韩印收好照片，向前凑了一步追问。

"是一栋独立的别墅，靠近小区西边的围栏，具体住的什么人我就不清楚了。"小保安想了一下，冲小区深处指了指，"要不你去物业问问吧，就那栋小黄楼，那天那个老爷子也去物业了。"

"也好，谢了！"韩印冲小保安摆摆手，接着掏出手机拨给张队，"找到了，你过来吧，我在小区门口等你。"

不多时，张队赶到，二人会合后来到物业，找到小区物业经理。

物业经理自我介绍姓孙，同样表示没见过王矍雯和王矍婧，但指认出了蒋青山，称蒋青山在5月20日上午来过物业。在韩印和张队的要求下，孙经理引领二人来到C区35号的别墅前。

隔着紧锁的黑漆漆的铁栅门，二人看到，这是一栋带庭院的欧式风格的双层独立别墅，四周是白色的围墙，院子中间有一条用棕色方砖铺就的小路直通门楼；紧挨着门楼的是一个车库，白色的自动门紧闭着；小路两边稀稀拉拉的草坪足有半尺高，看起来很长时间没有修剪过；院子里还栽了两棵石榴树和一株大叶子的观赏树，枝叶上落满泥土，别墅的窗户上也被厚厚的一层灰尘覆盖……总之貌似许久没人住过了。

"这家的情况你熟悉吗？"张队问。

"不算太熟悉，只知道个大概情况。咱这社区住的人非富即贵，都是有身份的人，非必要情况，作为物业方尽量不打扰住户。这家的主人算是比较好打交道的，来物业办事的时候简单聊过几次。"孙经理解释了与住户接触少的原因，然后介绍道，"业主叫刘勋，据说以前和老婆一起倒腾煤炭生意，后来老婆得癌症去世，他也不爱干了，就在家专门炒股。家里加上他总共四口人，有一个70多岁的老母亲，好像是腰椎间盘不太好，外加中风，就瘫在床上了；还有个20多岁的女儿，没正经工作，整天在社会上瞎混；再就是一个小保姆。"

"这房子从外表看荒废有一段时间了，但门上的锁眼很干净，显然最近有人用钥匙开过门。您知道房主什么时候搬走的，最近又有谁来过吗？"韩印指了指铁栅门上的锁眼问。

"都没太注意，但感觉好像有一年多没看到这家人了。"孙经理张张嘴，没出声，一副欲言又止的样子，斟酌了一下才说，"不瞒二位，咱这社区环境以及软硬件设施那是没说的，但咱北方人其实不太适合住海边别墅，受不了海上的潮气，尤其是冬天，海上的风格外大，别墅里就算开着空调和暖气也比公寓楼阴冷不少。所以一开始小区入住率还可以，但逐渐地就有人搬走了，反正有钱人不会只有这一套房子；也有冬天搬走，夏天再回来住的。总之闲置的别墅对我们来说见怪不怪，不会特别留意。"

"那这房子的物业费、水电煤气费都交了吗？"张队问道。

"上次你们那个老同志来问的时候我特意查了一下，物业费他预交了好几年的，水电煤气都是插卡的，由银行代收。"孙经理解释得很全面。

"哦，那谢谢您啦！"韩印与张队对视一眼，冲孙经理说，"您先回去吧，有事我们再找您。"

将物业经理打发走，两人碰了碰想法。

"别墅里肯定有蹊跷，不然蒋队不会这么感兴趣。时间点也对得上，他那天给我打电话说遇到大案子，肯定就是在与物业经理了解过别墅的基本信息之后，或许他的死也跟最近住在别墅里的人有关。"张队先开口道。

"应该是这样。"听了张队的话，韩印不禁又抬头打量着别墅说，"问题是别墅里出没的人，是原来的业主还是别的什么人？"

"不管怎样，既然有大门钥匙，起码与原业主会有些关系。"张队顿了下，稍做思索，提议说，"还是回物业调监控录像看看，物业应该也留有业主的电话，看能不能联系到业主，如果实在联系不到，那就只能向上级申请强行进入别墅内部勘查。"

"行，你先过去，我到周围转转。"韩印瞥着正从身旁经过的几个年轻女孩说。

◎第六章　地下有人

　　万福山庄监控设施安装得比较到位，山庄内公共区域基本都可以覆盖到，但遗憾的是录像储存时间只有7天。按正常推理分析，如果蒋青山或者张翠英是在山庄遇害的，那么凶手在这二人尸体被发现并在媒体广泛报道的情形下，肯定会选择逃之夭夭。现在已至6月中旬，蒋队尸体被发现是在6月5日，显然7天的录像应该没有与凶手有关的影像。不过慎重起见，张队还是拷贝了一份，带回去让艾小美再仔细看看。

　　至于C区35号楼业主刘勋，在物业登记了身份证和手机号码，顺着身份证号码调阅户口信息，显示刘勋现年48岁，有一个22岁的女儿叫刘瑶；再深入调阅户口更迭记录，查到其只有母亲健在，年龄78岁……手机号码拨打之后显示已欠费停机，艾小美细致查了一下，发现该手机号码最后一次通话记录竟然追溯到去年的1月，难道换了手机号码？

　　带着疑问，艾小美进一步梳理了刘勋的通话记录，发现在那段时间里与他联系比较多的有两个号码：一个实名登记在刘瑶的名字下，也就是刘勋的独生女，这个实属正常；另一个号码是一个临时卡，通话记录仅限于与刘勋之间，这就值得怀疑了，似乎号码持有人，是有预谋地与他接触，同时极力避免日后遭到追查。

　　随后，艾小美又分别与刘勋和刘瑶手机通话记录中的一些通话方取得联系，而那些人几乎众口一词，表示已经相当长一段时间没联系上刘勋和刘瑶了；另外，通过身份证追查刘勋父女的财务状况，结果显示父女俩在去年2月到3月间清空了银行存款，刘勋股票账户里的资金也被全部转出取走，总计200多万元，没有想象中那般富有。

如此问题便严重了，父女俩几乎同时停用原手机号码，又断绝与朋友之间的联系，且转移了存款，一家人就这么突然销声匿迹，不能不让人怀疑。他们要么是做了见不得人的事，要么可能遭遇不测，而这一切会与那个神秘的手机号码有关吗？

也许那个神秘的号码，来自一个女人！

韩印与张队分手后，紧走几步追上刚刚从身边经过的一群小姑娘，从她们的装扮来看，与高档社区的氛围相比稍显朴素，加之要么手里抱着年幼的孩子，要么牵着宠物狗，想必她们是保姆，可能这时候结伴去某个休闲广场乘凉。

韩印知道往往小保姆在社区里消息是比较灵通的，便从背后轻声喊住她们，几个小姑娘应声转过身，用警惕陌生人的目光打量着韩印，但也没有表现出特别排斥的意思。这大抵跟他长得帅有关吧，一身书卷气，斯斯文文的，看着也不像坏人，用时下网络流行的帅哥分类来说，有点偏韩系美男风，但没有他们身上的娘气。

韩印亮出证件表明身份，消除了小保姆们的紧张，他扭头指向不远处刘勋的别墅，温声问道："那座别墅里住着的人你们有谁了解吗？"见小保姆们互相瞅着不吭声，韩印又接着说，"没事，知道什么都可以说，那家不是也有个小保姆吗，你们应该认识吧？"

提到那家的小保姆，眼前的小保姆们开始有回应了，其中一个看起来年纪大点的，羞涩地笑笑，忸怩地说："他家的保姆挺各色的，不太愿意跟我们接触。"

"她瞧不起人，有时候在路上碰到，要么低着头，要么把脸扭到一边。我就不明白了，都是做保姆的，有啥了不起的啊！"另一个保姆噘着嘴愤愤地说。

"我觉得她很神秘，白天很少能看到她，偶尔用轮椅推着个老太太出来遛弯，也总是戴着顶帽檐很长的运动帽，差不多把大半个脸都遮着；早晨去市场买菜也比我们早，经常是我们才出门，她已经把菜买回来了，就好像故意要避开我们似的。"说这话的小保姆，也是一脸神秘兮兮的劲。

"你们真的谁都没看过她的全貌？"韩印忍不住插话问。

"没有……"小保姆们纷纷摇头，但也模棱两可地说，"感觉上是和我们年龄相仿，20多岁的样子，再就个子相对高一点，身子很瘦。"

"你到底是问他家保姆，还是他家里人的事啊？"站在后排的矮个子保姆一直没插上话，着急地说。

"哦，你知道什么，快来说说。"听矮个小保姆的语气，似乎对刘勋有些了解，韩印赶紧让前排的人让开一点，把女孩招呼到前排来。

"我算是离那栋别墅比较近的，就是那儿……"矮个保姆指了指刘勋别墅前面的一栋别墅，"有一阵子我记得有一个女人经常来后面的那个叔叔家，两个人还挎着胳膊，感觉挺亲密的，可能是他的女朋友或者情人之类的吧。"矮个保姆不好意思地笑了笑，补充说，"那女的身材高挑，穿着貂绒，感觉很洋气，总是戴个大墨镜，还把貂绒的兜帽扣在头上，那时是冬天倒也正常，反正是看不清脸到底长啥样。也是凭感觉，她应该不那么年轻，感觉至少40岁了吧！"

"具体时间还记得吗？"韩印问。

"好像是前年年底的时候！"矮个保姆想了一下说。

"他家什么时候搬走的？"韩印问。

"没太注意。"矮个保姆顿了下，又稍微加快语速说，"前阵子好像又有人回来住了，晚上经常有房间是亮灯的。"

"看见什么人了吗？"韩印追着问。

"没，不过有一次看到有车开到院子中。"矮个保姆带丝歉意地说，"我知道你肯定要问我是什么车，这个我真说不出来，只是无意中瞥了一眼，好像是深蓝色的车，跟那个叔叔之前开的车不一样。"

"好吧，你提供的信息对我们很有帮助。"韩印觉得矮个保姆是真的就记得这么多，便不想再难为她，接着又冲着一干小保姆礼貌致谢，"你们也是，感谢大家的配合。"

综合目前掌握的信息，围绕在别墅和刘勋身上的神秘色彩更显浓重——行踪诡秘的小保姆；刻意掩饰真容的亲密"女友"；无法追踪的手机号码；骤然失踪的一家人；低调沉寂的新住户；对别墅感兴趣并送命的刑警队前队长……这一切的隐秘背后到底藏着什么，实在让人难以捉摸。别墅会不会是杀害蒋青山的第一现场呢？想要解开谜团，看来必须进到别墅中！

当日晚些时候，张队取得入户搜查的法律文件，遂第一时间带上技术科现场勘查员进入别墅。

出人意料的是，别墅内并没有像建筑外部那般被铺天盖地的灰尘笼罩，反而异常整洁，显然近段时间的确有人在此逗留过，而在离开前似乎又颇费心思地做了清扫工作，不知是不是有意要消除可追查的痕迹。

别墅装修具有欧式古典风范，色系深沉讲究。欧式长方形吊顶，悬挂着富有宫廷韵味的蜡烛式水晶吊灯。墙壁贴着咖啡色的长条花纹墙纸，配以棕红色的木饰，可谓奢华中透着庄重，尊贵而又不失艺术和典雅。所有的家私都摆在它们应在的地方，墙上依然挂着貌似别墅主人的家庭合照，就好像他们从未离开一样，依然保持着自然的生活气息，可是为什么不收拾下房子外部呢？显然有人并不想太多人知道他们的存在，所以眼前的这一切只是表象，接下来就要靠现场勘查员们去揭开事情本来的面目！

几个勘查员各司其职：有负责拍照的，有负责搜集潜在指纹的，有负责寻找毛发纤维的，有负责血迹残留测试的……顾菲菲当然也不会闲着，她在客厅里转悠了一会儿，便走进南向的一间卧室，韩印随后也跟了进去。

南向卧室朝阳，空间大概有30平方米，中间放着大木床，床脚边摆着一张五六平方米的花纹地毯，家具设施相对比较简单。顾菲菲走到床边伸手压了压床垫，不出意外是硬的。房间采光好，床垫又适合老人家睡，想必这就是刘勋母亲的卧室了。

整个卧室一目了然，看起来没什么值得深入探究的，但顾菲菲似乎不这样认为。就那么大点的地方，她来回转悠着，还一直吸着鼻子，似乎有异常发现，韩印敏锐地感觉到了，开口问道："你在闻什么？"

"这屋里的味道不对。"顾菲菲踱到床边又使劲吸了一下鼻子。

"什么味道？"韩印一脸不解。

"是我熟悉的味道。"顾菲菲声音沉沉地说，"尸臭！"

"尸臭！"韩印声音稍大，有些摸不着头脑，"别说臭味了，我什么味道也没闻出来啊！"

顾菲菲笑笑，突然蹲下身子，从脚下的地毯上拾起一具被踩扁了的虫子尸体，脸上现出笑容。

"这是蟑螂吗？怎么还是绿色的？"韩印凑过来又仔细看了看虫子说，"外形倒是有点像屎壳郎。"

"这确实跟屎壳郎同属于鞘翅目昆虫，但它叫铜绿金龟子。"顾菲菲纠正道，"是尸体上比较常见的昆虫，主要出现在腐败末期的尸体或者干尸上。"

"什么？不会这下面……"顾菲菲话音未落，韩印便讶异地将视线扫向脚下的地毯。

顾菲菲拉着韩印闪到地毯一侧，扬扬下巴示意将地毯掀开，韩印便将地毯卷起放到一边。果然，他们看到地毯下的地板有些异样，明显缝隙较大。韩印俯下身子，将眼睛对着缝隙费力地瞅着，冲顾菲菲方向勾了勾手，顾菲菲便适时递上手电筒。待韩印接过手电顺着缝隙照射下去的时候，赫然看到两个空洞的眼窝，一张微微的嘴巴露出狰狞的牙齿，吓得他不由得倒退几步，一个趔趄坐到地板上——韩印从未如此近距离地与一具骷髅深情对望过！

◎第七章　三人成众

在刘勋母亲卧室的地板下，发现三具均已白骨化的尸体，头东脚西，并排摆放，两边的尸体骨骼较小，中间的看起来块头蛮大的。

别墅里原本住着四口人，如今出现三具尸体，那么幸免的人哪里去了呢？会被行凶者掳走吗？还是根本就是凶手？先前在周围工作的一些保姆曾纷纷指证，该别墅内的小保姆行事诡秘，就此来说其作案嫌疑最大，不过只凭她一己之力完成作案也不现实。韩印不由得想起那个与刘勋亲近、同样颇具神秘感的女人，会是小保姆与这个神秘的女人联手作的案吗？

当然，现在下结论为时尚早，首要的是完全确认三个受害人的身份，所以在结束一系列存证照片的拍摄之后，顾菲菲便护送尸体赶往支队法医科。

原本对别墅的勘查只是希望能发现与蒋青山有关的物证，但谁也未料到竟然发现三具尸骨。张队紧急召集技术科所有警员，下令要将别墅翻个底朝天，每一寸、每一平方米都不能漏过。

别墅内有十几个勘查区域：楼下有客厅加餐厅、两间卧室、厨房、杂物间、衣帽间、两个洗手间；楼上有两间卧室、一间客房、一个洗手间、一间书房和一间影像室；楼外还有车库……工作量极大，看来必须做好通宵达旦的准备了！

韩印在别墅里转悠一圈，坐到客厅中间的棕色长沙发上，侧着脑袋，眼睛空洞地望向大落地窗外。此时夕阳只剩下一条尾巴，绚烂的霞光正逐渐被海水淹没、被黑暗吞噬，直至海天归于一色，陷入漆黑夜晚，韩印收回目光的同时，心底也蓦地涌起一股莫名的苍凉。也许是这份心境的缘故，刚刚还让他觉得大气磅礴犹如宫殿般的房间，转瞬便让他感觉压抑难当，尤其对面壁炉两边立着的那两根米黄色圆柱，看着是如此碍眼，他的脑海中不知为何突然浮现出耶稣被钉在十字架上的画面！既而他就来了灵感，脑海中又出现另一幅画面，蒋青山被捆绑在圆柱上，遭到当头一棒……

　　韩印一个激灵，身子迅速离开沙发，大跨步几下便来到圆柱边。果然两边的圆柱上都留有不同程度似乎是被绳索摩擦过的痕迹。他赶忙冲附近的一个勘查员招招手，然后指着两根圆柱，示意勘查员在附近区域喷洒鲁米诺试剂。大约30秒过后，他们看到了斑斑点点的蓝色荧光——是血迹残留的反应！

　　凌晨2点，法医解剖室里依然灯火通明，摆着尸骨的三张解剖台一字排开，顾菲菲和年轻法医戴敬曦纤瘦的身影在台前不时地晃动。经过两人长达七八个小时的连续奋战，尸检结果与各项检测数据基本出炉了，韩印和张队也在这个时候走进了解剖室。

　　"都什么情况？身份能确认吗？"张队睁着一双布满血丝的眼睛，带些催促的语气问。

　　"三具尸骨保存得都很完整，衍变状况差别不大，应系死后被直接放入地板之下，藏匿时间点相距较近。尸体呈完全白骨化，且别墅内凭普通人嗅觉已闻不到任何异味，由此推断受害人死亡均超过半年，而在其中一名受害人的骨骼上发现疑似冻伤症状，则进一步表明死亡发生在冬季；再综合小美查到的手机通话以及财务转出的时间点信息，目前可以将三名受害人的死亡时间范围，缩小至去年的1月到4月之间。除此，现场没发现任何衣物纤维，表明受害人被藏匿时是裸着全身的。"顾菲菲摘下口罩，先概括性地介绍道。

　　"详细结果，咱们从左向右依次来说。"戴敬曦指了指左手边的一张解剖台，接着汇报，"1号受害人，整体骨骼较小，颅骨面部较宽短，骨盆低而宽阔，耻骨联合部背侧边缘有分娩留下的骨质凹槽，应该说女性特征比较明显；耻骨联合面有明显退行性变化，出现很多凹槽和小孔，牙齿脱落和磨损情况也相当严重，下颌支后缘与下颌体下缘所构成的夹角为130度，显示受害人年龄在70岁以上。至于死亡原因，由于缺少检材，则比较难以判断，整体骨骼上未发现外力所致的伤害，但下肢有骨组织坏死迹象，且颅骨左顶骨骨缝明显裂开了，裂缝周边没有受力表现，怀疑是颅内容物冻结，体积膨胀引发的。从我和顾组长的专业角度来看，在极度低温的情况下是可以导致上面两种现象出现的，尤其还是个上了岁数的老人家，也就是说，我们都倾向于该受害人是被冻死的。另外，我也回忆了一下，去年年初我们这儿的确特别冷，气象记录显示气温最低时达零下15℃，实属多年少见。

"2号受害人，单从大块头的骨骼上看很明显为男性，再加上高而狭窄的骨盆、面部眉间突出、颧骨粗壮等特征，就更明显了；整个耻骨出现了骨质疏松现象，背侧缘向后扩张显著，腹侧缘有断裂缺损，加之下颌角度为120度左右，显示受害人年龄在50岁左右；受害人肋骨出现多发性骨折现象，且骨折处于不同的愈合期，表明遭受过多次暴力虐待，同时从别墅壁炉附近采集到的血迹当中，有相当一部分是属于该受害人的，也能证明这一点；而在血迹的相关检测中，发现其血清肌酸激酶高于正常值10倍，血清肌红蛋白浓度也有升高迹象，因此我和顾组长共同认为：该受害人应系遭到长时间的虐待和体罚，诱发横纹肌溶解症，进而导致急性肾衰竭死亡的。

"3号受害人也为女性；耻骨联合面出现骨化结节，表明其年龄在21岁至23岁之间；整个骨架全长1.63米，按照惯用身高计量法，在此基础上再加上5厘米软组织的高度，也就是1.68米左右，这是该受害人的身高；其后背脊椎有骨折现象，应系猛力踢踏所致，同时右下臂尺骨出现骨裂，通常为遭遇袭击时下意识地抬臂护头动作所致，总之该受害人也遭到过暴力虐待；其死亡原因最好判断，甲状软骨上角和舌骨大角发生内向性骨折，表明是被扼死的！"

介绍完三个受害人的整体尸检情况，戴敬曦长出一口气，冲顾菲菲点点头，顾菲菲便顺势总结道："DNA检测结果显示，1号和2号受害人为母子关系，3号受害人则与他们无任何亲缘关系。从别墅居住人员的构成以及尸骨反映的信息初步判断，前两者应该是刘勋和他的母亲，稍后我们会通过颅相重合来确切证明他们的身份；而后面的这位就很难说了，由于没有掌握小保姆的任何背景资料，所以无法做分析比对，不过从个头和年龄来看倒很倾向于是她，具体的恐怕只能等面貌复原之后再确定了，但需要一些时间……对了，血迹方面有重大发现，在别墅壁炉附近采集到的血迹中，没有发现与蒋青山匹配的，却有来自张翠英的血迹！"

"啊，张翠英是死在刘勋的别墅中？！"韩印和张队几乎同时惊诧道，空气凝滞了几秒，韩印又接着说，"别墅有可能是张翠英被杀的第一现场，而蒋队偏偏又对别墅非常感兴趣，看来两起案子还真是有关联的！"

"是啊，接下来可有咱们忙的了！"顾菲菲微笑一下，盯着韩印说。

"也辛苦你们俩了，别一直强撑着，轮换着休息一会儿！"韩印礼貌地冲戴敬曦微笑致意，转而视线又在顾菲菲脸上刻意多停留片刻。

顾菲菲知道这话里重点是对她的关切，心里倍感欣慰。

离开法医科，差不多快要到早上了，张队提议到他办公室里眯一小会儿，好歹养养精神，天亮了还有一大摊事要干，韩印没推辞，跟他去了办公室。张队也确实有些顶不住了，屁股挨到椅子上没过半分钟，嘴里就发出呼噜声，而韩印只是放空了眼睛，大脑仍在高速运转着。

尸检结果大大出乎韩印的预料，受害人当中没有刘勋的女儿刘瑶，那第三个死者会是谁呢？真的是小保姆？还是那个同样神秘的"情人"？当然无论死的是她们当中的哪一个，韩印先前的推论都要重新考量。她们先前那般低调诡秘的行事风格又该如何解释呢？又或者她们本身确系犯罪同伙，但得手后发生内讧，一个惨遭灭口？

关于动机：验尸结果表明三名受害人都遭受到相当程度的虐待，而就在那段时期刘勋他们的存款全部被兑现清空了，如此看来凶手的作案动机似乎简单明了，无非就是谋财害命，通过拘禁虐待，迫使受害人说出银行存款密码等，从而卷走巨款！

关于张翠英：别墅中采集到她的血迹，说明她也曾被捆绑在壁炉边的圆柱上，并遭到长时间的拘禁和虐待，当然这后面说的在先前的法医报告中已经有体现了，但拘禁地点为刘勋的别墅，就有些匪夷所思！不过细想一下，两起案子何尝没有异曲同工之处呢？同样有拘禁和虐待情节，受害方同样发生财务方面的异动，也许犯罪人是同一拨人？如果这样看，张翠英出现在别墅中就不难理解了。当然，最大的疑问并不在此，而在于她的两个女儿在案件中扮演着什么样的角色？她们为什么要在母亲遭到拘禁的情节上撒谎？她们又与刘勋母子的死有着何种关系？难道她们就是制造这两起谋财害命案件的凶手？姐妹俩其中的一个就是刘勋那个神秘的"情人"吗？那小保姆呢？是她们的内应？犯罪得手后被姐妹俩联手做掉了？如此，姐妹俩还真是一对少见的"黑寡妇杀手"，可是真有连自己母亲都不放过的黑寡妇吗？总之不管怎样，这姐妹俩身上都是疑点重重。

关于蒋青山：如果不考虑他到物业打听过刘勋别墅的事，真的很难将他的死与张翠英以及刘勋的案子联系在一起，尤其他到底是否在别墅中遇害也还值得商榷。包括他感兴趣的铊投毒悬案、理工大学与第一人民医院神经内科前主任冯兵，起码就目前掌握的情况看，都跟张翠英乃至刘勋没有半毛钱关系，那么他是怎么阴错阳差地就盯上了别墅的呢？

…………

越理越乱，问号越来越多，韩印觉得还是睡会儿吧，刚闭上眼睛，又猛地睁开，他突然想起自己忽略了一个很重要的人的存在——刘瑶哪儿去了？还活着吗？凶手留她一命有何用意？从照片上看，她倒是颇有几分姿色，难道被当成性奴了？

◎第八章　傀儡现身

在银行方面的协助下，警方获取了刘勋的多张取款单据，上面的签名与存款单据上是一致的，意味着取款人是刘勋本人，当然这也不能证明他是心甘情愿的。可惜时间太久远，监控录像被覆盖，银行工作人员也记不清当时的情形。

别墅方面的勘查工作目前已基本结束，整体未有大的收获，除去韩印帮助发现的血迹残留，再就是在车库中提取到了两组汽车轮胎印记，品牌规格分别是米其林255/50 R19和玛吉斯225/60 R17。前者多用于大型的SUV车型，不出意外应该是刘勋本人的座驾——一辆白色路虎，车牌为明BX55966；后者品牌商多与上海通用等汽车厂商合作，规格和花纹符合上海通用出品的别克商务车所用的轮胎，而这款车深蓝色最为热销，也呼应了那位向韩印提供汽车信息的小保姆的话。路虎车估计目前已经被改头换面，而别克商务车在这座城市里又十分普遍，所以想要通过这两辆车的信息去追查嫌疑人，难度还是非常大的，但若是有了具体的嫌疑对象，它们倒是可以作为一个确认嫌疑的依据。

至于下一步的工作重点，韩印提议有必要做一些调整——蒋青山与另外两起案件，其实是有些若即若离的，证据比较空泛，尤其关键人物冯兵已经去世，查阅档案的工作至今也未有任何收效，不如把人手和精力集中投入张翠英和刘勋的案子，特别是这里面还牵涉刘瑶的踪迹和人身安全问题，所以更需要尽可能地迅速破案。那么接下来王氏姐妹必然会继续作为重点追查对象，而更重要的就是要围绕刘勋被害一案中的关键人物小保姆展开调查,虽然她可能也惨遭杀害,但更倾向于与同伙发生内讧所致。

就在刚刚,颅相重合以及颅面复原都有了结果。

前者相对简单一些,只是利用软件将刘勋的照片与在别墅地板下发现的男性尸骨的颅骨照片负片进行重叠,所得重叠照片依其能否达到解剖关系上的一致,来确定是否为同一个人。同理,他母亲的也一样。新出炉的鉴定结果显示,1号和2号尸骨确为刘勋的母亲和他本人。

颅面复原技术要复杂一些,耗费的时间也稍长,其原理在先前的办案中韩印也了解过,就本案来说:将3号受害人的颅骨进行激光扫描,在电脑中形成三维图像,按照法医学指标,测量颅骨的宽和高、眼眶内外间距、梨状孔宽和高,然后将这些数据和形态输入计算机,计算机以毫米为单位将面部分成不同区域,自动给颅骨配上皮肤;然后在一个集合国内56个民族五官特征的数据库中,选择适当的五官添在上面,再打印出照片,即完成复原。

韩印安排办案人员带上复原后疑似小保姆的照片,从两个方向去查证确认小保姆的身份——失踪报案记录和各大家政公司的登记信息。而确认身份只是第一步,接着要对小保姆的背景信息做详尽的调查,之后最为重要的是搞清楚其社会交往,这其中必然有她的作案同伙;当然,若是从中发现其与王氏姐妹的交集,那对整个案件的侦破将会是一个决定性的突破。

审讯室,横着摆放的长条桌两边,杜英雄与王氏姐妹对视而坐。

考量再三,终于还是决定抓了这姐妹俩。先前没动,主要是因为老问题——犯罪动机不好判断。日前广田市警方发来消息反映,曲晓军已经回家,他失踪这段时间是因在外地打工遭遇车祸,住了两三个月医院,怕家人担心才未与家人联系。这一点当地交警部门和医院已经给予证明,而据他说自被饭店解雇后便未再与张翠英联系过。由此,先前分析的"系曲晓军引发财产争夺导致的杀人动机"便不能成立，所以警方希望通过暗中观察和摸排，找到姐妹俩真正的动机；再一个也想看看她们有无同伙，或者是否受人唆使——如果她们真参与了犯罪的话。

而现今案情变得越发错综复杂，刘勋案当中的受害人之一刘瑶尚不知去向，虽理论上案发已一年有余，刘瑶活着的希望不大，但只要未见尸首，警方都不能放弃对其争分夺秒的搜救，所以时间上也不允许继续以长线被动的姿态与王氏姐妹周旋。

"我们找到了你们母亲遇害的第一现场，在万福山庄C区35号楼，是一栋两层别墅，业主叫刘勋。"一系列常规背景信息询问后，杜英雄开始把问题引向案情核心处，冷眼盯着姐妹俩的反应。

"这个刘勋是干什么的？为什么要跟我妈过不去？"姐妹俩瞬间挺直身子，瞪着眼睛，一脸怒气，但抢着说话的还是姐姐王霏雯。

"你们真不认识刘勋？也没去过那栋别墅？"杜英雄沉稳地继续问道。

"你什么意思啊？"王霏雯紧着鼻子，嘴巴微张，语气诧异地问。紧接着妹妹王霏婧也蹙着眉头，眯起眼睛，一脸不快地说："这个什么刘勋和别墅我们根本没听说过，你为啥这样问，是觉得我们在撒谎吗？"

"我很想相信你们，可惜从一开始你们就没有说实话！"杜英雄不动声色，步步紧逼，说，"综合你们母亲卧室和别墅现场的情况以及我们的法证报告，可以证明她死前被长时间拘禁在别墅中，并遭受残忍的虐待，可你们异口同声说母亲只是在报警前一天才失踪的，可以解释下吗？"

"这，这怎么可能？"王霏婧扬着眉毛做出惊讶状，缩了下身子，微微靠向姐姐。姐妹俩交换了一下眼神，王霏雯接着辩解说："反正我们每天晚上回家她都在家，可能白天趁我们不在出去和曲晓军混在一起搞的吧。那曲晓军能喜欢我妈这岁数的，那就跟变态的差不多，谁知道他们都搞些什么花样？"

"忘了告诉你们，我们找到曲晓军了，也能证明案发时他不在本市！"杜英雄见招拆招道。

"那就有可能我妈在外面还有别的情人吧！"王矗婧的语气有些胡搅蛮缠，重复着姐姐苍白的辩解，"反正那段时间我妈晚上是在家的，谁知道白天她干些什么？"

杜英雄撇撇嘴，不屑地笑笑，眼神饶有深意地盯了姐妹俩一会儿，说："你们有没有想过，声称你们母亲是在5月29日失踪的，是个很大的破绽？"

"我们说的是实话，还有店里的员工给我们做证，你怎么想是你的事！"姐妹俩身子贴得更近了，放在桌上的两只手也握在一起，互相安慰着，一副同仇敌忾的姿态。

杜英雄再笑笑，扭头朝背后的镜子瞥了一眼……

"这姐妹俩去过别墅，亲眼见过刘勋的尸体，也很清楚别墅里发生过什么！"紧邻审讯室的观察室中，隔着单向玻璃，韩印和张队关注着审讯。韩印知道杜英雄其实是看不到他们的，但还是不自觉地点点头，回应着杜英雄刚刚的回望。

"为什么这么说？"张队问。

"刚刚的问话中，英雄几次提到了'别墅'和'刘勋'，而姐妹俩随即做出'厌恶'的应激反应，我相信这是她们回忆起刘勋尸体的惨状和别墅中不愉快经历的下意识反应。"韩印冲审讯室扬扬下巴，耐心地解释道，"厌恶的情绪源自'否定'，简单点说，比如不喜欢看到某个人或者某种景象，便会下意识地眯紧眼睛；不喜欢闻某种气味，便会皱紧鼻翼；不喜欢吃某种东西，便要么用力抿嘴，要么向后咧嘴。而有些时刻，当人们感觉极度厌恶时，这几个动作可能会同时做出来，比如某个人或者某种景象让人看到或者想起时觉得异常恶心，忍不住想要呕吐……你想想刚刚的姐妹俩的表现是不是这样呢？"

"噢，还真是。"张队稍微回忆了一下，夸赞道，"专家就是专家，关注的角度跟我们简直有天壤之别！"

"你别这么说，咱们只是工作需要专注的方向不同而已。"韩印谦虚一句，接着分析，"另外英雄乍一提起别墅和刘勋时，姐妹俩有个瞬间的'冻结反应'，细说来是属于'拘谨性的冻结反应'，这表明问题切中了要害，姐妹俩因此感受到压力和恐惧；而随后的收缩身子和互相握手的动作，则是一种安慰反应，对应的是紧张、惶恐的心理状态。总之，在母亲遇害这个事件上，王氏姐妹表现出了愤怒、惊讶、厌恶、恐惧，唯独没有悲伤的情绪，是极不正常的。"

"如此说来，无论是姐妹俩的本意还是受人唆使，她们必然参与了案子！"张队明白地接话道。

"嗯，对，这边先这样吧，英雄做得不错，咱们去看看小美有没有什么发现。"韩印沉吟一下，提议道，转身前又冲着话筒向审讯室里戴着耳机的杜英雄交代了一句，"提一下刘瑶，看看她们有什么反应……"

技术科影像室。

在王氏姐妹被讯问的同时，艾小美从她们的办公室取回电脑硬盘，加之收缴上来的二人的手机，艾小美的任务就是找出她们的同伙或者与小保姆的交集。

王氏姐妹的手机和座机一直被监听着，至今未发现可疑通话和短信；在她们的家中和办公室里也未发现其他手机和手机卡，那么这段时间她们是通过何种途径与同伙联系的呢？是通过QQ、微博或者微信，还是什么别的网络即时通信软件？艾小美为此着实下了一番功夫，仔仔细细对电脑硬盘和手机存储做了"解剖"，遗憾的是结果不尽如人意，仍是一无所获。

"难道真的就只有这姐妹俩涉案吗？"艾小美很累，但也很不甘心，半个身子趴在电脑桌上，一只手撑着下巴，眼睛盯向电脑显示屏，一只手摁在鼠标上盲目地乱点着，不经意地启动了视频播放软件，随即画面开始播放对王氏姐妹的监控录像。

先前介绍过，王氏姐妹平日主要在总店办公，为此杜英雄特意安排人手专门对总店附近区域进行监控录像。这么多天下来，前方的现场监控人员和技术科警员并未提出有可疑人物出现,所以艾小美先前也并未认真看过这些录像,此刻便索性以快进的方式扫几眼。当然,凭她在此方面的专业素养,并不会影响她捕捉有疑点的画面。

突然,她好像看到了一张似曾相识的面孔,她赶紧按下暂停键,慢动作回放到带有那张面孔的画面,又暂停下来,并针对面孔做了技术放大。虽然那个人戴着一顶长檐运动帽,但艾小美还是认出了那张脸。为保险起见,她特意从电脑中调出一张照片做比对,结果并无二致,但问题是,怎么可能是她呢?

艾小美将画面截图存档,接着继续回放,看到那个"她"从一辆本田车上下来,车号是明BL5958,艾小美又顺着车牌号调出车主信息……

一路顺藤摸瓜,收获可谓大大的,艾小美异常兴奋,正待掏出手机向韩印汇报,韩印和张队已然跨进技术科门里。本来他们一个小时前就应该来了,但半路上遇到局领导,然后被局领导拉到办公室交流案情,于是耽搁了。

"有发现?"看到艾小美神采飞扬的劲,韩印察觉到有好消息。

"是啊!你们看我找到谁啦?"艾小美得意地点点头,飞快滑动鼠标,调出先前的截图照片。

"这,这是刘瑶!"张队惊得目瞪口呆,声音都变了调。

"确实是她,竟然安然无恙,活得好好的。"刘瑶以这种方式出现,实在太出人意料,韩印一时也有些发蒙,喃喃地说,"她到饭店干什么?是去找王氏姐妹?"

"我想应该是的。我特意扩大范围,看了多日以来的监控录像,发现刘瑶已不止一次去饭店,令人生疑的是,时间点都很规律,而且异常低调,逗留的时间很短,基本是每隔两天,晚上7点由一辆本田车送来,隔个十几分钟便离开,而那个时间正好是饭店客人最多的时候,门前比较混乱,不会引起咱们监控人员的注意,所以我认为刘瑶也许就是咱们要找的犯罪同伙。可能是她担心通信设备不安全,觉得最危险的地方就是最安全的地方,所以采取这种直接面对面的方式与王氏姐妹接头。至于本田车，开车的是个男的，脸看不清楚，车登记在一个叫宋双双的女人名下。"艾小美顿了一下，敲击几下电脑键盘，调出宋双双的身份证录入信息，指着显示屏上她的照片道，"这女人貌似也不简单，我联系了她所在辖区的街道派出所，反馈的信息显示，宋双双现年32岁，丈夫吴德禄两年前从自家楼上跳下自杀身亡，由于验尸时发现了旧的体表伤和骨骼骨折愈合痕迹，且牵涉大额人寿保险金，分局刑警一度怀疑有谋杀骗保的可能，便着手进行调查。据宋双双自己向分局刑警介绍，她丈夫曾经营一家中型房地产公司，后因投资失利导致资金链断裂，并出现大额负债，最终连累公司倒闭。当然，追债的人不会就此放过他，据说隔三岔五便有人上门讨债，还被多名债主告上法庭摊上了官司，可谓内外交困、焦头烂额，不久之后在巨大的债务压力和精神困扰下，吴德禄患上严重的抑郁症，出现强烈的自残和自杀倾向。为此她曾多次带他去心理医院就诊，平日也特别防范吴德禄有靠近阳台或者使用刀具等的危险举动，但终究还是没有防住。随后就着宋双双的口供，分局刑警进行了调查取证，心理医院提供夫妻二人多次的就诊记录，相关主治心理医师也出具了详细的书面诊疗记录，充分证明口供的可信度。由此分局撤销案件调查，吴德禄被定性为自杀身亡。由于生前投保的大额人寿保险已超过两年，且投保人系因患病在不能自控的情形下跳楼身亡，不属于主动剥夺自己生命的行为，所以保险公司只能认赔。而宋双双拿到赔偿款之后不久，便卖掉了房产，搬离原住所，目前去向不明。不过她有一个6岁的儿子，至今仍跟随奶奶生活在辖区内的另一处房产里。"

"有没有觉得故事似曾相识？"耐着性子听完小美汇报，张队紧跟着说，"如果单独拿出自杀案看，还算合乎情理，但要与咱们手上的案子放到一起比对，就有些耐人寻味了！"

"嗯，同样有虐待拘禁的情节，同样牵涉大额金钱，同样家庭成员有死有活！"韩印点点头应和道，"丈夫死了，妻子宋双双活着；父亲和奶奶死了，既是女儿又是孙女身份的刘瑶活着；母亲死了，女儿王矍雯和王矍婧活着。而最诡异的是活着的人彼此还有交集！"

"这样一比较，分局刑警起初的判断应该更接近现实，只是犯罪人太狡猾了，很好地利用了受害人自身的缺陷，不过这也得益于宋双双的配合，或者说宋双双根本就是凶手？"身在两人中间的艾小美咧咧嘴，一脸鄙夷，"宋双双又是怎么和刘瑶扯上关系的，刘瑶又是怎么成为王氏姐妹的同伙的？反正有点乱。咱接下来怎么办？"

"先发协查通报吧，让各分局和辖区派出所帮着找一下刘瑶和宋双双？"张队用征询的目光看向韩印，"宋双双婆婆家我派人去了解一下，看有没有她的消息；周围再布置几个人，以防宋双双回来探望孩子。"

"一定要低调，如果发现宋双双或者刘瑶的踪迹，注意跟踪就可以了，不要急着收网。"韩印微微点头，沉着地叮嘱道，"我总觉得这些人背后还有一只无形的大手在掌控着局面。"

"方向会不会太单一了，要是找不到她们怎么办？"张队深吸了一口气，皱眉问道。

"这个我正要说，让英雄放了那姐妹俩，加派人手在饭店附近区域监控，也许刘瑶还会过去接头。"其实不用别人提点，韩印对局面的考量也会很周全，末了他掏出手机拨通杜英雄的电话，低声问了一句，"完事了吗？提到刘瑶，她们什么反应？"

杜英雄在电话那头回应："感觉她们挺害怕的！"

◎第九章　魔王巢穴

小保姆的身份终于得以确认！

办案人员走遍了全市大大小小几十家家政公司，好不容易有人指认出小保姆的照片，该家政公司备留的身份证复印件显示，她叫高颖，今年23岁，是外市人。据该家政公司负责人反映：高颖是主动到公司应聘的，为人老实，干活手脚麻利，是经过培训上岗的。刘勋本来嫌她长得不太好看，没怎么看上她，不过听说是照顾长年卧床、生活不能自理的老人，其余的保姆都推辞了，只有高颖表示愿意干，刘勋也只好勉为其难地雇用了她。至于所谓的相貌不漂亮，是因为脸上有两块比较显眼的红斑。

就以上信息看，高颖进入刘勋家工作，并不是有预谋的，而且家政公司与她接触过的人，均表示她是一个本分正经的孩子，没见过她结交任何不三不四的朋友。由此分析，高颖可能只是一个受害人，与整个犯罪无关，但令办案人员始终无法释怀的，是她平日里表现出的那份神秘感！

"是派人手去高颖老家做进一步调查，还是暂时放弃这条线，集中精力追查刘瑶和宋双双的踪迹呢？"警力严重不足的当下，张队有些犹豫不决。韩印倒是觉得放弃也无妨，虽然无法断定王氏姐妹、刘瑶乃至宋双双在整个系列案件中到底扮演着何种角色，但她们都牵涉此案是一定的，已经不需要通过高颖身上的线索将她们与案子做串联了；反过来说，如果能够搞定那几个人，高颖是否涉案自然也就明了了。

然而让二人未想到的是，并不需要他们等那么长时间，顾菲菲就已经通过对尸骨的深度检测，揭开了小保姆高颖神秘的一面。

早前，小保姆的尸检是由戴敬曦做的，那时她就发现小保姆的关节有劳损的迹象，而且骨骼有轻微的退化。由于刘勋母子的尸检在前，她本能地认为造成这种症状的原因，是与刘勋母子一样的因长时间拘禁导致的营养不良，加之高颖的死亡原因比较清晰，她便未做进一步的观察。而后，顾菲菲在复查时，也发现了骨骼和关节的变异，不过她认为以小保姆的年龄，应该不会这么快出现退化，于是她提取了骨骼检材在显微镜下观测，便发现了肉眼无法察觉的裂纹，这是结缔组织紊乱的表现，表明小保姆生前患有自身免疫性结缔组织病，进一步做狼疮性检测，结果为阳性，也就是说，小保姆生前患有系统性红斑狼疮！

有此结论，小保姆高颖一系列怪异的举动，便可以解释通了：系统性红斑狼疮如果病情轻微，或者是经过治疗病情趋于稳定，是可以参加日常工作的；当然，高颖应该是对家政公司和刘勋隐瞒了病情，她要尽量避免过度劳累和被外界强光照射。这就能解释为什么高颖很少在室外露面，外出总要戴着帽子，买菜也尽量选择在太阳光不强的时间段了；而她不愿意与其他小保姆交流，可能是出于患病的自卑心理，也确实因这个病的关系，她脸上出现了红斑，让人看起来不大舒服。

小保姆身上的疑点彻底解决了，而另外几个女人依然神秘。

宋双双的婆婆向办案人员哭诉，宋双双把孩子扔给老人家之后便踪影皆无，也没给过抚养费。老人家倒不计较钱的事，反正是自己的孙子，但孩子经常嚷着想妈妈，让老人家很是无奈。

宋双双的车未由本人驾驶，其目前是生是死也不好判断。韩印让小美查查汽车有无违章记录以及相关道路的监控视频，如果在监控中发现车辆踪迹，就试着拼凑出车辆经常出没的线路，好通知交警部门协助查找。

犯罪心理档案第三季

先前在对王氏姐妹的审讯中，杜英雄提到刘瑶时，姐妹俩虽摇头否认听过此名字，但她们的眼神里流露出的是深深的惧意，不免让杜英雄觉得她们似乎有什么致命的把柄落在刘瑶手上，而刘瑶如果真的因此控制住这姐妹俩，那她最终的目的又会是什么呢？不用多想——肯定是钱！这就让杜英雄想到刘瑶如此这般规律地现身饭店的原因，并不是所谓的互通消息、讨论逃避警方追捕的计策，而是把饭店经营的部分收益收走。照此看，先前刘瑶或者她幕后的什么人，并不特别在意王氏姐妹被警方调查，这甚至原本就在他们的预计之内，他们依然按规矩去饭店收钱，表明他们很有信心不会被王氏姐妹出卖。当然，他们没料到警方会在暗中布控，并已经注意到刘瑶的出没，所以刘瑶再次现身的可能性应该是蛮大的！按时间规律，今晚就是收钱日，以杜英雄为首的办案人员都拭目以待！

晚上7点，本田车如约而至。像前几次一样，年轻的男人在车里留守，刘瑶头戴长檐运动帽，胳膊上挎着一只粉色皮包下车，在夜幕和来往吃客的掩护下溜进饭店。不大一会儿，她的身影又出现在饭店门口，胳膊上挎的皮包已是鼓鼓的。她紧走几步，来到本田车旁，拉开车门，坐进车里。

本田车启动，开走。瞬时，饭店停车场乃至附近街道多辆看似私家轿车的汽车也陆续启动，同时交警指挥中心道路监控的画面被远程连接到刑警支队技术科影像室的大屏幕上，一场全方位的跟踪追击行动正在展开！

此时，晚间七点一刻左右，已过车辆出行高峰时间，但马路上还是有很多车，给追踪带来一定难度，尤其不知是习惯原因，还是有所警觉，本田车开得飞快。好在先前的布置足够周详，又有设在支队影像室的指挥中心的全盘掌控，目标始终都在跟踪视线内……

40多分钟后，接近晚间8点，本田车驶出市区，没过多久，转入乡道。乡道两边都是农家住宅，大多是起脊瓦房，少见两三层独楼。本田车在一栋三层独楼前缓缓停下，但并未熄火，随即院前的大铁门被从里面拉开，本田车顺势驶进院内，借着朦胧的月色，能看见院里还停着两辆车，一辆是路虎，一辆是别克商务车。

此地为沙田镇，龙头村。

确认了目标具体方位，杜英雄带领一干办案人员连夜展开调查，通过当地派出所的协调，他们很快见到了龙头村的村主任。

村主任50多岁的样子，看起来阅历颇深，想必村里大大小小的事情他都能了解个一二。听闻杜英雄提起本田车驶进的小楼，他立马打开话匣子说："你说的那个是田为民家，是村里第一座私家楼，盖了大概有30年了吧。"

"那么早就盖得起楼，田为民家底够厚的！"杜英雄说。

"咳，啥家底啊，他爹妈走得早，全是这小子自己干出来的。"村主任叹口气，感慨地说，"田为民是村里第一个干建筑队的，那个时候还叫包工头子，手底下雇了不少人，慢慢就干大了，在城里接下好多工程。他不仅在村里盖起小楼，在城里也有好几处房产。不过那时候田为民主要住在村里这个楼里，直到患病去世，他家丫头和女婿才搬到城里。"

"那现在楼里住的谁啊？"杜英雄接着问。

"田为民的丫头和女婿啊！"村主任转了转眼球，稍微合计了一下说，"田为民就一个独生女，叫田美云；女婿是上门女婿，叫孙健。现在住楼里的还有他们的儿子孙铎，以及孙铎的对象，还有一个女的，说是田美云的干妹妹！"

"您后面说的是这两个人吗？"应着村主任的话，杜英雄拿出刘瑶和宋双双的照片让村主任指认。

"对对对，就是这两个女的，年轻的是孙铎的对象，大点的那个是干妹妹。"村主任分别指着照片说。

"那他们一家怎么又回来住了？"杜英雄收起照片问。

"建筑公司黄了呗！"村主任讪笑道，想了想又说，"好像三四年前搬回来的，说是公司黄了，欠了一屁股债，别人欠她的又要不回来，城里的房子和车啥的都抵了债，没地方住，只好搬回村里。刚回来那会儿，美云还整天跟我屁股后面，求村里给她点小基建工程糊口，特别落魄。这一两年倒是缓过来了，也不知道干啥买卖，反正有点东山再起的意思。你看她家那院里停了好几辆车，小楼里里外外也重新装修过，一家老小出外都是穿金戴银、趾高气扬，再加上她家小子没人敢惹，一家人在村里算是风光无二啊！"

"她儿子干什么的？"杜英雄面露不解。

"那小子没啥正经工作，整天带着一群地痞流氓瞎混，村里打架斗殴，少不了他们那几个人。为此我们处理过很多回，不过他也没给人造成特别大的伤害，也不能拿他怎样！"一旁的派出所所长皱着眉，一副头痛不已的样子插话说。

"是啊，又有钱，儿子又能混，田美云打扮得又妖里妖气的，整个就一电视里演的那黑社会大姐大的做派！"村主任帮腔说，继而又有意想凸显个人在村里的地位，接着说，"不过她家那小子对我还不错，他们一家人见我都挺客气的。前一段时间有城里人来打探他们家的消息，我估计是以前的债主，碰面时给他提了个醒，没承想那小子还挺懂礼数，过了几天非要请我吃饭，好一顿感激我，还特别嘱咐我不要对外声张。"

"哦？"杜英雄情不自禁地惊诧一声，迅速追问道，"那城里人是个60多岁的老人家吗？"

"对，应该差不多是那个年纪。"村主任顿了一下，摸着脑门用力回忆着，缓缓地说，"我记得他自我介绍姓……姓蒋，对，是姓蒋！你认识他？不是要债的？"

杜英雄点头，又摇头，未明确回应，心里却暗暗兴奋：这就对上了。看来蒋队也是这一家子害死的！

"对了，孙铎是左撇子吗？"临了，杜英雄突然想起这个细节，问道。

"是，这个我有印象。我还夸他说，一般习惯用左手的人，脑袋都很聪明。"村主任不假思索地应道。

在村主任和当地派出所的配合下，田美云一家的背景信息基本摸查清楚。杜英雄留下几组人手，严密监视田美云一家的动向，自己则迅速驾车赶回支队汇报。车窗外的夜晚，星星格外亮眼，也许预示着明天的曙光会特别闪耀！

听取了杜英雄的汇报，支援小组和支队方面紧急碰面，商讨应对方案。

"一起疑点重重的自杀案，还有三起谋杀案，这四起从表面上看无任何关联的案件，最终在田美云一家人身上找到了交集，这一家三口也许就是真正的凶手，动机肯定是谋财。那么他们是如何选择目标的，又是用何种方法接近受害人的呢？"

"刘勋的那个情人会不会就是田美云啊？"

"就算是这一家人干的，那也总得有一个说话算数的吧。主谋会是谁呢？"

"最令我们费解的是，除了蒋队被害一案，其余三起案子当中都有直系亲属最终听命于凶手，并不同程度参与了犯罪，田美云一家是如何做到的呢？"

"蒋队是因为暗中跟踪这一家子，才最终遭到了杀害吗？"

…………

讨论会伊始，一系列疑问便迎面而来。其实地方同人都很明白，支援小组虽是由顾菲菲负责，可实际上的办案核心是韩印，所以他们疑惑的目光自然地投向了韩印。顾菲菲对这样的场面早已见怪不怪，便也微微侧着身子，看向一旁的他。但韩印似乎并不急于给出解答，他抬手摘下眼镜，用手背使劲揉了揉眼睛，看似很累。少顷，他戴上眼镜，竟然以一种罕见懈怠的姿态说："我就不多说了，说了也没用，其实各位应该很清楚，无论我给你们什么答案，都没有任何证据去佐证；而且我相信在以后的日子里，恐怕也很难找到确凿的定罪证据。"

"啊！那怎么办啊？你这个态度是什么意思？"这大概是张队首次对支援

小组，尤其是对韩印，流露出质疑的情绪。

"没证据难道就不办案了？"一名办案警员满脸愠怒地说。

"案子要是好办，还请你们干什么？本来以为你们挺专业的，怎么说话这么不负责任。"又有一名办案警员近乎斥责地说。

"各位先别急，韩印老师不是那个意思。"顾菲菲有些看不过去，只好跳出来解释。她实在没料到韩印一张嘴就是这种基调，弄得整个会议的氛围都很不协调，不过她心里清楚，这不是韩印一贯的办案风格，这里面肯定有他的考虑，便紧接着狠狠瞪了他一眼，示意他别抻着了，有什么建议就赶紧说。她自己先圆场道："是这样的，作案动机各位分析得很透彻，基本可以确定为谋财，而从作案规律上看，作案间隔时间相当长，尤其他们现在又控制了王氏姐妹，有了长期饭票，会不会继续寻找目标就不好说了。所以，这种情形下取证确实比较困难，不过我相信韩老师会找到解决办法的。"

"这么大的案子，总得有个明确的方案吧？"张队冷静下来，似乎也看出韩印其实心里是有谱的，便恳切地说，"你想怎么做？不管人力，还是物力，我一定尽力满足你！"

韩印脸上终于又现出以往的自信，他当然早已打好算盘，之所以故作消极姿态，是想让张队他们充分做好迎接困难、打一场硬仗的心理准备，因为这一系列案子的犯罪模式是前所未有的，真相被揭开后，一定会令所有人大吃一惊。韩印微微笑了笑，沉着地说："不用那么麻烦，咱们来个简单粗暴的，把他们所有人一个不漏地全抓回来，逐一审讯，我就不相信他们之中没有人露馅！"

◎第十章　囚徒困境

囚徒困境，是20世纪50年代美国一家公司提出的博弈论模型。简单概述：被抓捕的囚犯之间的一种特殊博弈，反映了个体利益最佳选择并非团体最佳选择。

其实这套理论运用到刑侦审讯方面并不算新鲜，都是咱老祖宗玩剩下的，跟"离间计"的心理基础大同小异。主要利用犯罪嫌疑人趋利避害的心理特点，在审讯信息不对称的基础上，对犯罪团伙中的成员实施各个击破。多用于犯罪嫌疑人已被锁定，但始终无法或缺乏有效线索和证据的情境，通过嫌疑人之间的互相揭发，最终将犯罪团伙一网打尽。

眼下的案件便是如此，嫌疑人基本锁定田美云一伙人，但别说证据了，犯罪模式至今也是个谜——当然韩印除外。这就需要做出选择，是继续严密监视等待他们主动犯错，还是通过一定的审讯技巧诱使他们招供呢？当然要选择后者。前者如顾菲菲说的，时间上耗不起，而且韩印很有信心，这些囚徒会在面对共同的困境时，做出利于警方的取舍。

在韩印宣布将会以此博弈理论作为审讯策略的同时，他特别指出了一个令所有人都深感错愕并大为震惊的事实——在这起系列案件中，除蒋队之外，其余的受害人可能都是死于他们最亲近的人之手！

现在，7名犯罪嫌疑人已全部到位，包括：田美云及其丈夫孙健、儿子孙铎、准儿媳也就是刘勋的女儿刘瑶、干妹妹也就是吴德禄的妻子宋双双，再加上张翠英两个女儿王鼙雯和王鼙婧。按韩印指示，嫌疑人被分别讯问，而且要同一时间进行，以便随时对接信息，完善审讯策略。为此支队在原有的三个审讯室的基础上，特意腾出四间办公室，临时改造成审讯室。

审讯人员方面：支援小组由杜英雄上阵，支队方面派出一名副支队长和一名负责重案调查的组长；另外四名都是老资格预审员，"侦审合一"前专门负责大案要案的审讯，可谓相当成熟老到。

所有审讯室的监控画面，最终统一连接到技术科影像室的大屏幕上，市局多名重要领导亲临现场，与办案人员共同关注这场绝无仅有的特殊审讯。异常严肃的氛围，令原本不大的空间，一时间充满让人快要窒息的感觉。

不知道是不是也觉得有些闷，作为掌控审讯全局的人，韩印本应处在离大屏幕最近的地方，他却选择远远地站在门边，抱着双臂，身子微微靠在墙上，眼神略显涣散地盯着大屏幕，眉宇间更是透出一种莫名的沉郁，与周围大家紧张而又兴奋的情绪相比，似乎有些心有旁骛。

韩印的心思确实并未完全放在眼前的审讯上，因为他能预料到，这场拉锯战最终取得的结果可能只是阶段性的。不要忘了，这是一起团伙作案，成员中必然有处于主使地位的，有处于从属地位的，由于犯罪模式的特殊性，最终可能造成处于从属地位的犯罪人心甘情愿扛下大部分罪行的局面，而幕后的主谋，也就是真正的受益者，却能因此逃过法律的重罚。

那么，韩印再三强调的，所谓特殊的、罕见的犯罪模式，到底是怎样的？

其实韩印先前也是百思不得其解，直到他看到刘瑶出现在王氏姐妹饭店的画面，才豁然醒悟，原来案件的犯罪模式他并不陌生，甚至在接下这次任务之前刚好就在课堂上为学生举过例。对，与"河阳性奴案"一样，这也是一起典型的通过人质情结掌控局面的案件。说得再明白一点，就是田美云一家三口，通过特定的手法和洗脑，将原本的受害人，塑造成害人者，最终将宋双双、刘瑶以及王氏姐妹牢牢控制住，成为他们作案的帮凶和敛财的工具！这样说来，主从关系就相对明朗了，那么如何解决田美云一家的认罪问题呢？大方向当然是先前介绍过的，通过囚徒困境的审讯策略，让他们彼此之间互相博弈，如果宋双双、刘瑶、王氏姐妹等人不想或者说根本就缺乏揭发和指控他们的直接证据，那就由警方来找出他们的弱点，以及发现能够成为博弈资本的讯息。

撇开其他人不说，单就这一家三口，儿子孙铎应该是可以攻克的。村主任可以证明他知道蒋青山这个人，而且他是左撇子，符合先前法证报告指出的杀死蒋青山的凶手范围，不出意外，蒋青山就是他杀害的。如果引导适当，他肯定会加入博弈的阵营。

比较困难的是田美云夫妇。从案件发展的情形看，他们从策划到计划再到执行，都做得非常完美。他们应该能想到眼下这一处境，或者早先就设计好了对策，可能审到最后，顶多也就担个非法拘禁罪和包庇罪，值得他们去博弈的空间很小，因此他们出卖对方的概率不大。

如果照上面说的，田美云夫妇最终只是以轻罪入狱，没有受到应有的法律惩罚，那对所有办案人员来说都是一种失败，韩印绝不会允许这种局面出现，所以他想到了最初的侧写。

在那份侧写中，韩印曾反复强调蒋青山与凶手之间的关联，当时认为最有可能的是凶手曾经被蒋青山抓捕过。而随后发现蒋青山针对铊元素进行了一系列走访调查，又让韩印觉得可能是他早些年曾接手过一起铊投毒案件，但因冯兵隐瞒了真实情况，致使案件最终的调查结果出现逆转，而后因一篇铊投毒悬案的旧闻，让蒋青山洞察到其中的玄机……所以那时韩印指示张队方面和顾菲菲，去翻阅蒋青山办过的旧案档案以及冯兵退休前接诊过的病例。但由于档案数量庞大，而且目标也比较模糊，所以中途被叫停，可如今有了特定嫌疑人——田美云一家，那么再回头寻找档案就容易多了！所以在这场审讯进行的同时，顾菲菲和张队正分别带领人手在档案中寻找与田美云一家有关的案例，艾小美则被韩印派到了理工大学，去寻找那里与田美云一家的交集。

犯罪心理档案第三季

就在韩印多少有些神思恍惚的时候,这边的审讯正式开始了,大屏幕上显示出的7个小画面中,嫌疑人不再是独自于审讯室中四处观望,已经有审讯人员陆续进入,韩印便也将心思沉静下来,专注地盯向大屏幕。

其实所谓囚徒困境的理论谁都能理解,细节上的把握和运用,才是决定整个审讯层级和成败的关键。常规的审讯技巧,无非是通过营造空间气氛,让嫌疑人感觉到压迫感和局促感;或者通过仿音、嗅觉、左手写字、多人围观等手段,来加深嫌疑人心里的焦虑和疲惫感等。但韩印希望审讯人员在做足以上功课外,还要始终保持对嫌疑人心理的攻击性。

现在可以看到画面中,所有审讯人员怀里都很费力地抱着厚厚一摞卷宗。他们坐到嫌疑人的对面,同时也把卷宗摆到身前的长条桌上,还额外附加了一个拍卷宗的动作,让嫌疑人很直观地注意到卷宗的存在。接着,审讯人员非常准确地叫出了嫌疑人的名字,就像在喊一位老朋友似的。这几个环节的设计,是要传递给嫌疑人一种信息——他已经被警方关注并调查很久了!

审讯人员开始提问,措辞除一贯的严谨,还很直接地多了一些威慑性。比如:面对宋双双,审讯人员根本不提跳楼自杀的字眼,直接指出吴德禄是被人从楼上推下来摔死的;对刘瑶,审讯人员上来便问她是不是与奶奶平时关系不太好,所以毫不犹豫地冻死她;对孙铎的讯问开始不久,审讯人员将一份法证报告抛到孙铎面前,同时强调法证报告证明了蒋青山是被一个左撇子一棍子打死的……总之,这些话的潜台词就是:"我们知道那些人是怎么死的,也知道是谁干的!"

还有,画面中的审讯人员,始终都表现出一副威严的样子,让嫌疑人感受到他们是可以做决定的人,是一个值得信赖的角色,这样才有可能接受"利诱"!当然,由于国情和法律不同,有关利益方面的承诺,我们会有一定局限性。国外可以通过"认罪交易"来减轻罪行级别和服刑年限,而我们国家原则上不允许与犯罪人有任何讨价还价,只能采取比较模糊的说法,比如公安题材影视剧中常出现的那句台词——坦白从宽，抗拒从严！韩印要求审讯人员反复强调，如果对方积极交代罪行，就会有量刑方面的考虑，要把这种观念深深植入对方的心里，态度上也要让对方觉得你是真心为他考虑！

…………

从一大早开始，审讯已经持续四五个小时了，进展并不顺利，不知道是不是事先得到田美云夫妇的提点，嫌疑人普遍察觉到就警方目前掌握的证据来看，不足以对他们形成威胁，所以彼此形成了一种默契，无论审讯人员提出何种问题，对方几乎都以沉默应对。

这也没出乎韩印的预料，前面已指出，这会是一场拉锯战，因为本案虽系团伙作案，但特殊就特殊在每个成员本身都负有命案——要么选择主动供认罪行，并积极配合警方揭发他人，自己可能不会被判处重刑；要么抱团否认罪行，大家可能都会侥幸逃脱法律制裁；要么被别人揭发，自己被判处重罪甚至死刑。正所谓一线天堂、一线地狱，关乎生死的抉择，企图负隅顽抗拼死一搏也是可以理解的，最起码得给他们一个心理纠结的过程，才能做出一个理性的选择。这也正是囚徒困境中所指出的博弈过程，而精髓就在于信息不明的情况下，人们很难做到彼此完全信任，最终都会理性地倾向于个人利益最大化的选择。

当然，优秀的审讯人员善于把握主动权，眼见时机差不多了，审讯人员适时转而采取怀柔的方式，以一种设身处地的姿态，表示警方很理解被询问人其实也是受害人，他们大多数的行为，都发生在身不由己、受人胁迫的情境下……这就等于在嫌疑人正萌发忽明忽暗的小火星的心灵上添了把柴火，从而推动他们更早地做出理性选择。

心理防线最早崩溃、最快做出理性选择的，是王氏姐妹中的妹妹王虀婧。这其实是符合常规的，因为王虀婧在姐妹关系中是依赖感较强的那一个，而且本身性子温顺、没有主见，是非常容易接受心理暗示的，在姐妹中应该是比较早屈服并接受田美云夫妇掌控的那一个，当然也就容易被警方的攻心策略所动摇。但最核心的因素还是她们姐妹俩被纳入团伙中的时间是最短的，正如"河阳性奴案"中最终逃脱的报案人，也是被犯罪人禁锢时间最短的受害人。

"妈妈是被我和姐姐打死的。"王矍婧说。

"为什么？"审讯人员问。

"恨！"王矍婧说。

"恨什么？"审讯人员问。

"不知道，反正就是觉得心里很气，就是想打她，打得越重，心里越舒服，其实我们也不知道想要什么结果，稀里糊涂地我妈就死了！"王矍婧说。

"是不是释放了心里的恐惧感？"审讯人员问。

"对，是那样！"王矍婧说。

"有人逼你了吗？"审讯人员问。

"没有直接说。"王矍婧说。

"那你怎么感觉到的？"审讯人员问。

"刘瑶带我和姐姐看了地板下的尸体，说让我们自己选择，是躺在里面，还是好好活着。对了，我要揭发，刘瑶亲口说的，是她杀了她爸、她奶奶和她家保姆。"王矍婧说。

"其他人做了什么？"审讯人员问。

"田美云和她爱人不怎么和我们说话，倒是挺悠闲的，就喝喝茶看看电视什么的。主要是她儿子和干妹妹，还有刘瑶，看管我们。"王矍婧说。

"你们怎么认识田美云一家的？"审讯人员问。

"田美云和她爱人经常到饭店吃饭，算是老主顾，但平时我们接触不多。突然有一天田美云找到我说想跟我们合作开分店，主要是用我们的招牌，至于是她独自投资给我们一笔加盟费，还是按一定比例共同投资按比例分成，她表示要约个时间再详谈。后来没过几天，她把我们母女三人约到万福山庄的别墅中，然后就把我们关了起来。"

....

王矗婧招供没多久，王矗雯也开了口，口供与妹妹大同小异。

接着是刘瑶，她承认爸爸、奶奶和保姆的死都与她有关。

"你们一家怎么认识田美云夫妇的？"审讯人员问。

"婆婆（田美云）和我爸是初中同学，他们是在一次同学聚会上又见面的，然后她开始频繁跟我爸联系，逐渐就成了我爸的女朋友，还经常在我家过夜。可谁知道她是有夫之妇，后来我公公（孙健）找来了，在家里好一顿闹，我爸想用钱息事宁人，结果公公张口要500万，我爸拿不出来，公公就赖着不走了。再后来我男朋友（孙铎）和宋阿姨（宋双双）不知怎么也住进了家里……"刘瑶说。

"田美云夫妇对你们一家做了什么？"审讯人员问。

"什么也没做。平时我们跟我男朋友和宋阿姨接触得多，他们不让我们穿衣服，吃饭、睡觉、上厕所都要经过他们允许，要是不听管教，会被绑在客厅柱子上。幸亏小铎人好，对我比较照顾……我要检举，宋阿姨亲口对我说，她老公是她推下楼的，还有张翠英是被她两个女儿亲手打死的。"刘瑶说。

"你对你父亲和奶奶下得了黑手？"审讯人员问。

"我爱小铎，但他们反对，我气不过就……"刘瑶说。

第四个招供的是宋双双，毫无意外，她告诉审讯人员，丈夫吴德禄是被她推下楼的。

"你后悔吗？"审讯人员问。

"没什么可后悔的，我恨他，放着好好的房地产不做，跑去做投机买卖，结果害得我和儿子跟他受苦，还在外面包养情人。幸亏我姐点醒我，要不然我还蒙在鼓里。还是我姐说得对，这种男人死不足惜！"宋双双说。

"你口中的姐就是田美云吧？她参与把你丈夫推下楼了？"审讯人员问。

"没有，她就说愿意收我做妹妹，说我没必要跟着我丈夫那样的窝囊废，她愿意负责我下半辈子的生活。"宋双双说。

"你把你丈夫的保险赔偿金都交给田美云夫妇了？"审讯人员问。

"当然了，吴德禄公司欠他们家工程款，欠债还钱，天经地义啊！"

"就算是要账，他们一家也不该把你们俩禁锢起来吧？怎么不报警呢？是没机会吗？"审讯人员问。

"最开始我侄儿小铎说，我们要是敢报警，他就把我儿子杀了。小铎心狠手辣，真的是什么事都能干出来，那姓蒋的老头就是他杀的！"宋双双说。

孙铎这块骨头是比较难啃的，看起来是想顽抗到底，不过听了前面几个人的口供录音，明白大势已去，只能尽量自保。

"是我干的，我听村主任说有一个姓蒋的在打听我们家的事，便跟我妈说了。也不知我妈是怎么认识那老头的，说他是警察，可能盯上我们了。我就悄悄地反跟踪他，瞅着没人就给了他一棒子，本来没想打死，谁知道下手重了。"孙铎说。

"张翠英和那老人家的尸体是谁抛的？"审讯人员问。

"是我。本来想把那老头和张翠英也放到别墅地板下，可我妈担心那老头有同伙，觉得别墅可能不安全了，就让我把他们的尸体抛到外面。本来还想过一阵子看看风头，回去把地板下那几具尸体也抛了……我干这些，都是听我妈和我爸的，一切都是他们俩计划的，他们怎么说，我就怎么做，他们是主谋，我要揭发他们，我这算立功表现吧？"孙铎说。

"有别人可以做证吗？"审讯人员问。

"没有啊，平时就我们三个人时，他俩才向我交代计划。"孙铎说。

…………

至此，审讯结果基本达到预期，也正如韩印分析的那样，田美云、孙健夫妇是真正的幕后黑手，而其他人并未对他们形成关键性指控。孙铎一个人的指控在证据上略显单薄，很容易被二人合力推翻，这大概也是夫妇二人一开始便谋划好的，如果出现意外就让孙铎来做替死鬼。连自己的儿子都能算计，这份心狠手辣的劲，实在令人发指。也能够想象，如果不拿出点实际的东西，这俩人强大的反社会心理恐怕是绝不会被审讯人员攻陷的。

好在韩印先前的布置再次起到决定性的作用。

蒋青山是在针对铊元素的调查中被田美云一伙人杀死的，顾菲菲在寻找与案件有关的病例档案之前，就可以首先明确两个问题：

一、那是一个疑似铊中毒病例。既然冯兵所在的医院没有相关诊疗记录，那么极可能存在误诊的情况。铊中毒在临床上常以神经系统症状为首发症状，容易被误诊为神经系统疾病，比如格林-巴利综合征、多发性神经炎、癔症、血卟啉病等，所以顾菲菲将以这几种病症的诊疗档案作为重点查阅方向。

二、田美云和孙健夫妇与该病例存在关联。基于这种判断，顾菲菲先是造访了冯兵的家，但他老伴表示并不认识田美云夫妇，也未听丈夫提起过。随后顾菲菲又赶往龙头村找到了村主任，因为她注意到村主任在先前的笔录中，曾提起过田美云的父亲田为民系患病去世，那么这个病会不会与铊中毒有关呢？她专程赶来是想让村主任回忆一下，田为民当年得了什么病，以及确切的死亡时间。村主任仔细回忆一番，又问了村委会几个与其年龄相仿的老人，结果表示，"具体得的什么病还真不太清楚，只听说是绝症，死的时候大概是1989年11月。"

明确了病例的重点查阅方向，又锁定了病患身份和大致就诊时间，查阅档案的范围缩减到相当小了，工作基本是事半功倍，结果当然是顺利找到田为民在1989年诊疗的病历档案。

犯罪心理档案第三季

这份病历记录着：当年田为民就诊时已出现消化系统出血、肢体瘫痪、中枢神经严重受损的症状，进而出现昏厥、抽搐现象，虽经过医院竭力诊疗，但最终仍因呼吸循环功能衰竭而去世。病历上标明的病症为"感染性多发性神经根神经炎"（即格林-巴利综合征），主治医生的签名是"冯兵"。

实事求是地讲，田为民当时的症状表现，与冯兵所诊断的病症是有相似之处的。尤其在那个年代，铊中毒非常罕见，可能整个明珠市医疗界对此也不甚了解，即使到了今天也同样有误诊的情况发生，所以就算冯兵真的是误诊了，他也应该是无意的。

当然就症状本身来说，由于现时已无法获取检材去测试，顾菲菲不可能确凿判定田为民死于铊中毒，只能依靠相关线索综合判断。蒋青山在受到铊中毒悬案的启发后，首先调查的是明珠理工大学化学系，并特意询问了该系铊元素的存放问题，以及有可能接触到铊的人群，这说明他认为投毒者是通过这样一条途径获取铊元素的。依此推断，顾菲菲相信艾小美一定能在理工大学有所收获！

艾小美在理工大学的配合下，调阅了该校化学系的毕业册，从中并未发现与田美云团伙中任何一个人有交集的线索。艾小美不死心，拿着该团伙成员的照片，找系里的老师逐一确认，最终皇天不负苦心人，一名87届留校任教的女教授认出了田美云，她表示和田美云是同班同学，但田美云在升入大三后不久，就因家中变故退学了……

那么在"田为民死于1989年，系遭投毒谋杀"的前提下，调查又回到老问题上：蒋青山当时是如何知晓这起疑似投毒案件的？是不是曾经立过案呢？带着这样一个疑问，张队去查阅当年的案件档案，结果根本没有，但他意外发现了另外一起与田美云有关的案件，不过那起案件中田美云是"受害人"。

案件发生于1989年1月7日星期六（当年还未实行每周五日工作制）傍晚，

就读于明珠理工大学化学系本科二年级的21岁女大学生田美云，在从学校返回位于郊区龙头村的家中与其父田为民共度周末的途中失踪。

两天后的深夜，田为民家中电话铃声响起。电话那头是一个陌生的男人，声称他绑架了田美云，让田为民准备20万元赎人，具体交钱时间和地点再通知，并威胁如果发现田为民报警便撕票。

考虑再三，田为民还是报了警，先前他已经向警方通报过女儿的失踪。当时蒋青山任大案要案组组长，由他牵头成立专案组。由于当时技术落后，无法追踪电话信息，专案组基本还是以常规的绑架案侦办流程展开调查——派出部分警员悄悄进驻田为民家，等待勒索电话再度打来，指导田为民如何与绑匪交流，以获取有效线索；暗中调查田为民在社会交往和生意往来中有过不愉快经历的嫌疑人，并深入田美云所在学校搜寻有可能作案的嫌疑人；向各分局派出所下发内部协查通报，注意辖区内可疑住户，重点方向是出租房以及具有犯罪前科的住户……

十几天之后，田美云仍踪影皆无，绑匪也未再打来电话，就以往经验来看，专案组认为其凶多吉少。但就在那个午夜，田为民家的院门被一阵猛敲，田为民和留守警员一道打开院门，看到了披头散发、衣不遮体的田美云；身旁还有一个小伙子，田美云说是在半路上遇上的好心司机，开车将她送回来的。

随即，田美云被带到医院验伤，并接受警方询问。但诡异的是，田美云声称对整个案发经过，包括绑匪和拘禁地点一概回忆不起来了，只记得自己在马路上拼命地跑了很长时间。询问送她回家的货车司机，也只能给出遇见田美云的地点，其余情况一概不知。专案组随后以该地点为中心，在周围几千米的范围内搜索可疑民居，最终无功而返。

可以想象专案组当时的茫然。刚开始他们还以为田美云只是一时精神状态不稳定，可没承想过了十几天她还是坚持原来的说法。专案组不禁对田美云产生质疑，不过也实在找不出她包庇绑匪的动机，尤其验伤表明她确实遭到过非人的虐待。

犯罪心理档案第三季

法医报告显示，田美云的手腕和脚腕上留有明显的约束痕迹，下体损伤异常严重，不仅仅是连续暴力强奸造成的，应该也被其他硬物摆弄过，并已出现感染状况，如果再晚一点就医，恐怕会失去生育能力；再有，其乳房、臀部、背部有多处被烟头烫过的痕迹，疤痕都很深，显然绑匪摁下烟头的时候很用力；其脸部也遭到过拳打或者钝器击打，两边的眉骨都开裂了，颧骨高肿，几乎破相。

看到这份法医报告，再去怀疑受害人，是有些不够人道，也根本想象不出有什么动机值得田美云如此牺牲。最后，综合案情和田美云的表现，法医只能以一种罕见的病症来解释。

法医解释说："田美云有可能患上'选择性遗忘症'，此种病症多是因患病者遭到重大挫折后，无法承受随之而来的压力和伤害，所以选择以一种逃避的方式，将其从记忆中抹除。理论上记忆是可以恢复的，但时间没法确定，一天、一个月、一年，甚至数年都有可能。也有的说，可以通过催眠疗法唤醒记忆，但国内尚无先例。"

法医的解读倒是令以蒋青山为首的专案组稍稍有些释怀，他们转而将视线放到载田美云回家的货车司机身上，而这么一查，还真发现货车司机不是什么好东西：他叫孙健，时年30岁，父母早亡，单身独居，在一家亲戚开办的铸造厂里开货车。据这位亲戚介绍：孙健为人好逸恶劳，贪图女色，喜欢跟社会上不三不四的男男女女混在一起；曾因诈骗差点被人家报警，后来他东拼西凑，还卖了些他爸妈留下的物件，私下赔钱给对方才得以脱身；平日上班也不正经上，经常好长时间看不到人影。那位亲戚比较念旧情，看在他死去的父母的面子上，只好睁一只眼闭一只眼，赏他口饭吃。

以孙健的品行，他盯上当时在明珠市建筑业小有名气、身家不菲的田为民不足为奇，而且他有犯罪场所，有掩护作案的运输工具，也可以说还具有一定的犯罪经验，很值得进一步追查。随后，专案组搜查其住所，发现有明显的清理痕迹，但他表示家中自来水水管爆裂，导致水漫得一屋子都是，所以才仔细收拾了一下。而由于现场遭到严重破坏，专案组最终未搜索到犯罪证据，只能将他从案子中排除。

不再调查孙健，找不到证据只是一个方面，其实关键是田美云的态度：她一再向专案组表示，孙健是她的恩人，无论在她身上发生过什么，都与孙健无关。蒋青山就此问题咨询过法医："如果田美云真的遗忘被绑架的整个过程，那会不会也把绑匪的样子忘掉？"法医无法给出确切解答，因为先前根本没有碰到过此类案例，不过以他个人的常识判断，可能性不大。蒋青山想想也是，就算田美云真的忘了，孙健也没那个胆子正大光明地面对她。

此后，专案组又陆续调查了几名与田为民在生意上有过节的嫌疑人，但都排除了作案可能，案件记录也到此为止，直至今天，绑匪仍然逍遥法外！

看罢旧案档案，张队深深感慨：虽然绑架案至今未破，但它对现时的案子起到了注解的作用。它说明了很多问题，却仍未解答蒋队当年是如何注意到田为民患病情况的。带着这个疑问，张队找到当年参与田美云被绑架一案、现在已调到分局任局长的一名资深刑警，在他那里，张队终于得到了答案。

据那位分局局长介绍，田美云绑架一案最终沦为悬案，蒋队对此始终耿耿于怀，不仅仅因为案情过于离奇，更主要的是当时组里有两名跟随蒋队多年的得力干将，在调查绑架案的过程中发生车祸双双牺牲了。蒋队心里一直有种挥之不去的念想，认为只有破了此案，才能告慰牺牲的兄弟的英灵，以至案件调查逐渐冷却之后，他仍然关注着田为民和田美云父女的生活，也因此与田为民有了不错的交情。

当然，事情随后的发展，令所有人都大跌眼镜——田美云竟然与孙健谈起恋爱，并迅速达到热恋的状态，仅交往几个月便谈婚论嫁。田为民当然极力反对，私下跟蒋队抱怨，就算女儿被坏人糟蹋过，他也绝不甘心她嫁给一个劣迹斑斑的小混混，更何况女儿还是个没毕业的大学生。但蹊跷的是，此后不久，也就是同年11月，他突发急症住进了医院，不久之后便不治去世。蒋队对此很是疑惑，怀疑是田美云和孙健联手害死了田为民，还亲自去医院做调查，详细了解病情，但主治医师表示田为民确实系患病去世，与谋杀无关。蒋队不死心，拿着医院的诊断去咨询法医，法医最终也未提出异议，蒋队也只好在证据面前放手。而田为民葬礼举行过后，田美云申请退学并接管了父亲的生意，转过年的2月，便急不可耐地与孙健结了婚……

当三方面信息交叉汇总到韩印这里的时候，他紧绷的面容终于松弛下来，随即露出许久未见的浅笑。所有的疑惑就此解开，连绑架田美云的绑匪他也搞清楚是谁了！至于证据，那就要看田美云和孙健夫妇俩谁先出卖谁了。

韩印能够想象当田美云听到"铊投毒"、当孙健听到"绑架勒索"这两个关键词时的反应，他们心里一定会霎时涌起一种被对方出卖的感觉，接下来当然就会出现"狗咬狗"的局面。

◎尾声

回到学院,又恢复教师身份站在讲堂上的韩印,思绪和心态都更加从容,他将刚刚在明珠市办过的案子,条理清晰、逻辑缜密地分享给他的学生们:

咱们今天接着上一堂课的话题继续讨论:所谓人质情结,也称斯德哥尔摩综合征,是指犯罪的被害者对加害者产生尊崇、依赖、爱慕等情感,甚至会反过来主动协助加害者逃脱法律的惩罚和继续犯案。

以往多起案例表明,此种微妙的情感关系都是加害人在无意识下促成的。而明珠市的案子棘手就棘手在连续几起案件都是精心策划的,犯罪人有预谋地建立此种关系,从而控制一部分受害人,使其成为继续作案的帮凶和敛财工具。

说到这里,同学们一定会问,到底什么样的人能把斯德哥尔摩综合征的精髓参悟到如此地步呢?一定是个犯罪经验相当丰富的累犯吧?恰恰相反,这个人没有任何犯罪经验,她甚至是一次绑架案中的受害人——她是女性,叫田美云,她承认一系列犯罪都是她策划并主使的,而灵感来自后来成为她丈夫的孙健绑架她的经历。

1989年元旦刚过,好吃懒做一直企图通过不法手段大捞一票的孙健,在报纸上读到当地励志建筑商田为民的报道,报道中还顺带介绍了他的家人,主要是他女儿田美云的一些消息。孙健因此心生歹意,经过几天的策划,于一个周末绑架了当时在本地读大学的田美云,随后在他的住处对田美云进行了惨无人道的强奸和摧残,同时通过公用电话向田为民提出勒索赎金的要求。可是很快,生性机敏的他发现田为民报了警,于是更加残暴地虐待田美云。差不多一周之后,他决定找个时机杀人灭口。

也许是田美云觉察到生命的危机,故意逐渐地让孙健感受到她似乎并不像先前那般挣扎,甚至当孙健给她吃东西或者喝水的时候,她会做出非常感激的模样,而且在性爱方面有迎合孙健的举动。虽然孙健当时还保持着一份警惕,但他不得不承认,田美云不仅让他感受到生理上的快感,也让他在心理上获得了一种完全掌控他人的成就感。于是他有些不舍或者不想尽快施以杀手,便多留了田美云几天的命,没想到田美云变得越来越温顺,甚至主动表达了对孙健的爱慕,并提出一个瞒天过海的计划——她假装失忆,让警方对绑架案无从下手,同时让孙健以恩人的角色进入她的生活圈子,之后再寻找机会两人共结连理。

说到这里,同学们应该已经能够感受到,田美云的一系列举动是患上斯德哥尔摩综合征的典型表现。而且她中的"毒"很深很深,以致最终利用在学校实验室做实验的机会,悄悄盗取大量含有铊元素的溶剂,投进父亲的水杯中,令父亲中毒身亡。而那时无论是医疗界还是警方,均对此种投毒方式闻所未闻,最终做出了错误的判断,令田美云和孙健得以全身而退。手上沾染了父亲的血的田美云,从此对孙健更加死心塌地。

时间转眼来到几年前,接替田为民建筑生意的两人,终因不善经营搞垮了公司,带着已20出头的儿子,黯然回到农村老宅居住,自此展开一系列疯狂的犯罪。他们首次犯罪的初衷其实很简单,就是逼债。因为三角债务的关系,田美云一家三口登门向同样债务缠身的吴德禄讨债,无果之后气急败坏地拘禁了吴德禄和宋双双夫妇,并施以虐待。据田美云交代:他们当时一方面是想通过禁锢虐待的方式,看看吴德禄到底有没有留下不为人知的保命钱;而更深层次的原因是想借此宣泄因现实处境不堪而内心失衡产生的怒火。也正是那种熟悉的情景,令田美云想到被孙健绑架的经历,促成了她第一次以旁观者的姿态,去全面审视自己从受害人到成为毒死亲生父亲的加害人，一直到与绑架者成为夫妻的心路历程。可惜，与很多患有斯德哥尔摩综合征的受害人一样，即使田美云参透了这种关系的本质，也没有勇气从这种关系中挣脱出来，除了她本身已经惹上命案，更主要的是她已经习惯了依附这样一种关系生存。关于这一点，在我们身边也不乏例子：比如我们经常会在闹市或者路边看到一些身体畸形的乞讨者，其实他们大都并非天生畸形，而是在幼儿时期被一些丧尽天良的恶徒生生祸害成那样的，目的当然是以他们身体上的残疾来赚取路人的同情，从而敛财。从本质上来说，他们也属于受害人与加害人的关系，可是当受害人感觉到凭自身的条件无法生存，而加害人又可以给他提供一种生存方式时，便会逐渐产生一种与加害人共命运的心理，把加害人的前途当成自己的前途，把加害人的安危视为自己的安危。于是，他们采取了"我们反对他们"的态度，面对解救者反而会有不安全感。

田美云也一样，她不但不怨恨孙健，反而从她自身受害的经历中，总结出一套控制心灵的犯罪模式，并对此加以延伸和完善。

第一，必须让受害人真正感受到生命正在受到威胁。在这一点上，田美云除了让自己的儿子孙铎扮演冷酷杀手，还会通过实际的例子威慑受害人，最直观的例子莫过于她指使刘瑶向王氏姐妹展示地板下的尸体。

第二，她要让受害人明白，要逃脱是不可能的。因此她会把受害人的衣物全部除去，将他们赤身裸体地禁锢起来，吃喝拉撒睡全部都要听从安排，稍有不从便会招致孙铎的体罚。

第三，在拘禁的过程中，时而对受害人略施小惠。在这一点上，田美云采取的是区别对待的方式，她会故意对那些容易接受心理暗示的受害人做一些体贴的举动：比如男女之间，会选择女性；比如老人和青年之间，会选择后者……

第四，封锁外界消息，控制受害人思想。这一点说白了就是洗脑，在消息闭塞的空间里，反复灌输受害人必须依附和尊崇他们才能生存的理论。

田美云这四项总结，其实与咱们上一堂课几位同学分析出的斯德哥尔摩综合征常见的四项特征是不谋而合的。而田美云的过人之处，是将这几项特征有机地揉捏在一起，起到相辅相成的作用——她让受害人全部赤身裸体地暴露在彼此的视线之中，可以想象，无论是夫妻、母子、父女还是母女之间，面对这份赤裸裸的坦诚相待，他们的心里会产生多么大的屈辱感，久而久之他们的自尊心便麻木了。这也正是田美云想要的，她就是要通过这样的方式完全摧毁受害人本应有的自尊，再通过洗脑彻底改变受害人的世界观和价值观，从而剥夺他们独立思考的能力，再通过区别施恩的方式，将易于产生人质情结的受害人纳入同伙，而剩余的受害人会被树立成对立面，并诱使前者去伤害后者，最终牢牢掌控住前者，让他们心甘情愿又不着痕迹地付出财产。

韩印最后说："现在这起案子已经被新闻界炒得神乎其神了，普遍都编派说田美云具有控制人心灵的超能力，还给她取了一个绰号叫'心灵杀手'。其实真相就是田美云利用了人质情结而已，或者更精准一点——任何一种动物都是可以被驯养的，包括人类！"

第三卷 伤痕童话

没有任何一种觉醒是不带着痛苦的!

——荣格

◎楔子

冬夜,窗外雪花轻扬,飘落在大地上。

弥漫着温暖气息的小屋里灯光柔和,一个看起来四五岁的小女孩,站在紧靠窗户的床上,半个身子伏在窗台上,红扑扑的小脸上长着一双天真澄澈的大眼睛,正透过带有哈气的玻璃,欣赏着外面童话故事般洁白缥缈的世界。

房门被轻轻推开,进来一个男人,小女孩喊了声"爸爸",

然后乖乖地躺回床上，拉起被子盖到身上。男人走到床边，一边慈爱地微笑，一边麻利地为小女孩掖着被角。

"爸爸，下雪天好美！"小女孩声音稚嫩地感叹道。

"和我的雪儿一样漂亮。"男人抬手拉好窗帘，又俯身捏捏女孩可爱的小脸蛋说道。

"妈妈生我的时候也是下雪天对不对？"小女孩问。

"对啊！所以爸爸妈妈给你取名叫夏雪！"男人拉过一把椅子坐到床边，随手拿起放在床头柜上的一本童话故事书，"今天想听什么故事？"

"白雪公主！"小女孩嘻嘻笑了声说。

"还听？每天都听，不够吗？"男人问。

"我喜欢嘛！我们的名字里都有个'雪'字，我长大了会不会也像白雪公主那样漂亮啊？爸爸，你是我的王子，会永远保护我对不对？"小女孩一脸认真地说。

"哈哈，等你长大了，会遇到别的王子，就不需要爸爸了！"男人嘴角浮现一丝微笑，目光凝滞了一下，似乎在憧憬小女孩长大后的情景，随即小屋里响起他低沉而又富有磁性的朗读声。

"严冬时节，鹅毛般的大雪在天空中飞舞，王后坐在宫殿的一扇窗户边做针线活。一不留神，针把她的手指刺破了，红红的鲜血顿时涌出，滴落在窗台的雪花上，王后心想：要是我有一个女儿，她的皮肤像这雪一样洁白，嘴唇像这鲜血那么艳丽、那么娇嫩，头发就像这窗子的乌木一般又黑又亮，那该有多好啊！后来，王后真的生下一个漂亮的小公主，她给小公主取了个美丽的名字叫白雪公主……

"可是没过多久，王后生病去世了，国王又娶了一个妻子。新王后长得非常漂亮，但她骄傲自负，嫉妒心极强，无法忍受别人比她漂亮。她有一面魔镜，可以告诉她谁是世界上最美的女人……

"许多年过去了，白雪公主越长越美，有一天魔镜告诉新王后：白雪公主是世界上最美的女人……新王后暗中指使一名武士装成猎人，把白雪公主骗到森林中杀死……白雪公主在森林中的小屋里醒来，发现有七个小矮人正围在床边……

"这时，邻国的王子正好路过，他爱上了白雪公主……

"最后，白雪公主终于和王子结婚了，从此过上幸福美满的生活，他们一辈子都快快乐乐地在一起。"

故事讲完了，小女孩也已闭上眼睛，发出匀速的鼻息声，脸上绽着甜美的笑容。男人放下书，从衣兜里摸出一个红彤彤的苹果，轻轻放到小女孩枕边，女儿最喜欢吃苹果，他每天都会为她准备一个。

画面一闪，小女孩不知何时已经兴奋地拿起苹果送到嘴边，使劲咬上一口，极为享受地咀嚼几下，才甜甜地咽下。但是，她的身子突然僵住了，一只手颤抖地扼向自己的脖子，表情异常痛苦，似乎嗓子被苹果噎住而无法呼吸；紧接着，另一只手上的苹果缓缓滑落，身子一个趔趄，两边腮帮子蓦地鼓起，嘴角随即溢出血丝。终于她忍不住张开嘴巴，一股鲜血对着男人的脸喷将过去……

"不要……不要……我给的不是毒苹果……"男人猛地睁开眼睛，身子欲从床铺上弹起，却发现活动并不能自如。他使劲眨了眨被泪水模糊了的双眼，才发现此刻自己正戴着手铐和脚镣。

"噢，是梦，原来是个梦，这里是看守所……"男人惊魂未定地喘息着，喃喃自语。

"夏明德，有律师要见你！"拘留室铁门上的小窗户从外面被掀开，看守警员的声音传了进来。

"嗯，好！"男人摇晃着站起身，拖着脚镣走到拘留室门前，等待门被打开。

跟随看守警员来到接待室,男人未多做停留,只是微微打量了一下对面坐着的律师,便转头向门外走去,同时冷冷地抛下一句话:"你回去吧,你不是我要的!"

"等一下。"律师不动声色地叫了一声,紧接着冲男人身边的警员点点头,示意要和男人单独谈谈。待警员出去从外面把接待室的门关上,他才悠悠地说道:"我来,是想听一个童话故事!"

律师话音刚落,男人猛然一颤,随即缓缓转过身子,眼神中充满了疑惧……

◎第一章　故人之邀

古都市，11个月前。

酷夏的夜晚，街边人头攒动，看景的，乘凉的，约会的，撸串的，哪里都是人。天气实在太热了，人们白天只能憋在家里，晚上自然要跑出来享受一下外面的空气。

人多，车也多，尤其是出租车。此时便有一辆车身漆成米黄色的出租车，在汹涌的人潮和车潮中自如地穿梭着。车在路边停下，卸下乘客，立马又有人接力坐进来。开车的是一个面相和蔼的中年男人，生意好得让他合不拢嘴。

出租车缓缓行驶，车内后视镜上的水晶挂饰也富有节奏地微微晃动着。与别的出租车司机通常在水晶框中镶上佛像或者吉祥标志不同，中年男人的挂饰里镶着的是一个漂亮女生的照片，那女生清新脱俗，微笑着露出一对小虎牙，显得分外阳光。

中年男人双手扶着方向盘，眼睛不时瞥向水晶挂饰中的女生照片，嘴角的笑意更浓了——女儿是他一生中最大的成就，过了这个暑假，她就要远赴北京，进入一座名牌学府，开启她美好的大学生活。作为一手拉扯她长大的父亲，中年男人有些不舍，更有些自豪，看到女儿的今天，生活中经历过再多的苦难，也让他觉得是值得的。

出租车又在街边停下，乘客下车，趁着还没有人上来的空当，中年男人从身边储物箱中拿出大茶杯拧开盖子喝了几口水。就在这时，手机响了，他腾出一只手从裤兜里掏出手机，按下接听键……

"你是夏雪的父亲吗？"

"对，我是。"

"我们是交通队的，你女儿出了车祸，正在医院抢救！"

"啊！哪家医院？"

…………

肃穆的病房，周遭一片惨白，中年男人看不到女儿，因为她整个人已经被像雪一样白的布单罩住。他不敢相信眼前的一切，甚至当他颤颤巍巍伸手去揭蒙在女儿脑袋上的布单的那一瞬间，他还在侥幸地想：一定是搞错了，既然上天要把女儿这么美好的礼物送给他，为什么又要把她夺走呢？

白布单还是被掀开了，旋即病房中传出一阵悲恸欲绝的哭喊声……

现在，7月。

古都市暑热正盛，即使这一大清早的，太阳还没怎么出来，温度却已然不低了。闷稠的热浪在空气中连绵涌动着，不给人丝毫喘息的机会。

一阵阵刺耳的警笛声划破清晨的宁静，数辆警车陆续进入一个老旧住宅社区，马路边很快被黄白相间的警戒线隔离出一个四方地带，法医和现场勘查员等随即进入现场开始各自的工作。

警戒线内圈着的是一处垃圾堆放点，有两个破烂不堪的木质垃圾桶。由于桶内已经塞满各种污物，后续的垃圾便被随意地堆放在垃圾桶周边，腐败食物的汤水流在地上，不仅散发出阵阵恶臭，还招来成群结队的苍蝇和蚊子。

然而，这个清晨更让人们避之不及的，是其中一个垃圾桶边上正倚坐着一个耷拉着脑袋、胸前布满血渍的男子；而另一个垃圾桶身上留有一幅显眼的涂鸦，绘画者用极简单的几笔勾勒出一个"生气"的漫画头像，在如鲜血般红艳染料的描绘下，显得异常诡谲。

现场搜索取证过半时，警戒线被抬起，走进来一个打扮入时、气质出众的女人，乍一看有点高级白领或者电视上新闻主播的味道，但脸上是一副与垃圾桶上的涂鸦神似的表情，有几分气恼，还有几分沮丧。

"叶队，你来了啊！"一个年轻警员打着招呼冲她迎过来，指了指垃圾桶旁的男子，介绍说，"法医说了，杀人方式和先前一样，时间大致在凌晨2点，身上的贵重物品都被抢了，身份还有待证实，涂鸦的染料是人血，估计也是这人的。"

被称为叶队的女子没有吭声，只是微微点点头，眼睛出神地注视着垃圾桶上的涂鸦，半晌才轻吐出几个字："涂鸦的表情又变了！"

"是啊，第五个了，肯定是'涂鸦杀手'干的，也不知道什么时候是个头。"年轻警员顿了一下，试探地啜嚅道，"要不咱把韩印老师请来帮忙吧？"

被称为叶队的女子把视线从涂鸦上收回，扭过头怔怔地盯着年轻警员，一双柳叶弯眉紧紧皱着，似乎很纠结，末了又是一声不吭，转身抬起警戒线，向停在街边的警车走去。年轻警员愣在原地，有些丈二和尚摸不着头脑，很不自在。

女子坐进警车，用双手搓了搓脸颊，又使劲按了按额头，一副身心俱疲的样子，然后从牛仔裤的兜里掏出手机，拨出一个熟悉又陌生的号码……

北方某警官学院。

又到毕业季，校园里到处都是伤感的气息，已经陆续有毕业生离校，所以一大早校园广播便开始循环播放一些温馨和祝福的歌曲。韩印也特意起得早些，来到校园中与毕业生们一一道别。

他自己的暑假倒没有什么特别的安排，他打算先回老家住几天，陪陪父母，然后到北京待上一段时间，这样能离顾菲菲近一些，如果她不上案子，两人可以就近旅旅游、散散心，好好享受一下二人世界。

犯罪心理档案第三季

但对他们这样的人来说，似乎计划永远赶不上变化，就在这个充斥着淡淡离愁的清晨，韩印手机上显示出一个久违了的号码——是叶曦打来的电话。

虽然很早之前，韩印就在心里把对叶曦的感情完全割舍了，认为他们之间最恰当的关系是普通朋友关系，可是当听到话筒里传来那熟悉的声音，尤其那声音中带着一种说不出的哀愁情绪时，韩印的心又开始怦然乱跳，整个人也紧张起来。

"嘿，是我，这么早打扰到你了吧？"叶曦的声音很轻，听起来整个人很虚弱，"好长时间没见了，你好吗？"

"我挺好的，你呢？"韩印尽量放平声音，淡然地说。

"我不好，想让你来帮帮我。"叶曦幽幽地说。

"这个……"韩印没料到叶曦会如此直接，一时不知该如何回应。

"手头正在处理一个连环抢劫杀人案，好几个月了还没有什么头绪，压力很大……"叶曦紧跟着补充说，声音有些哽咽。

"哦。"韩印模糊应了一声，便陷入短暂的沉默。

他太清楚叶曦的为人了，说实话，她比顾菲菲更接地气，有为人处世圆滑的一面，应对各种关系都能够游刃有余；但她与顾菲菲都有着刚正坚韧的一面，就算身上背负再大的压力，也不会轻易表露出来。她能毫无保留地对韩印表现出如此羸顿的姿态，说明在她心里把韩印放在非常亲近的位置。

韩印怎么会不明白这个道理，但这确实是他先前没有料到的，以致令自己的境地有些尴尬和矛盾。其实他从没做好同时面对叶曦和顾菲菲的准备，不知道改变暑假计划去帮叶曦，顾菲菲心里会作何感想。不过话说回来，他主要是为了破案，也没做什么亏心事，相信顾菲菲能理解他的选择！他也只能这样安慰自己，因为他知道自己是决然不会在叶曦最需要帮助的时候，选择袖手旁观的！

韩印最终还是答应了叶曦的请求，但挂掉电话稍微斟酌了一下后，他又举起电话拨给顾菲菲，觉得应该坦白地和顾菲菲交代一下，也算是对她的一份尊重。果然顾菲菲表现得很大度,让韩印安心去办案,还说有什么需要她帮忙的就让叶曦尽管开口。这样一来,韩印便安心多了,只是估计这整个暑期的计划就泡汤了!

◎第二章　涂鸦杀手

机场大厅。仅仅几个小时之后，韩印便已经身在古都市的地界。

时光仿佛回到了两年前，前来接机的仍然是叶曦和康小北。久未见面的叶曦还是那么亮眼，虽然眼神中有掩饰不住的疲惫，但丝毫遮盖不了她妩媚而不失端庄的迷人风韵；而康小北还是抢着帮韩印提行李，他也成熟多了，给人感觉更加硬朗，俨然成为叶曦最得力的助手了。

三人稍微寒暄一番，便去停车场取了车。坐进车里，韩印主动提出不着急安顿自己，直接去案发现场看看，就着实际环境具体了解下案情，也能更快地进入角色。叶曦和康小北当然是巴不得，已经死了5个人了，他们最需要的就是尽可能快地把案子解决掉。

三人来到本次系列抢劫杀人案的首个案发现场。

这是一条僻静的巷子，周围的房子年代久远，以联排的小砖瓦房居多，也有木质的阁楼，木、瓦均已褪色，墙体也大都斑驳得看不出本来的颜色，加之头顶上各种交错的电线，整个区域给人感觉又脏又乱！

"受害人当时被扔在这儿，身子靠在墙边，脑袋上方的墙体上有一个红色的涂鸦。"叶曦和康小北带着韩印差不多走到整条巷子的中间，康小北指着一堵围墙说，"受害人叫姜铁军，现年21岁，无业，于本年5月22日晚在一朋友处酒醉单独离开之后失踪，尸体于次日清晨6点被发现。"

"姜铁军系被绳索勒死的,手腕上有约束痕迹,死前曾遭虐待,死后又遭割喉,法医判定死亡时间在5月23日凌晨3点到4点;随身携带的财物被洗劫一空,包括手机、钱包、项链、名牌打火机、耳钉以及戒指等。"叶曦接着介绍道,"围墙上这幅头像漫画,经证实染料是姜铁军的血,是用他的衣物蘸着涂上去的。"

"嗯,明显是一次抛尸,第一犯罪现场并非在此。"韩印轻声应了一下,一边向四周张望,一边叨念着,"这儿没有摄像监控,路灯也大都缺灯泡,夜里光线不会太好,是个不错的选择。"

"可是如果他要躲避目击者,为什么不干脆把受害人抛到郊区那种更隐蔽的地方呢?"康小北不解地问。

"我觉得凶手似乎一方面想要躲避人群,另一方面又特别想让人们看到受害者!"叶曦顺着康小北的疑问说,"这是不是有些矛盾?"

"未必,这只是咱们的认知而已。"韩印淡然笑道,"矛盾与否需要站在凶手的角度去考虑。"

"你是说这其实是凶手想要的效果?"叶曦半张着嘴,诧异地问。

"现在还不好判断。"韩印又笑笑,接着问道,"其余人的受害情况跟这个差不多吗?"

"基本类似,但后面的受害人没遭受过虐待。"叶曦稍显啰唆地说,"死亡方式什么的都一样,财物也均遭抢劫,尸体附近都留有涂鸦,有的是涂在墙上,有的在地上,有的在垃圾桶上,等等,但神情各异。"

"这儿就算看完了吧,咱去下一个现场?"康小北见韩印只是点点头未多言语,便适时挥挥手里的车钥匙问。

"不必了,我心里有数了。"韩印斩钉截铁地说道,然后转身朝汽车走去,"把那几个涂鸦给我看看!"

说话间三人陆续坐进车里,康小北发动引擎,汽车缓缓驶出。叶曦从包里拿出平板电脑,一边滑动着屏幕,一边就着显示出来的照片,依次介绍说:"这是首个出现的涂鸦,凶手画了一个圆圆的脑袋,填上两撇眉梢冲下的弯眉和一张嘴角上翘的嘴巴,就类似咱们在网络上看到的那种代表'笑脸'的表情;这是第二个抛尸现场出现的涂鸦,也是一个'笑脸'头像,但在此基础上加了个红脸蛋,韩老师应该能看出来凶手的用意吧?他是想画出一个'羞涩'的表情;第三幅涂鸦,头像上的眉毛和嘴巴都被凶手画成了'一',我们分析他可能是想画出'睡觉'的样子;第四幅涂鸦,头像上依然是两撇一字眉,但嘴巴画成个叉(×),这个不太好判断,小北认为凶手是想告诫人们不要乱说话;这是最近出现的,也就是第五幅涂鸦,跟第一幅刚好相反,两撇弯眉眉梢冲上,一张嘴巴嘴角下沉,很明显是个'生气'的表情。"

"我们实在搞不懂这些涂鸦的意思,就把前四幅在本地报纸上刊登了,希望市民能够提供一些参考方向,不过一直也没什么靠谱的反馈。"康小北补充说。

"这个有点意思。"韩印从叶曦手中接过平板电脑,逐一反复看了几遍涂鸦照片,喃喃地说,"我得好好研究一下。"

"那行,反正今天也不早了,先送你回宾馆吧。"叶曦又从包里拿出两个文件夹放到韩印身边,"案件资料都在这里面,晚上你研究研究,有什么想法咱明天再讨论。"

"好。"韩印的视线仍专注在平板电脑上,简单回应了一句。

不多时,汽车已驶进市局招待所大院,房间早已订好,三人进入大厅直接坐电梯去了房间。

康小北很识趣,进了房间,放下韩印的行李便找借口先行离开了,房间里只剩下叶曦和韩印两人,气氛反而没有先前那般自然。两人干坐着,谁也不吭声,偶尔四目相对又很快挪开,末了还是叶曦清咳两声,大方地打破沉默说:"你是不是觉得这个案子我办得有些问题?"

韩印抬头笑笑，不置可否，语气淡淡地反问道："怎么不早点找我？"

"我知道你现在是顾菲菲御用的侧写专家，平时还有教学任务，肯定特别忙，所以没好意思打扰你。"叶曦故作轻松地调侃道，但声音多少有些不自然，稍微顿了一下，又嗫嚅道，"好吧，其实最根本的原因，是我对案子的严重性估计不足，现在有些骑虎难下了，只好再厚着脸皮求你喽。"

韩印听得出叶曦的话里似乎带有一丝醋意，心里便涌起一种说不清的滋味，仿佛一下子回到两人初见时那种情愫暗生的感觉，不过转瞬他脑海里又冒出个理智的声音："韩印，你先前已经想得很清楚了，你真正喜欢的是顾菲菲，在叶曦身上你更多的是寄托了对母亲的思念！"

于是，此刻的韩印只能又祭出他惯常的微笑策略，以掩饰他内心的不知所措。

"走吧，一起吃个饭？"叶曦未察觉韩印的异样表情。

"算了，咱们就别客气了。"韩印愣了几秒，拒绝道，"现在还不觉得饿，先抓紧时间看点案子资料，饿了我再叫送餐。"

"好吧，我不打扰你了，也别看太晚，早点休息！"叶曦撇撇嘴，眼神中流露出一丝失望，"有需要随时给我打电话。"

韩印装作没看到叶曦的表情，含糊地应了一声"嗯"。

送走叶曦，韩印将文件摊在桌上，开始专心研究案情。

案子的犯罪标记很明显，当然最值得研究的是凶手的涂鸦行为，他将笑、怒、睡、羞涩、封嘴等表情的漫画头像留在抛尸现场，到底是出于怎样一种心态呢？这是非常关键的问题，因为它能直接映射出凶手犯罪的本质动机。

从头像漫画描绘出的表情各不相同这一点来看，也许凶手是用它们来记录犯案时或者那一段时间的心情，可能是个很随性的习惯动作，带有些恶作剧和玩世不恭的心态，显示出凶手的年龄相对较轻，深层次地折射出其严重的反社会心理障碍。可如果涂鸦是一种诉说，承载着更加具体的寓意，那就跟年龄、习惯、兴趣等没什么关系了,而是一种偏执和妄想的心理在作祟;促成此种心理的根源,多与某一特定的刺激性挫折情绪有关。

而从这样两个层面来解读涂鸦,就如前面说的,所对应的犯罪动机是有本质区别的,前者更偏向于凶手是以劫财为作案首要目的;后者则表明凶手意在杀人,劫财只不过是用来混淆警方办案方向的举动。

接着,韩印细致地审阅了法证报告和案情记录中对犯罪手法的描绘,可以看出凶手每每在勒死受害人之后,都要附加一个割喉的举动,这在普通人眼里纯属多此一举,也就是说,它不属于犯罪惯技,而是一个标记行为,应该从心理需求层面来解读它的意义,或许割喉动作映射的是凶手某段刻骨铭心的悲惨经历。至于犯罪手法有变化,可能跟凶手的心态和犯罪现场环境的制约有关——首起犯罪,凶手还未形成相对成熟的犯罪模式,他把受害人控制住,或许是企图通过折磨他获取银行卡的密码,不过最终又可能是出于安全的考虑,放弃了相关提取,所以随后的案件干脆跳过对银行卡的企图,也就没必要再执行虐待的行径。

而案发现场的状况,除首个现场属于抛尸,其余的均为第一犯罪现场,分别为:二号案件,发生在一个高档网吧的后巷,时间是6月4日夜里11点左右,因为那网吧是禁烟的,所以受害人是在上网玩游戏间隙跑到后巷抽烟的时候遇害;三号案件,发生在街边的一个公厕里,时间是6月19日晚8点左右,当时受害人的车还停在街边,估计是突然尿急,然后下车上厕所时遇害;四号案件,发生在一个无人看管的露天停车场中,这个停车场紧邻该受害人居住的高档社区,因为小区里车位满了,所以包括受害人在内的一些居民便把车停到小区外,他具体的遇害时间是在6月28日凌晨1点;五号案件,发生在一个老旧的住宅社区内,时间是7月7日凌晨2点左右,受害人当时是在离开一个女性朋友的住所后遭到劫杀的。总体来看,凶手要么是跟踪作案,要么是采取伏击的方式。

如果只针对方位来分析,可以看到凶手作案没有一个特别集中的区域,整个市区东南西北各方向都涉及了，究其用意，恐怕一方面是为了选择没有摄像监控的区域，另一方面可能意在干扰警方对他本人日常活动方位的判断。不过，这只是从受害人系"随机目标"这个层面来说的，如果是"刻意选择的目标"，那有关方位的分析就另当别论了。当然，就这样一个大范围的作案，而且凶手又似乎非常熟悉地形地貌，可以推断他是本地常住人口，且拥有一辆汽车……

接下来韩印要集中研究一下受害人：

受害人都是本地人，年龄自19岁到28岁不等，家庭条件相当优越，有的还是富二代；他们都不用工作，整天就是挥霍父母的钱穿名牌、逛夜店、泡女生，个别的还有吸毒史，反正就是喜欢花天酒地、惹是生非，寻求各种刺激，个顶个都是典型的败家子。

这几个人还有一个共同的特质——都是标准的party（聚会）达人。他们热衷各种社交聚会，彼此之间也算熟悉，基本都是在一些聚会场合认识的，有酒会和舞会时，也会互相召唤一声。不过这拨玩家人数挺多的，不限于他们五个，而且他们也不是总在一起玩，各自还有另外的圈子，据说发生凶案前很长一段时间他们都是各玩各的，联系不是很密切，所以他们之间相识的这种关联能否成为他们被劫杀的主要因素尚不好判断。如果凶手只是盯上他们这拨人经济富足的特质也是可以说通的，不过不能回避的是在整个案件中始终弥漫着一股浓厚的怨恨或者仇恨的情绪，否则凶手不会那么决绝地施以毒手。

因此韩印赞同叶曦先前在抛尸现场的直觉，凶手好像确实是有意识地要向外界展示受害人的惨状，这就有了些"处决"的意味，似乎他想要让全世界看到他"处决"的举动。由此，韩印心里其实是略倾向于凶手是一个偏执妄想狂，但与臭名昭著的"冶矿连环杀手"不同，他有可能是一种使命型的杀手，而非追求权力型的杀手，也就是说，凶手作案的主要动机非谋财而是"害命"！

正如前面提到的，本案凶手由普通人蜕变成连环杀手，很大程度上是受到特定刺激性挫败事件的打击，而这个刺激性诱因与涂鸦很可能有直接的关系，所以说解读出涂鸦背后的寓意，是整个案件侦破工作的重中之重。

至于接下来的调查方向，除了维持原先排查区域内前科犯的工作，以及与邻近城市警方保持沟通，以防流窜作案的可能，韩印认为还应该重视受害人本身那个所谓的达人或者说玩家的富家子弟群体，也许凶手就来自那些人。

◎第三章　线索凸现

韩印重新划定的嫌疑人范围，叶曦非常重视，派出多组便衣深入夜店、网吧等那些富家子弟玩家经常出没的场所，很快他们便发现了一个可疑的人选。

这个人叫刘大江，现年23岁，喜好赌博，绰号"幺鸡"，原先属富家子弟，父母均是国企高管，在玩家圈内曾以出手阔绰闻名，所以众多玩局都愿意邀他加入。后因父母贪污受贿相继入狱，从此家道中落，其在圈内也风光不再。豪车换成国产经济车，也没有可任意挥霍的资本了，虽然仍是聚会常客，但已不怎么受人待见。

据这拨玩家中的一些人反映，今年春节期间，他们10多个人在夜店high（疯狂）过之后，一同聚集到附近一家星级酒店开了个套间玩牌，这其中就包括刘大江和案件当中的5位受害人。他们大概玩了两天两夜，麻将、扑克牌等赌博游戏轮番上阵，最终刘大江输了个精光，连手机和戒指都赔上了。后来他想问在场的人借点赌资，可没人搭理他，气急败坏之下他把酒店房间砸烂了，赌局才不欢而散，也就是从那次起，刘大江便很少在他们中间露面。

由聚众赌博这条线索，可以说找到了5位受害人之间更具体的关联，而这种关联如果是造成他们被害的原因，那么最大的嫌疑人当然就是刘大江。

对刘大江来说，父母锒铛入狱无异于让他从天堂跌入地狱，不仅仅是经济上的，精神层面遭到的摧残更加残酷。像他这种纨绔子弟，自小被父母娇惯，被旁人尊崇,很少受到违逆,极易养成以自我为中心的个性,所以如果心里面一直无法接受现实,便会逐渐地把自身的不如意和失败,归咎到社会、父母和朋友的背叛上,形成反社会的心理障碍,产生畸形报复心理。并且他在本地长大,熟悉地形,还有私家车,同时又熟识几位受害人,不会引起戒备……

刘大江有动机,有作案条件,值得深入调查,但其实他并不完全符合韩印的罪犯侧写范围,尤其与侧写中所剖绘出的凶手连续犯罪的心理动机是大相径庭的。他更像是一个综合体,抢劫钱财与杀人对他来说是放在同等地位的。不过就犯罪侧写本身来说,是有可能出现偏差的,何况现在也只是初步的结论。

随后叶曦和韩印找到刘大江的家里,不过他哥哥和嫂子说已经半年多没看到他的人影了,还说以前父母没出事的时候,他也不常着家,一回来没别的事,就是要钱。这回父母没法管他了,他便更加肆无忌惮,索性连家也不回了。

问起刘大江平日在外面的落脚点,他哥哥和嫂子表示不太清楚,那个圈内的人则反映他没有比较固定的去处,有时会在酒店开房,有时待在网吧,还有的时候住在一些交往的女孩子家里。至于女朋友,他经常换,尤其是日子好过的时候,身边杂七杂八的女孩多的是,当然这些人只是乌合之众,他落魄了就都不理他了,不过这当中有个在酒吧驻唱的女孩倒是对他很长情,那些人建议叶曦和韩印找那个女孩问问刘大江的踪迹。

经过指点,韩印和叶曦找到女孩工作的酒吧,但女孩夜里才上班,两人扑了个空,好在酒吧工作人员给出了女孩的手机号码和住所详细地址,两人便赶紧奔向女孩的家。这回倒是出奇地顺利,女孩的家不难找,而且还把刘大江堵了个正着。

刘大江听闻二人是警察表现得没有特别紧张,只是有些愕然,带些自嘲地说:"我现在就剩吃软饭的本事了,你们这又是刑警队长又是顾问专家的,实在让我有些受宠若惊!"

"这时候还贫嘴!"一旁的女友白了他一眼,转过头着急忙慌地解释说,

"我做证，这段时间他真的啥也没干，就老实地待在家里。"

"你是唱夜场的，下班应该很晚吧？你怎么知道你不在的时候他做了什么？"叶曦讪笑一下道。

"好，我承认我死性不改，平时还赌赌球什么的，但也没赌多大，您二位总不会为了这点事来找我吧？"见女朋友被问住了，刘大江硬撅撅地接下话说，"甭绕圈子了，有什么事就直说。"

见话说到这份儿上，叶曦和韩印对视一眼，然后从包里拿出5张照片——受害人遇害后的现场存证照，依次摆到刘大江身前的茶几上，说："这几个人你认识吧？"

"啊——"刘大江倾了倾身子，只扫了一眼，便瞪大眼睛，张大嘴巴，显出一副震惊的模样，"他们这是被人杀了？"

"嗯，最近发生了几起抢劫杀人案，你没听说？"韩印扬了下眉毛，眼睛紧紧盯在刘大江的脸上。

"知道倒是知道，报纸天天在报道，不过没想到被抢的会是他们几个。"刘大江皱着眉，情绪还没从震惊中走出来。

"5个人相继遇害，在你们那个圈子应该很轰动吧，怎么会一点消息也没听说呢？"韩印满面狐疑地问。

"其实我们这些人也就是玩的时候能凑到一起，平时联系不是很多，没有多深的交情，更何况我现在的情况你们应该也有所了解，基本上已经脱离那个圈子了。"刘大江愣了下神，突然像想起什么似的，指着第五起案子的受害人照片犹疑地说，"不对啊，6日那天晚上，在我女朋友工作的酒吧门前我还看到过他！"

"他就是那天后半夜，准确点说是7日凌晨遇害的。"叶曦点了下头，表情严肃地追问道，"你当时在干什么？"

"你们不会是怀疑我吧？"刘大江终于回过味来，蹿起身子，急赤白脸地说，"真是笑话，你们怎么会想到我呢？觉得我混得还不够惨？"

"你急什么急？老实坐下，我们只是例行询问！"叶曦提高声音，严厉地呵斥道。

"警官您别介意，他就是这臭脾气，我来跟您说。"女朋友拽了拽刘大江的衣角，指着五号受害人的照片，打着圆场说，"6日是我生日，大江特意去酒吧接我下班，准备一起出去庆祝，然后我们就看到他搂着一个女孩在街边摇晃着走，看起来两人都微醉，后来有一辆出租车在他们身边停下，两人就钻进车里走了。"

"什么样的出租车？牌照是多少？看到司机相貌了吗？"韩印显出一副对出租车感兴趣的模样，紧接着连续追问道。

"就是咱们市面上开的那种普通的出租车，其余的没怎么注意！"刘大江和女朋友对视一下，双双摇头说。

"谢谢你们的配合，如果再想起什么，请及时和我们联系。"韩印客气地说道，然后伸手冲叶曦要了张名片，递给刘大江。

刘大江大方承认在受害人遇害前一晚与之有过照面，不过其后并没有进一步的接触，虽然做证的是他女朋友，但感觉口供应该没问题，尤其他描述当时受害人和一个女孩在一起也符合案情的发展——这个女孩是五号受害人新交不久的女朋友，遇害当晚两人在女孩的出租屋温存了一段时间，由于女孩还有一个室友在酒吧打工，稍后会回来，所以受害人在接近凌晨2点的时候离开，随后便遇害！

但先前叶曦他们忽略了两人回到出租屋之前的信息，也就是刘大江指出的他们搭乘过一辆出租车的环节，或者说就算叶曦他们注意到了，可能也不会有韩印这般在意。在韩印看来，本地人，熟悉地形，有车，可能采取跟踪作案，是很符合出租车司机这样一个嫌疑方向的，尤其那些长期在夜店附近运营的出租车司机，他们对这些富家子弟的阔绰和圈子也会有一定了解，因此盯上他们是非常可能的。

那么还原一下五号案件的案发经过：受害人和女友从酒吧出来，坐上出租车返回女友住处，其间女友嘱咐受害人必须在室友回来之前离开，女友的话传到出租车司机的耳朵里，他便记在心上，生出歹意，遂在受害人女友住所外埋伏，待受害人从女友住所出来后伺机作案得手。

韩印的这个推断得到了受害人女友的认可，她确实在出租车上说过那番话，但由于当时有些醉意，又因为出租车座位上装有防护栏，所以对司机没有任何印象，只能肯定是个男的。

◎第四章　暗夜摸查

新线索出现，叶曦领导的专案组也迅速调整部署，集中对全市各大夜店等娱乐场所附近夜间运营的出租车展开全面排查，重点寻找近段时间在经济上有明显改观，或者因某个特定事件人生遭到重大打击的出租车司机，比如近来经历了损失巨额钱财、婚姻解体、家庭成员出现意外等变故。

夜间排查持续到第三天，终于迎来重大进展，一位出租车司机在接受例行询问时，脸上的表情显得异常慌张，引起了排查警员的注意。警员随即对他的车进行简单搜索，结果在汽车后备厢里发现一个小旅行包，打开来赫然看到里面装有一把匕首和一根绳套，绳套是活结的，显然被当作绞索使用。司机则当场哑口无言，浑身颤抖着，惊恐得说不出话来。

司机很快被带到队里，身份也得以确认，他叫夏明德，现年45岁，籍贯为本地。同时技术科对匕首和绳套做了检测，结果在看似光洁的刀身和刀把上发现了属于几名受害人的血迹残留，绳套的规格和纹路与受害人脖子上的勒痕也是吻合的，可以确认匕首和绳套即是连环作案的凶器，关键是这两样凶器上面都留有夏明德的指纹。专案组随后搜索了他的住处，未找到进一步的物证，另外其手机中没有显示与案件相关的信息。

现在，东方已经出现鱼肚白，距离夏明德被抓也过去七八个小时了，坐在审讯室中的他始终用低沉的声音，重复着一个说辞："旅行包不是我的，是前一天一位乘客落在车里的，我确实摆弄过那把匕首和那根绳子，但只是出于好奇，并没想到它们会是作案工具。至于旅行包的主人，因为每天迎来送往接触太多乘客，所以对他没什么印象。"

"你不觉得这套说辞恐怕连你自己都说服不了吗？"当夏明德几乎机械似的再次陈述旅行包的故事时，叶曦终于忍不住烦躁起来，使劲拍了下审讯桌，威慑道，"你这种态度对你没有任何好处，也不要抱有侥幸心理，就我们目前掌握的证据，即使零口供也不会妨碍对你的定罪！"

"唉——"夏明德很无奈地长叹一声，接着又是好一阵静默，末了下意识地四下望了望，"这里也没个窗户，外面现在应该天亮了吧？"

叶曦抬腕看了看表，微微点了下头，语带讥诮地说道："怎么，今天还有比这更重要的事？"

"我说个地址，你记一下……"夏明德抿嘴笑笑，耐心等着叶曦把地址记下，才淡然地说，"这是我妹妹家的地址，麻烦您转告她我现在的情况，让她帮忙请一名律师，要请咱们这儿最好的，费用让她不用担心，多贵我都愿意负担。"

"你……好吧，这是你应有的权利，我们会满足你的要求。"叶曦其实窝着一肚子火，但转瞬便冷静下来，这也是她成熟的一面，尤其主动权实质上是掌握在警方手里，她相信拿下夏明德是早晚的事，便话锋一转，道，"但我不觉得这是你最好的选择，你应该配合我们主动交代案情，才能最大限度地减轻你的罪行！"

"无所谓好或者坏的选择，更谈不上减轻罪行，因为犯罪的不是我。"夏明德针尖对麦芒地回应道，眼神中透露出无比的坚定，"我要见律师，无辜的人不应该被关在这里！"

而此时韩印像以往一样，在隔壁观察室关注着这场审讯，夏明德的表现可以说既在意料之中，又在意料之外。他见过很多这样的连环杀手，除非他们在作案时被当场擒获，或者办案人员对他们有足够的了解，能把他们作案的来龙去脉和心理动机分析得清晰透彻，否则很难让他们痛快地低头认罪。但令韩印心里犯嘀咕的是，夏明德所有的肢体和微表情语言，都显示出相当的坦然，叙述旅行包故事时也丝毫看不出编造的痕迹。当然，对连环杀手来说，他们的心态本身就是畸形的，会非常坚定地认为无论是杀人还是和警方周旋都是合乎情理的，所以往往不会做出正常人紧张或者说谎时的反应，测谎仪也奈何不了他们。比如爱德华·坎帕，虽然前一分钟刚将坐在副驾驶座位上的女学生勒死，却仍然可以镇定自若地逃过警察的盘查；在接受心理医生评估其暴力指数，并取得良好评定结果的当时，他停在外面的卡车上正躺着两具尸体。不过对于夏明德，韩印心里隐隐有种感觉，似乎有一种强大的信念在支撑着他，或者说不断对他催眠，让他有一种必然无辜和必须获取自由的决心！

从犯罪嫌疑人夏明德车中搜出凶器，并且上面还提取到他的指纹，应该说是证据确凿，如果能够引导他供认罪行，继而明确犯罪动机，然后通过指认现场将口供坐实，基本就可以送检候审了。不过目前的问题是，夏明德拒不承认罪行，甚至似乎有很大决心与警方拼死一搏，所以需要专案组自己去找出犯罪动机。

韩印带着康小北从夏明德的背景信息着手调查，他们先是走访了他的妹妹，从她口中得知夏明德的独生女在去年夏天因车祸丧生了。韩印敏锐地感觉到，这会是一个特别值得追究的方向，于是通过几日的各方走访，还原出夏明德和夏雪父女俩的一些生活经历：

夏明德现今是一个人生活，妻子早年因难产去世，留下一个女儿叫夏雪。夏明德为了不让女儿受委屈，始终未再有婚史，独自一人将夏雪抚养长大。

夏明德是中专文化，曾被分配在一家国有商场做销售员，后因为要养女儿，嫌在单位挣钱太少，便主动辞职，借钱买了辆出租车当上了车主。此后他早出晚归，努力行车赚钱，经济上还是相对宽裕的。尤其近几年，他把所有债务都还清了，还买了一辆新出租车。再加上夏家有女初长成，女儿夏雪出落得亭亭玉立，乖巧懂事，学习成绩更是出类拔萃，让他倍感欣慰，父女俩的日子总体来说过得相当顺心顺意。但如此美满的生活，在去年夏天发生了颠覆性的转折。就在去年8月中旬的一个晚上，夏雪于住所附近的街道上被一辆名贵跑车撞死，那时的她只有19岁，而在不久之前她刚刚收到来自北京一所重点大学的录取通知书，实在令人惋惜至极。

早年丧妻，独自含辛茹苦把女儿拉扯大，其间也是历经波折，眼瞅着生活变好了，女儿又争气，可谓前程似锦，人却这么突然没了，任谁也接受不了，所以夏明德的心态日趋极端也不难想象。而随后法院对肇事者的判罚，更是让韩印认为夏明德心理是极有可能发生严重裂变的。

肇事司机叫薛亮，是一个年轻的富二代，肇事当时喝了很多酒，属严重酒驾致人死亡，但车祸发生后并未逃离现场，而是立即拨打了报警和急救电话，并积极主动参与对伤者的救助，认罪态度非常诚恳，其家属也主动提出赔付巨额补偿款。鉴于以上表现，法院最终对其做出判处"有期徒刑两年，缓刑两年"的轻判。站在客观角度来说，法院的判决算是中规中矩，但可以想象，以夏明德那时的心情，怎么会满意法院的判决！于是他提出上诉，但二审结果是维持原判。据一些当时在场参与庭审的目击者反映，二审法庭宣布结果后，夏明德便做出一些丧失理智的举动，先是试图冲上去殴打肇事者，被拦阻后嘴里又高声叫嚷着一定会让肇事者"以命还命"，甚至追出法庭，不依不饶地抛出各种狠话……

年轻，家庭条件优越，嗜酒玩乐，比对案件中的5名受害人，不难发现他们有着几乎相同的身份背景。那么对夏明德来说，由于一直无法从女儿惨遭横祸的阴影中走出来，内心又总是纠结于法院判决的不公，思想逐渐地走向偏激和妄想，直至产生报复那些与肇事者身份类似的富家子弟的念头，并最终付诸行动，这在逻辑上是成立的。另外，二审结果宣判于3月底，而时隔不到两个月便出现首起劫杀案，时间点似乎也对得上。至于他为何不伤及肇事者本人，恐怕一方面是出于保护自己的心理，因为一旦肇事者被杀，警方必然会联系到他身上；另一方面，这也符合连环杀手总是善于移情作案的一贯模式，或者说在夏明德连续杀人的规划中，有可能是设想把肇事者放到最后杀死的。

这样的动机分析，在韩印看来是合情合理的，无限接近于事实真相，也非常契合他先前在犯罪侧写中所指出的——凶手是在满怀怨恨和悲愤的情绪下，对受害人进行了处决！并且由夏雪的死亡经历，似乎也可以解读出"割喉"标记的寓意，因为她是在肇事者严重酒后驾车的情形下被撞死的，所以她父亲夏明德想要惩罚肇事者喝酒的举动，遂把受害人的喉咙割开！

为进一步确定夏明德的犯罪嫌疑，韩印和康小北还特意走访了肇事司机薛亮，但出乎意料的是，他整个人意志消沉，精神状况十分糟糕。他母亲带着韩印和康小北推开他卧室房门的时候，他正在呼呼大睡，满屋子烟气和酒气。

"让他睡会儿吧，昨晚又折腾了半宿，就算他醒着你们也问不出什么！"薛亮母亲一副贵妇模样，人看起来很温和，苦笑着轻声说道，然后冲韩印和康小北招招手，招呼两人来到客厅中间的大沙发落座，随即眼睛一热，落下泪来，"我这个儿子，玩心太重，不过本性还是不错的，心地善良，人也单纯。撞死人之后他就一直沉浸在自责和内疚当中，难以自拔，加之胆子特别小，可能被那女孩父亲当时在法庭内外的各种诅咒和威胁吓坏了，时时刻刻都在担心自己会遭到报复，不仅很少出门，而且整天都喝得烂醉。不让他喝吧，他就像疯了一样，人变得特别神经质，整宿整宿不睡觉，反复地检查门窗是否锁好，经常是大半夜满家里楼上楼下乱窜，还胡言乱语，搞得我们家鸡飞狗跳，老少都不得安宁。"

薛亮母亲估计是心里憋屈了很久，今天总算是能倾诉一下，所以一张嘴就没有要停下来的意思。韩印和康小北只能面面相觑，无奈地做出仔细倾听的模样。过了好一阵，康小北终于忍不住打断她的话，说道："那个……阿姨，我们时间很紧，今天来就是想问一下在二审法庭宣判之后，你们和那个女孩的父亲，也就是夏明德，接触过吗？"

"噢，哎哟，不好意思，我这净顾着自己说话，都忘了招呼你们喝点什么了。"薛亮母亲被康小北一句话点醒，赶紧起身要去沏茶。

"您别忙了，说几句话我们就走。"韩印伸手拦下她。

薛亮母亲便缓缓坐下，说道："本来我和孩子他爸也挺担心的，一度想把孩子送出国，可人家法院那边说缓刑期不准离境，只能作罢。不过那女孩的父亲倒没有如想象的那样来纠缠我们，极端的报复举动就更没有了。"

"一次都没有？"康小北用确认的语气问，"他没在你家附近出现过吗？"

"没有！"薛亮母亲毫不犹豫地摇头说，"有时候带孩子出去，我们也会有意识地观察周围，没发现被跟踪的迹象。不知道是不是他看到我们打到他账户里的赔偿款改变了想法，那可是一笔不小的数目。"

"有可能。"韩印笑笑，紧跟着好意提醒说，"有没有想过带孩子去看看心理医生？"

"他爸也这么说，可这孩子死活都不去，还说我们要是再逼他，他就跳楼！"薛亮母亲深深叹息一声，一脸酸楚道，"唉，真的进了监狱，那还有个日子，可现在这孩子也不知道什么时候能从自己的心牢里挣脱出来，恢复正常，真是愁死我了！"

"阿姨，您让他别担心了……"康小北犹豫了一下，瞅了瞅韩印，接着说道，"您告诉他，夏明德已经被我们抓起来了，应该是永远不可能再找他麻烦了！"

"真的吗？"薛亮母亲亦喜亦忧地说，"那女孩父亲怎么了？为什么抓他？这一家子也真够命苦的！"

"我们有纪律，不能说。"康小北说，"反正让您儿子放宽心吧！"

"好，你们能来告诉我这个消息，真是太感谢了。"薛亮母亲满脸感激地说。

从薛亮家的别墅出来，韩印和康小北向停车场走去，康小北忍不住说："夏明德当时在法庭上那么激动，实质上却并没有为难薛亮，感觉不符合常理啊，对吧？"

"从情绪转换来说，有点突兀。"韩印同意康小北的说法。

"可能真就像您先前分析的那样，夏明德根本不会轻易放过薛亮，他从薛亮的生活中隐形，其实是在筹划更大的报复杀人计划，只是把薛亮放到杀戮的终点而已！"康小北总结说，然后又一副心虚的样子，"韩老师，我刚刚是不是话说得太满了？我就是觉得薛亮母亲不像别的有钱人那么势利，感觉人特别知书达理，挺不容易的，所以没忍住就……"

"没事，我能理解，你是为他们好。"韩印抿嘴笑了笑，宽慰说。

韩印虽嘴上说无所谓，心里却觉得不妥，毕竟案子还在调查中，结果未知，也不一定真的就能牢牢钉死夏明德。事实上也正如韩印所担心的那样，案子并没有想象中那么容易完结，很快，大家都不愿意看到的局面出现了！

◎第五章　刀芒又现

几日来韩印和康小北四处奔波，忙于确认夏明德的犯罪动机，叶曦则留守，继续与夏明德周旋，同时负责其代理律师的接待工作。

因为新刑法的实施完善了公民的权利，律师在案件初始侦查阶段便可以展开代理工作，而且是在没有任何录音和监控的情形下与犯罪嫌疑人单独会面，彼此之间的对话也严格保密，警方无权过问。并且在警方提审嫌疑人时，如果嫌疑人提出要求，律师便会现身陪同，负责把关他的权利不受侵犯，直白些说就是保障他不会落入警方的问话陷阱之中。结果自代理律师参与进来之后，每次提审夏明德，他对叶曦所有的问题都一概不做回应，只是由其代理律师反复声明："装有凶器的旅行包并不属于夏明德，而是某个乘客落在车里的。"

不知是有意还是无意，夏明德在聘请律师这个环节上做足了文章，甚至可以说演了一出荒谬的闹剧。从他要求聘请代理律师开始，短短不到一周时间，已经更换了5名律师，有的只见过一面就被开掉，有的见面没谈几句便被他当场解除代理关系，有的甚至还被他辱骂。总体来说，他一直强调这些律师的能力不够，他需要承诺一定能帮他洗清冤屈的律师，问题是《律师法》和律师执业规定中，均明确禁止律师对当事人做出任何承诺。而荒唐至极的是，换来换去，到最后夏明德竟又决定将首个与他接触的律师再聘请回来，给出的理由是：经过比较，他觉得还是那名律师的能力最强，值得他去托付。不过折腾了这么个来回，叶曦开始怀疑这场闹剧也许就是那名律师导演出来的。

本次系列抢劫杀人案件，应该说极具轰动性，可以吸引足够的关注。实际上，有很多律师愿意做夏明德的代理人，甚至还有慕名找到他妹妹主动要求免费做代理的，而随着更换律师的闹剧上演，案件彻底被古都市整个律师界所关注。如此一来，专案组的行动便如履薄冰，稍有差池必然会遭到法律界和舆论的诟病，这大概就是闹剧背后所隐藏的真实目的。不过这倒也给叶曦提了个醒，一定不能在办案程序上出现哪怕一丁点瑕疵，以免被律师钻了空子，影响最终的上庭审判。

鉴于以上情形，叶曦、韩印和康小北紧急碰面，均认为应该夯实眼下的证据，以应对局面的变化。

"单纯通过夏雪车祸事件，理顺案件的前因后果，会不会让人觉得太想当然了？"康小北忧虑地说。

"确实有些欠缺说服力，毕竟造成车祸的直接肇事者还安然无恙。"叶曦无奈地点头说，"就算咱们从犯罪侧写的角度指出夏明德有可能是想将他留到最后杀掉，但也仅仅是推测而已，没发生的事，谁也说不准！"

"还有凶器方面，乍一听夏明德给出的理由似乎很牵强，但是仔细想想，从他职业的角度考量，倒是也有一定的合理性。"康小北接下话说。

"有道理，起码夏明德所说的情形是有可能发生的，尤其赃物咱们并不是在他家找到的。"叶曦点头认可道，"看来，这个案子在证据方面还需要完善。"

"那就从物证方面入手。"一直没吭声的韩印建议道，"广泛追查旅行包、匕首、绳子的来源，如果能够找到卖主，看是否能指认夏明德；同时询问他的亲属和朋友，先前是否见他用过那个旅行包。"

"方向是对……"康小北迟疑了一下，支吾着说，"可是如果追查不出来怎么办？咱会不会真抓错人了？"

是啊！韩印和叶曦似乎从没考虑到这一点！两人面面相觑，不约而同地拧紧眉心……

7月31日，凌晨2点半，夏明德仍被关押在看守所，抢劫杀人案再度出现。

如果是同系案件，这算是第六起了，受害人是男性青年，死亡时间为半小时前，地点是一家迪厅的包房内。

包房门上标记着4号，里面一片狼藉，酒瓶、烟头、果盘等扔得满屋子都是。受害人仰躺在大沙发上，脖子上血迹斑斑。沙发靠背一侧的墙上，涂着一个红色漫画头像，眉毛画成了八字眉，嘴画成"O"形，两边嘴角还画了几个小圆点，感觉凶手要么是想画出一个"痛哭流涕"的表情，要么是想画出"呕吐"或者"流口水"的样子。

韩印在包房里环视一圈，视线最终定格在血淋淋的涂鸦上，心中蓦地生出一丝隐忧：似乎不像是模仿作案，笔画简单明了，漫画头像的表情有变化，从逻辑上看与先前的案件类似。如果是模仿，恐怕涂鸦的表情会与先前出现的某一幅涂鸦雷同。

果然，法医表示同前案一样，受害人先是被绳索勒死，后遭割喉，涂鸦的染料是人血，至于这血是否属于受害人还有待鉴定确认。而现场勘查员也表示，受害人财物遭到洗劫，身上没有能证实身份的证件……

韩印与法医聊过后不久，康小北从外面走进包房，指着受害人说："报案的服务员说，他们昨晚是一帮人在这儿喝酒的，但是服务员进来时就只剩下他一个人倒在这里了，我估计是这人喝醉落单了，让凶手有机可乘。另外，进出口处和舞池大厅有摄像监控，我刚刚大概扫了一眼，大厅的录像由于光线不好，看不太清楚人；至于进出口能不能拍到凶手，也不乐观；这里还有一个后门是没有监控的，客人可以自由出入，我要是凶手，肯定走那个后门。这些录像我拷贝了一份，带回去再仔细看吧！"

"没有目击到可疑的人？"韩印问。

"我问过几个服务员,都说昨晚客人太多,没怎么注意。"康小北说。

"客人呢?"韩印追问道。

"该走的都走了,留这儿的都是醉得不省人事的,没戏。"康小北轻摇了下头说。

"我问过酒吧经理了,说受害人是熟客,经常是一群人过来玩,看起来都挺有钱,不过具体身份不太清楚。"叶曦也走进包房,跟在康小北后面说,"经理说倒是认识他们其中的一个,已经给那人打了电话,马上就赶来。"

"不管他是谁,起码从目前掌握的信息看,与先前的受害人类型还是蛮相似的。"康小北一脸颓丧地说,"保不齐,真抓错人了!"

"咱们有麻烦了!"韩印不自然地挤出一丝笑容道。

"是啊,这案子因为媒体争相报道,确实有一些细节流传出去,但外人不可能了解得如此详尽,很难模仿得这么相像。"叶曦也苦笑一下,随即话锋一转,"除非是咱们内部人干的,或者夏明德还有一个同伙?"

"如果咱们认定夏明德有作案嫌疑,也只能从这样两个方向去考虑了!"韩印无奈叹息一声道。

收队之后,更具体的信息陆续反馈上来。

涂鸦的血的确来自受害人,也是用受害人的衣物蘸着涂上去的,勒索同样是绳制品,勒痕的纹路印迹与前案惊人地相似,可以确认与在夏明德车中搜获的绳套为同一规格和品类。受害人家境富裕,现年20岁,无业,常混迹于各种夜店,吊诡的是竟然与前面的受害人是相识的关系,不过他们好长时间没聚在一起过了。摄像监控似乎捕捉到了凶手:在凌晨1点半左右,4号包房的门被拽开,一个黑影一晃而入,大概5分钟后,门再次开启,闪出一个黑影……不过由于角度和光线的原因,根本无法看清凶手容貌,只能从身材上判断是个男性,身高大概1.78米。

早先搜获的旅行包和匕首看起来都是地摊货,做绳套的绳子倒是被查出系本地厂商出品，但是销售范围很广，难以落实具体零售者。物证追查进展不顺，又突然出现一起极其类似的案件，不得不说对夏明德是相当有利的，他的律师也有所反应，已经向警方提出释放他当事人的请求，所以说即使韩印和叶曦不甘心，想试着调查他有无同伙，留给他们的时间也不会太多。

除此，就如在案发现场分析的那样，还有一个调查方向，那就是来自警局内部的模仿作案。然而这种调查恐怕难以大范围展开，不仅影响士气，也容易引起外界非议，而且调查的切入点也是个问题。韩印像两年前那次办案一样，给叶曦提供了一个思路：如果系内部人作案，动机不外乎一点，凭着了解案情内幕的优势，借机报复自己愤恨的人，从而把罪行转嫁到所谓的真凶身上，也就间接地帮了夏明德一把，却也极大地误导了案件调查。当然，他是不会在乎这些的。

如此说来，如果警局内部有人与六号受害人乃至他周围的社会交往存在某种关联的话，那么极有可能是这个人在模仿作案。

◎第六章　放逐杀场

由于前面说过的原因，警局内部的调查不能大张旗鼓，姿态也要相对温和一些，不过令人讨厌的是每个单位都有那么一小撮喜欢挑拨是非、造谣生事的好事之徒。内部审查的意见刚被局里通过，便有谣言传出，审查的实质是叶曦想借着案子的由头排除异己。因此叶曦和韩印商量一番，决定干脆从自己身边下手，先审查专案组内部，再逐步扩大部门范围。这算是做个表率，表示这次审查是一视同仁的，没有特别针对谁，所有的一切都是从办案角度出发。

但即便如此，叶曦还是能感觉到某些抵触的情绪。其实设身处地地想想，都是当警察的，被怀疑作奸犯科，任谁心里也不会舒服，好在审查并未持续多久，便因一封匿名的邮件戛然而止。

这天上午，从局里传达室转来一个鼓鼓囊囊的快件，封皮上的收件人只笼统写着"古都市公安局刑警支队负责人收"，邮寄栏邮寄人姓名、地址和手机号码倒是写得很清楚。叶曦本来想让技术科来探测下有没有危险品，转身打电话的工夫，康小北已经大大咧咧地把邮件封口撕开了，里面是一个用报纸折成的包裹，拆开来发现包着的是几个皮夹子。

"邮寄这玩意儿干啥，一、二、三……总共6个，里面啥也没有啊，不过看起来是高档货！"康小北挨个摆弄着钱包，嘴里嘟哝着。

"放下！你缺心眼是不？"叶曦赶紧放下手中的电话，冲康小北嚷道，接着从抽屉里取出一个大证物袋，扔给康小北，"咱们现在有几个受害人你不知道？所有受害人的钱包都被抢了你也不知道？赶紧把钱包装起来，还有那报纸，都送到技术科采集指纹！"

"噢，这是6个受害人的钱包啊！"康小北被叶曦吼了一嗓子，如梦方醒，用胳膊把钱包和报纸都划拉到证物袋中，抱着便跑了出去。

叶曦冲着他的背影使劲瞪了一眼，走到桌边捡起邮件包，拿出手机给邮寄人留下的电话打过去，不出所料，话筒里提示对方已经关机，想必手机号码是一个临时卡，邮寄人信息应该也都是假的。她又打电话给快递公司，通过邮件编号联系到收件员，对方表示没见过邮寄人，是邮寄人在电话里指定一个地点让他去取包裹的……

鉴定结果很快就出来了，皮夹子和报纸上没有采集到任何指纹，看来凶手很谨慎，可能担心自己的指纹留在上面，所以对皮夹子各个部位都仔细擦拭过。包裹皮夹子的报纸是昨天出版的本市日报，大街上随处有卖，没什么追查价值。皮夹子倒也不全是空的，其中一个里面夹了张10厘米见方的字条，字条上没有文字，只有一个用红色染料画成的"手捂嘴巴窃笑"的头像漫画。染料是人血，经DNA测试比对，属于六号受害人的血。由于没采集到指纹，无法严谨确认皮夹子归属，只能通知家属来指认，结果毫无意外，皮夹子就是他们孩子的。邮寄人无疑是整个系列案件的凶手。

至于头像，很明显是个嘲笑的表情，难道是嘲笑警方抓错了人？这一点毋庸置疑，这就是凶手邮寄皮夹子想要给叶曦表达的。这是一种挑衅，也是一种彰显自我的行径，符合连环杀手欲望升级的心理需求模式。也就是说，他已经不满足于控制、操纵、摆布原有的目标群体，转而希望通过控制、操纵、摆布警方来获取更刺激的满足感。不过，这一行径暴露出凶手留在案发现场的涂鸦并未如韩印想象的那样复杂，就是非常直观地表达出他的心情。这一点也在韩印先前的分析中有所体现，只不过综合判断后，韩印倾向于相反的复杂的一个方向，现在看来是判断失误，真正使命型的杀手是不在乎外界反应的，所以凶手其实就是个具有反社会人格障碍的连环抢劫杀人犯。

"那咱是不是要调整调查方向了？"听了韩印对凶手的重新定位，叶曦问道。

"按理说应该是，可说实话我还是放不下夏明德这条线。"韩印异常诚恳地解释说，"真不是我一意孤行，实在是他太符合我先前的侧写了，所以我还是想坚持一下另外一种可能：现在在外面兴风作浪的凶手可能是夏明德的同伙。"

"我同意韩老师的想法。"康小北附和道，"既然凶手能寄来6名受害人的皮夹子，就排除了模仿作案的可能，内部审查也就没必要继续下去了吧，咱们专心找找他的同伙？"

"当然不查了，局里终于可以稍微松口气了。"叶曦有些自嘲地说，"不过恐怕更高兴的是夏明德和他的律师。"

"那是肯定的。案情发展到现在，夏明德对于凶器的解释，应该说可以成立，既然咱们一时半会儿又找不到他的同伙，看来就得放人了！"康小北心有不甘地说。

"其实我是想再抻些时间，不过恐怕不太可能。先前夏明德的律师就已经上蹿下跳了，现在又有了皮夹子这档子事，真没法再关了！"叶曦叹着气说。

"放出去也不一定是坏事，也许可以把他的同伙引出来！"韩印最后拍板说。

8月19日，凌晨1点左右，噩耗再度传来，凶手第七次作案。

案发现场在一个单元楼的出租房中，受害人为青年男性。同先前一样，先遭绳索勒毙，后遭割喉，死亡时间为上半夜，详细点是18日晚8点到9点之间；随身携带的财物遭洗劫，其陈尸的客厅中的一面墙上，同样涂有一幅红色的头像漫画。表情也有变化，不过不太好猜，非常抽象，只是在圆圆的脑袋上画了一副眼镜。

报案人是个女孩，在夜总会陪酒，凌晨下班回来，发现了受害人。房子是她租的，受害人是她男朋友。女孩又进一步解释，说两人只是玩玩的关系，没当真。受害人家里有钱，父母是开工厂的，隔三岔五会在女孩家过一次夜，当然钱的方面从不亏待她，不过受害人这段时间有些反常，窝在这里差不多一个星期不出门了，好像在躲什么人。女孩问过他是不是在外面惹什么麻烦了，他解释说主要是最近一段时间老有抢劫的，夜里出去玩不安全。女孩逐一看了前6名受害人的照片，表示受害人曾跟这些人在一起玩过一段时间。

接到这起报案时，叶曦第一反应是给康小北打电话，询问夏明德的行踪。

自夏明德离开看守所，康小北便带领一些人手，不眠不休地对其进行跟踪监视。总体来说，夏明德的活动范围很窄，这段时间他没有出车，基本待在家里，出去要么是逛逛菜市场，要么在楼下遛遛弯。可能是他为人木讷，不善交际，没看到他与哪个朋友碰面聚会；他的手机和家中座机都被技术科监控着，通话最多的是他妹妹，偶尔也会去妹妹家吃个饭，行踪实在再正常不过了。唯一值得注意的是，他曾给几个开出租车的同行打过电话，让他们帮忙留意有没有要买出租车的，说他不打算干了，想把出租车转让出去。

接到康小北反馈的这个信息，叶曦和韩印特别调查了那几名出租车司机，他们的家庭背景都很正常，案发时间点都能给出不在犯罪现场的人证，遂排除犯罪同伙嫌疑。反正从这差不多半个月时间的观察来看，夏明德似乎真的与连环杀手沾不上边，周围算得上有联系的人也都根本不具备作案嫌疑，于是康小北心里越来越忐忑不安，虽然他不愿往那方面想，但隐隐有种感觉：韩印这一次坚持的调查方向有可能是大错特错，后续负面结果将不堪设想。

心里正胡思乱想时，叶曦打来电话，康小北瞅了眼时间，都下半夜了，心里便有一种不祥的预感。果然，话筒那边的叶曦，声音异常严肃和急促："夏明德在家吗？"

"在，一直都在啊！"康小北下意识地透过车窗向楼上瞥了眼，轻声说，"窗户上还亮着灯呢！"

"确认一下！"电话那边的叶曦说。

"你等会儿。"康小北晃了晃手中的电话，扭头冲坐在后排的警员示意说，"打一下夏明德家电话。"

"老王在家吗？对不起，打错了！"警员心领神会，拿起手机拨通夏明德家的座机，须臾挂掉电话对康小北说，"是他的声音。"

"叶队，他确实在家。"康小北把手机又贴到脸颊边说道，"怎么，出问题了？"

"凶手又作案了！"叶曦的语气显得很烦躁，"先不说那么多了，待会儿回队里开个会！"

"好，我这边交代一下，马上就走。"康小北说。

黎明之前，支队会议室。

连夜召开案情讨论会，在座的除本次系列案件的办案骨干，市局的头头脑脑也齐齐出现，一个个正颜厉色、横眉怒目，眼神冷峻得几乎能把人杀死。综合案情和进一步的法证鉴定结果，基本可以证实几个小时前发生的案子与先前的案件系同一凶手所为。

案件由此扩大到7起，相应地，受害人数也增加到7人，已经大大超越局领导的忍耐极限，所以会议伊始，整个专案组，尤其是组长叶曦，便遭到领导们严厉的批评。韩印几次欲起身揽责，都被坐在身边的叶曦死死按住。直到领导们怨念宣泄得差不多，气氛稍微缓和些了，叶曦才站起身放低姿态说道："实事求是地讲，这个案子局里给了我们足够的支持，无论是人力还是物力，所以出现目前这种不利的局面，我要负全部责任，但我恳请局领导再给我一次机会，我以人格和警察职业生涯做保证，一定会把案子破掉！"

听完叶曦这个可以说是自绝后路的发言请求，几位领导相互通了通气，最终由主管刑侦的副局长周智国代为表态，说："小叶，局里这次的确对你很失望，外界的舆论你应该有所耳闻，影响实在太恶劣了，但鉴于以往的表现，局里还是愿意相信你有能力把案子办好的，可以再给你次机会，但时间不能再宽裕了……"

"两个星期！"叶曦斩钉截铁地插话，主动给出限期，"就两个星期！如果没有进展，任凭局里处置！"

"好，希望你们能够抓紧办案，不要让凶手继续为所欲为！"几位领导再次交换意见，还是由周智国代表宣布决定。

大会开过，领导离席，专案组再接着开小会。

议题很明确，就是下一步怎么办。按现实情况有两个选择：一、坚持目前的调查方向——本案系夏明德和同伙联手作案，继续围绕夏明德展开深入挖掘；二、推翻先前所有分析，从案件初始重新梳理案情，寻找突破口，这几乎等于又回到先前两眼一抹黑的状况。

不过韩印觉得在坚持寻找夏明德犯罪同伙的同时，还可以再丰富一些侦查的点，也就是案件中受害人的这个群体。其实这个点先前韩印也提到过，专案组也有相应的行动，只是由于夏明德的出现而被逐渐忽略掉。尤其在最近出现的第六起和第七起案件中，受害人依然与前案受害人有着一定的社会交往，所以韩印现在越来越怀疑，凶手选择他们并非因为身份、地位、品性或者爱好等方面的同一性，或许他们曾经在某一特定空间或者事件中同时出现过，或许他们根本就是这一特殊事件的一方当事人，因刺激到凶手而遭到处决！

那么接下来除继续耐心监视夏明德等待他犯错，还要更加全面深入地走访受害人周围的社会关系，寻找这7个人同时现身某一场合或者事件中的可能性。如果他们同时现身的情景，或者哪怕只是某几个人的同时现身，能够与夏明德产生关联，那夏明德是凶手之一便确定无疑了。当然，即使这种齐齐现身的情景与夏明德没有任何瓜葛，也必须重视起来，毕竟所有行动最终的目的是抓住凶手，而不是要证明谁的判断能力。

夜里，天空云淡星稀，一轮孤月红彤彤的，犹如醉鬼的脸，妖气重重。

差不多10点，街边乘凉和遛弯的人群逐渐散去，夏明德的身影却突然出现在楼道口。他手里拎着一个鼓鼓囊囊的方便袋，慢慢悠悠走到单元楼西侧的一个十字路口，他向四周看了几眼，从方便袋中取出一摞黄纸摆到街边，用打火机点燃。须臾，暗夜中升腾起忽高忽低的火苗，夏明德用虔诚的目光注视着，嘴里念念有词……直到黄纸燃尽，化为浮尘，被一股忽来的妖风吹散到四面八方，他才极为不舍地转身原路返回。

这一幕，被隐身在街对面一辆面包车中的康小北目睹个正着，他纳闷地取出手机，调出万年历软件，一边滑着屏幕翻阅日历，一边轻声嘟哝着："今天是8月19日，阴历七月二十四；夏雪是去年8月17日出的车祸，也就是阴历七月十一……嗯，周年忌日早过了，肯定不是给夏雪烧的，那这大半夜的会是在祭拜谁呢？"

◎第七章　穷途末路

　　时间就是这样，你越想让它慢下脚步，反而越感觉它走得飞快——转眼一周过去了，只剩下一半的办案期限，夏明德仍按兵不动，相关调查也毫无起色。韩印和叶曦虽然愁得像热锅上的蚂蚁，但也不得不强迫自己沉下心来，对近阶段工作做一些回顾性的总结，借以找出可能出现的纰漏和不足。

　　整整耗费一个晚上，叶曦和韩印逐一翻阅了所有走访调查记录和相关口供，可以说在认定案件系夏明德与同伙联手作案的基础上，以夏明德为中心点，周围与之有直接或间接关联的人，能查的都查过了，如此用尽心思都找不到任何头绪，想必真的需要痛下决心重新考量这个所谓的犯罪同伙存在的可能性了，韩印心里不免也有些惴惴不安。不过他并没有表露出来，他很清楚这个时候一定不能自乱阵脚，他乱了，叶曦就乱了，然后整个专案组自然人心涣散、斗志尽丧，所以他要坚持，也坚信一定能找出新的切入点！

　　其实很多次办案，局势出现转机靠的都是韩印的灵光乍现，这是一种很微妙的感觉或者说能力，而微妙的地方就在于你不知道它什么时候能够出现。既然现在没办法取巧，那就只能用一些比较原始的手段，于是韩印提议，莫不如把截至目前所有与本案能够扯上关系的人物都在白板上列出来，这样也许可以比较直观地看出被忽略掉的线索。与案子有关的有：警察；受害人以及他们的家属、朋友、情人；嫌疑人刘大江和他的歌手女朋友；主要嫌疑人夏明德以及他的女儿、妹妹、出租车同行；酒驾致夏明德女儿死亡的薛亮……

犯罪心理档案第三季

韩印和叶曦各拿一支水笔,在专案组大办公间的白板上列出多个人物,然后两人退后几步审视成果……还别说,这招真管用,叶曦敏锐地发现有一个参与群体没有列上去,而这也就意味着先前专案组忽略了那些人的作案嫌疑——他们是夏明德的代理律师!

前面介绍过,由于纠结于律师的能力问题,夏明德先后共接触过5位律师,3位男性2位女性,除去他最后聘用的律师,叶曦想到其中还真有一位男律师与夏明德在早前是有交集的。

叶曦记得那位律师叫徐麟,看模样比较年轻,算是夏明德的第三任律师,也就是叶曦曾向韩印提到过的,被夏明德骂跑的那位律师。据说他是主动找上门要做夏明德代理律师的,狗血的是,他也是夏雪死亡车祸事件中肇事者薛亮的代理律师。夏明德一开始没认出他,所以有过几次会面,后来不知怎么回过味来,便狠狠地臭骂了他一顿,要不是看守闻声及时赶到接待室,他差点就要揍徐麟了。

然而,如果说徐麟是夏明德的帮凶,那确实有些匪夷所思,不过眼下也没有别的线索可跟进,韩印和叶曦觉得不妨试着与他接触一下,看能不能捕捉到一些蛛丝马迹。

一大早,律师事务所还未上班,韩印和叶曦便等在门口,好容易等到来人了,却被告知徐麟已在本月14日主动离职。他们试着询问徐麟的背景信息,对方表示徐麟很少在单位提起私人方面的事,所以不大了解,两人只好向人事部要了他的联系方式和详细家庭住址,便离开写字楼。

坐进车里之后,叶曦第一时间拨打徐麟的手机,但话筒里传来对方已经关机的提示,拨打家中座机也没人应接,反复拨打几次都是如此,两人决定干脆直接找上门去。

徐麟住的小区,看起来比较老,砖混结构的楼房,很旧很矮,普遍也就五六层的样子。徐麟住在一个单元的302室,一进楼道里,叶曦和韩印便感觉到一股异样的气息。而随着登上楼梯，越来越接近徐麟家，一股腥臭味越发浓烈——两人很肯定臭味就来自徐麟的住处。

以一名重案刑警的敏感度，叶曦似乎预感到什么。她稍微打量下房门，是比较老式的那种，外面有一道铁栅栏门，里面有一道木门，然后她试着从栅栏的缝隙中把手伸进去，发现门并未被反锁，于是轻轻转一下内侧的把手，铁门便打开了。紧跟着，她试探着敲了敲里面的木门，随即把耳朵贴在门上，没有人应门，却听到屋里面似乎有一些响动；使劲再敲两下，屋内的响声更大了，像是有人在争执。叶曦赶紧用力推了推木门却纹丝不动，估计是在里面锁上了。说时迟那时快，只见叶曦稍微一运动，抬脚冲着木门便踹了下去。

木门砰地应声敞开，一瞬间，一股满带着恶臭气息的热浪扑面而来。屋内窗帘紧闭着，黑洞洞的，不过借着门口的光亮，韩印和叶曦还是清楚地目睹了成百上千只乌黑发亮的大苍蝇，它们发出嗡嗡的噪声，群魔乱舞般在屋内盘旋着。

两人下意识捂住口鼻，不约而同拿出手机打开照明功能，硬着头皮走进屋内。按惯常的经验，电灯开关都设在门边，韩印冲墙上照了照，果然看到一排白色开关，但依次按下去，屋内没有任何变化，看来电源被切断了。正琢磨着，韩印感觉叶曦拉了他一下，扭头见叶曦正抬手指向前方不远处，那里是同样黑漆漆而且发出更大嗡响声的洗手间……

门是敞开的，韩印和叶曦走到门边，一起举着手机照进去，虽然有一定心理准备，他们还是被眼前令人毛骨悚然的场景搞得头皮发麻——洗手间内的腐臭气息更甚，让人感觉有些辣眼，大苍蝇依然成群结队地横冲直撞。一具男性裸尸躺在干涸的浴缸里，全身已经发黑溃烂，腹部、胸部、四肢已严重腐烂，上面布满了嫩白的蝇蛆，口眼耳鼻中更是有数不清的蝇蛆在爬来爬去，左臂手腕处有两道很深的刀口，周边皮肉糜烂，骨头清晰可见，一把水果刀被丢在浴缸边的水泥地上……

犯罪心理档案第三季

大约一刻钟后，接到紧急召唤的大队人马赶到徐麟住处，照相、验尸、搜索、取证等各项工作随即展开，韩印和叶曦这才有心思仔细打量房子。

房子面积不大，看起来只有五六十平方米的样子，有两间南向卧室，还有个特别小的客厅，客厅墙上正中间挂着两个老式大相框，里面镶有不少照片，有徐麟不同年龄段的照片，有的可能是他和母亲的合影，也有与奶奶或者姥姥的合影，不过没看到他父亲的照片。

跟厕所挨着的应该就是徐麟的房间了，里面陈设很简单，有一张单人床、一个摆满各种法律书籍的小书柜和一张写字桌，上面堆着各种资料和工具书以及一台笔记本电脑，整个屋子书卷气还是挺浓的。当然这些都不是重点，引起韩印和叶曦注意的，是摆在写字桌中间的一张A4大小的白纸，因为那是一份手书"遗言"。

"'我想我真的要走了，我身上每一个细胞都在告诉我这个现实，所以也就不必再坚持了。妹妹，我没有害怕，也没有不舍，因为很早的时候我已经知道，清醒地活着也许并非一种幸运。如果真有轮回转世，请告诉上帝，不要让我再回到这个世界！'落款是'徐麟'，日期是'8月16日'！"叶曦轻声念出遗书内容，一脸疑惑地问，"这徐律师似乎对现实有很深的怨念，但也不至于自杀吧？"

韩印苦笑一下，没有应声，随手拉开写字桌中间的大抽屉，还没怎么翻，便看到一堆单据和一本绿皮的病历本。韩印拿起病历本翻了几下，又拿起单据看了一眼，然后把它们都堆到写字桌上，冲叶曦说："估计主要是这个原因。"

"这是什么？"叶曦也看了病历本和单据，恍然大悟道，"胰腺癌晚期，原来是因病厌世的！"

"看来确实是自杀。"韩印有些迟疑地说，"不过徐麟是薛亮的代理律师，应该说也是夏明德愤恨的对象，然后偏偏在夏明德被放了之后自杀死了，当然这或许没有什么因果关系，但我有一种说不出的怪怪的感觉。"

"你觉得他的死与夏明德有关？不可能吧！"叶曦对韩印潜台词透露的想法表示怀疑，正好看到康小北走进来，便以严肃的口吻说，"小北，你能确认从未跟丢过夏明德吗？"

"当然，从他离开看守所，除了待在家里，就没离开过兄弟们的视线！"康小北拍着胸脯保证道，"放心，那边我都交代好了，不会出差错。对了，问这个做什么？"

"没事，随便问问。"叶曦暂时不想把问题复杂化，便含糊地敷衍一句，接着问，"外围调查得怎么样？"

"这片都是老房子，有一些算是老街坊，基本问清楚了。"康小北拿出小记事本照着说，"这房子是徐麟姥姥的，他妈早年得病死了，他爸据说跟人私奔了，他还有个疯妹妹，住在精神病院。徐麟是跟他姥姥长大的，两年前姥姥去世。邻居大都对徐麟评价不错，说他本分懂事，还很有出息，等等。"

"经历还蛮坎坷的，怪不得留给妹妹的遗书写得这么幽怨，总体看来疑点不大。"叶曦顿了顿，稍微思索了一下，"要不这样，咱们还是抓紧时间确认一下，小北去律师事务所收集一些他手写的文件和签名，然后拿到技术科找笔迹专家与遗书对照鉴定一下；我去他就诊的医院，问问他的主治大夫，看他的病到底恶化到什么程度；韩老师你去精神病院怎么样，看看他妹妹那边的情况？"

"就这么办吧！"韩印"嗯"了一声道。

兵分三路，效率自然很高，小半天的工夫，三人便又在叶曦办公室会合。

笔迹鉴定结果非常明确，可以确认遗书为徐麟亲笔，且从笔锋判断，书写时徐麟心绪平稳，非出于胁迫。据医院徐麟的主治大夫介绍，他这个病大概是在年初检查出来的，因为一般胰腺癌确认病情基本就是晚期了，中位存活时间通常只有一两个月，所以当时医生预估他顶多能活三五个月，没想到他能坚持到现在，医生认为已经算是奇迹了。关键是这个病特别疼，先前徐麟曾为此多次到医院打吗啡止痛，这可能也是他选择自杀的一个因素，因为实在忍受不了剧痛。徐麟妹妹那边的医院介绍说，他在16日上午去看过他妹妹，还交给医院一大笔钱，希望院方能尽可能地照顾好他妹妹，也算是交代后事的一个体现。另外，法医确认徐麟系割腕导致失血性休克死亡，从尸体腐烂程度判断，死亡时间已有10来天，也就是说，与遗书落款的时间是吻合的。总之，可以认定徐麟为自杀身亡，而且第七起案件发生时，徐麟已经去世，所以无论怎么假设，他都可以完全排除在案子之外了。

　　不过让所有人都没有预料到的是，徐麟这个名字并未就此从警方的耳边消失，反而带给他们更深刻的记忆，甚至可以说间接影响了叶曦和韩印的命运。

　　随着徐麟之死被定性为自杀，可以说案子所有线索彻底中断，对于夏明德的嫌疑，专案组的大多数人也都不抱希望。而就在包括康小北在内的整个监视组都意兴阑珊之时，突然监听到夏明德与一个陌生手机号码的通话。号码虽陌生，人却并不陌生，给夏明德打电话的竟然是薛亮，他在电话里约夏明德到森林公园一个比较有名的石碑下见面，时间是下午4点。

　　这通电话又让韩印和叶曦浮想联翩。夏明德在二审判决之时的表现和他之后对待薛亮的态度反差之大，本来就十分反常，而现在薛亮又主动联系夏明德，这两个人之间会不会有什么交易呢？薛亮会是夏明德的同伙吗？这实在欠缺合理的理由，但先不考虑那么多，静观他们的会面可以带来怎样的答案吧！

　　森林公园坐落在近郊的一个小镇，公休日之外游客并不多，尤其是下午4点，园里几乎很难看到人影，薛亮和夏明德选择这个时间见面肯定有猫腻！监听到电话之后，专案组紧急布控，除了在他们的碰面地点埋好窃听器，周边还有多组人手隐藏在一般视线无法看到的角落，以应对突发状况。

　　事实令所有人都大跌眼镜，就在两人按约定时间碰面的那一瞬间，薛亮二话不说，直接从挎包里掏出一把短刀，冲着夏明德的身子便捅过去。一切发生得太快了，当埋伏人员反应过来时，夏明德已经被薛亮扑倒在地，两个人来回翻滚着，身子扭打在一起……

康小北快步奔到事发处，冲着骑在夏明德身上的薛亮飞踹一脚。薛亮猛地摔倒在一边，刚要爬起来，康小北身子一跃，再次把薛亮撞翻在地，紧跟着薛亮便被数个随后赶到的警员压在身下。薛亮不甘心，着魔似的挣扎着，嘴里狂吼："杀死他，一定要杀死他，不然下一个死的一定是我！"

康小北走到薛亮身前，蹲下身子，拽着他的头发，厉声道："你怕是疯了吧！"

"我没疯，听说我的律师已经被他杀了，他不会放过我的。"薛亮身子动弹不得，便使劲仰着脑袋喊。

"你是说徐麟？你个笨蛋，徐麟是自杀的！"康小北用手指戳着薛亮的脑袋说。

"你骗人！"薛亮继续扯着嗓子喊，"你不是还说过这姓夏的永远不会再出来了吗？"

"你……"康小北一时语塞，哑口无言。

"别难为那孩子，放了他吧！"一个虚弱的声音从不远处传来。夏明德正被两名警员搀扶起来，他一只手捂着腹部，鲜血顺着指缝涌出……

◎第八章　未完待续

薛亮因长期饱受自责和恐惧心理的煎熬，精神早已濒临崩溃，在听闻徐麟死亡的消息后，便强迫似的联想到自己也会被杀死，其实这近乎精神分裂。加之夏明德受伤没有想象中那么严重，他本人也一再声明不追究责任，所以警方允许薛亮家属将其领回，但强烈建议为其寻求心理医生的帮助。

不过叶曦和韩印的麻烦就大了，一直被韩印言之凿凿确认为犯罪嫌疑人的夏明德，到头来却成为受害人，甚至差点就在专案组的眼皮底下被杀死，想必警局或多或少都要负上一定的责任。案件调查到现在毫无成果可言，连带整个警局蒙羞，市局领导彻底地失望了，也不再给叶曦任何解释的机会和时间，迅速召开会议，宣布解除韩印的顾问职责，同时暂停叶曦的一切工作，等候进一步处理。案子转而由副局长周智国接手，原先执行的各种调查立即停止，待重新汇总案情，再给出新的工作方向。

在离开古都市的前一晚，韩印借慰问伤势，敲开了夏明德家的门。

客套一番，彼此落座，夏明德似乎很明了韩印的心思，淡然一笑，说："你想问什么就问吧，我知无不言。"

"其实就一个问题，我始终搞不明白。"韩印也不掩饰，沉稳地笑笑说，"你为什么会从心底原谅薛亮呢？"

"噢，很简单，我看到了账户上的赔款，那可是我几辈子都挣不到的钱，突然就觉得自己应该好好活着，起码把那些钱花完再死。"夏明德一副坦然模样，带些自嘲意味，顿了顿，转而正色道，"关键是我也想通了，即使再怎么惩罚薛亮，我的雪儿也回不来了，何必再搭上另一个孩子的前程呢？"

"你能这么想最好！"韩印语气温和，紧接着站起身，做出欲告辞的模样，却突然停住身子，盯着夏明德的眼睛说，"我可以看下你女儿的房间吗？"

"当然可以。"夏明德仍然满脸笑意，不慌不忙走到一侧的卧室门口，一边推开门一边冲韩印晃了下脑袋示意说，"看吧，随便看。"

韩印应声走到卧室门口，冲里面打量几眼，似乎所有的东西都未改变，床、衣柜、梳妆台、写字桌、电脑，都干干净净、整整齐齐摆放着，就好像夏雪仍然住在里面一样。韩印心里有种说不出的滋味，隐隐地有种感觉——如果夏明德真的放下了女儿的死，是不会这么病态地装出夏雪从未离开的样子！

刚从夏明德家出来，叶曦便打来电话，说要找韩印吃个散伙饭，韩印问好了地点，说自己打车过去。

其实叶曦越是这样表现出一副无所谓的姿态，韩印心里就越难受，可以说在他所有的顾问任务中，这一次古都之行，恐怕是他唯一感到追悔莫及的。不仅没帮人家把案子办好，还极有可能连累叶曦赔掉整个职业生涯，他真的还不起叶曦这份情。这还不是担当不担当的问题，而且感情这东西，是不能随意去担当的，因为韩印已经对一份真挚的感情做过承诺了！

暴雨如注，闪电划破阴沉的夜空。

充满污垢的楼道间，感应灯忽明忽暗，一阵沉重的脚步声缓慢响起。那脚步声每响一次，灰黑的水泥阶梯上便留下一汪水迹，逐渐地那脚步声越来越清晰，却戛然而止，紧接着楼道间传出一声沉闷的关门声。

吧嗒一声开关响动，原本黑漆漆的屋子，瞬间有了光亮，一双沾着泥浆的雨靴出现在发黄的灯下，上面的雨衣还在滴着水。"雨靴"缓缓转向一侧的房间，推开门，走进去。"雨靴"摸黑走到一张桌前，熟悉地按下摆在桌上的台灯的开关，在有限的光亮下，只见桌子倚靠的那面墙上，几乎钉满了打印纸打印出来的黑白照片，上面记录的正是古都市系列抢劫杀人案所有受害人的一举一动……

　　桌上还躺着一个米黄色的牛皮纸信封，这个脚蹬雨靴、身着长雨衣、扣着雨帽，身形瘦削的来者，颤抖着将之拿起，从里面倒出两张照片和一封信。他展开信纸入神地看了一会儿，须臾，撩起雨衣的衣襟，从裤兜里摸出打火机，将信纸点燃，随即又拾起原本装在信封里的那两张照片，定睛打量几眼，然后在桌上提起两枚图钉，将照片狠狠钉在墙上显眼的位置……

第四卷 死心不息

人们总是期望通过罪恶得到光明!

——埃·哈伯顿

◎楔子

三个多月之后,古都市。

这是一个充满暧昧情调的小屋,几盏LED情趣彩灯将四周映照得五光十色,摆在落地柜上的低音炮奏鸣出节奏分明的慢摇舞曲。落地柜旁是一张双人床,一个身材结实只穿着三角内裤的男人仰躺在上面,整个脑袋被白色宽胶带缠裹得严严实实,双臂伸过头顶,被一副手铐死死铐在铁艺床头的栏杆上。而床下,屋子的中央，一个头戴黑色乳胶面具，只露出眼、口、鼻孔，身着连体皮衣皮裤的"面具人"，正跟着节奏忘情地扭动着身体，轻佻的舞姿既带有男人的野性，也透着女人的妖娆。

少顷，"面具人"睁大迷离的双眼，深深吸了口气，一副心满意足的模样，然后继续摇晃着身体移动到门边，拉开放在地上的一个中性款式的单肩包拉链，把手伸了进去……

转身走到床边，"面具人"手上多了一把短刀，他翘起一边的嘴角狞笑着，抬腿跨到床上，顺势坐到裸男的胯上，挥刀在他胸前轻撩游走，裸男并未警觉到危机的来临，扭了扭身子，嘴里还配合地发出声响。"面具人"轻蔑地哼了下鼻子，双手握刀，高举过头顶，狠狠地冲裸男的胸部猛刺下去，一刀，两刀，三刀……每一刀都带出飞溅的血花，喷射到"面具人"的身上、面具上、眼睛里、嘴里，但他没有丝毫惧怕，反而不住地用舌头舔舐着唇边的血滴，犹如一个吸血的魔鬼……不知过了多久，"面具人"挥刀的动作终于停下来，大口大口喘着粗气，似乎有些意犹未尽。"面具人"向后退了退，扒掉身下男人唯一遮体的内裤，再次举起被鲜血染红的利刃……

从"面具人"的角度来说，这一定是一次酣畅淋漓、高潮迭起的经历，他欢快地吹着口哨，镇定自若地拿着湿抹布逐一抹过他曾碰过的地方，接着把自己收拾干净，用两根手指从包里夹出一沓百元钞票，极为不屑地撒到床上，拉开房门，谨慎地用衣襟擦了下门把手，便扬长而去……

◎第一章　重返古都

北方严冬，风刮得很大，天凝地闭。

时间在不知不觉中迈入12月，这一年很快过去了，韩印大部分时间都是学校和支援小组两边跑，生活忙碌而又充实，不仅丰富了实践经验，专业研究也有一定的积累。与顾菲菲的恋爱过程虽略显平淡，但感情日渐深厚。

有相当多的收获，自然也有些许的遗憾，除了对古都系列抢劫杀人案最终悬而未决而耿耿于怀，韩印内心对叶曦更是充满了负罪感，而且这种感觉是多层次的，当他面对顾菲菲时，又总会因为心底对叶曦还有一丝隐隐的牵挂而暗觉愧疚。

其实早前古都市一行，对韩印的冲击还是蛮大的，无论是自尊还是自信。尽管直到现在他仍然坚持对夏明德的怀疑，但事实上他根本解释不清楚为什么在夏明德被关押和被监视期间，相同模式的作案会继续出现。至于同伙一说，先不说把夏明德的社会关系翻个底朝天也无法证实，关键是说不出这个所谓的同伙到底是出于何种犯罪动机。

韩印也因此在检讨自己，是不是随着名气日渐响亮，自己内心的主观意志越来越强，有些忘乎所以，盲目自信了？或者说一味地贪恋名声和成就感，把自己专业上的东西都掏空了，渐渐流于单纯的推测，从而不再有意识和耐心去反复研究、论证以及推敲案情了？总之，不管怎样，韩印都觉得是时候暂停实践的脚步，专心去把先前办过的案子好好整理和总结一下了，同时也应该补充吸收一些知识养分，安下心来多读读书，多看看与专业有关的国内外新近发表的研究论文等，所以近段时间他婉拒了支援部所有的顾问邀请，踏踏实实回归老师和学者的身份。

顾菲菲自始至终未追问他做出如此决定的原因，当然以她的人脉打几个电话便能搞清楚，甚至可能还会了解到更多内幕，所以慢慢地韩印也体会到顾菲菲为他改变了很多，懂得为彼此之间保留一些空间，是真的很用心在经营他们这段感情。不过，出乎他意料的是，就在这个北风嘶吼的下午，顾菲菲毫无预兆地在学院中现身，并带来一份案件卷宗，案发地竟又是古都市！

受害人一：王东，男，44岁，古都市本地人，于11月21日晚10点至11点之间遇害，系被石块反复击中后脑而死；尸体呈仰卧状，上半身衣物被撩起蒙在脸部，裤子被扒至脚踝处，下体裸露，并遭严重损害，从器官局部留有鞋印判断，应是反复踩踏所致；在距离尸体位置西向十五六米远的地方，有一个非常浅的小水池，透过水面很容易看到水下有一块带有血迹的大石块，经鉴定，血迹与受害人匹配，但上面的指纹遭到破坏；受害人财物没有损失，案件没有目击者。

受害人二：张闯，男，32岁，外地人，死于其独自租住的出租屋内，系被一把带锯齿刃的单刃刀从后背刺死，通过创口测量，凶器刃长13厘米左右，宽度为2厘米左右，厚度为0.4厘米左右；死亡时间为11月28日凌晨2点至3点之间；死时赤身裸体，脸部被浴巾蒙住，下体遭锐器反复捅刺；凶手清理过现场，所以未留下任何痕迹，也未带走任何值钱的东西。

受害人三：方同刚，男，26岁，外地人，也死于其单独租住的出租屋内，死亡时间为12月5日晚8点到9点之间，系遭锐器反复刺穿胸部死亡，凶器特征与案件二完全一致，尸体一丝不挂，头部被宽胶带整个缠住，双手被铐在床头上，死后下体遭切割；凶手依然清理了现场，只是在现场床上发现8张百元钞票，上面提取到多枚指纹，但并不确定其中有属于凶手的，同样也没有财物损失。

综合现有信息，可以确认案件二与案件三系同一凶手所为，案件一证据不够充分，还有待考量，暂时不做并案处理。

大概浏览过案情记录，韩印摇摇头，苦笑一下说："古都市这是怎么了，接连出现系列命案，做警察的这日子可怎么过？"

"对啊，一下子冒出这么多命案，有些不可思议！"顾菲菲以一丝苦笑回应，"这次的案子，省厅和刑侦总局都特别重视，所以派我们小组过去支援一下。你怎么样，调整得差不多了吧？"

顾菲菲措辞中用到"调整"这个词，韩印就清楚了——顾菲菲应该已经对他先前在古都办案的整个经过有所了解，可能觉得他会有一点点挫败感，所以才专程来学院一趟：一方面，是特意要让韩印感受到一种重视和信任；另一方面，也带着一份恋人的关心。想到顾菲菲如此用心良苦，韩印心里升腾起一股说不出的感动和甜蜜。

见韩印不言语，只是微笑，顾菲菲以为他还在斟酌，便又带着诱惑的语气，说服道："男人作为受害人的系列杀人案比较罕见，我觉得你应该挑战一下；再有，早前你们办的那个抢劫杀人案目前还是悬着的局面，如果顺利的话，咱们看看能不能在那起案子上再做些努力，争取也能有个结果？"

韩印微微点下头便陷入沉思，少顷抬起头皱着眉说："可周智国对我比较反感，不太愿意让我掺和他们的案子，要是我再去，会不会弄得大家都比较尴尬？"

"你不用理他，总局派我们过去，就是对整个古都市局的工作很不满意，他应该知趣。"顾菲菲一脸不屑道，"这个周智国思想一贯保守，好大喜功，总觉得上头派人协助办案好像会显得他们多么无能似的。先前的抢劫杀人案之所以没有上报到总局请求支援，主要是周智国按着的原因，叶曦算是替他背了个黑锅。对了，叶曦被打发到省干校进修去了，你知道吗？"

"她给我打过电话。"韩印故作淡然地说。

"放心吧，我打听过了，古都市局还是很重视她的，去干校就是避避风头，三五个月回来应该还能官复原职。"顾菲菲饶有意味地盯着韩印的眼睛浅笑说。

"咱们什么时候出发？"韩印故意低头看下时间，回避顾菲菲的注视，岔开了话题。他实在不愿意当着顾菲菲的面过多谈起叶曦，就像前面说的那样，叶曦越是不想让韩印感觉到他欠她，韩印心里就越内疚；同样，顾菲菲越是在他和叶曦的关系上表现大度的姿态，他越觉得羞愧万分。

"越快越好，英雄和小美已经过去了。"顾菲菲说。

"那我跟学院打声招呼咱就走。"韩印说着便从椅子上站起身。

古都市，现场模拟。

首起案件发生在便于周围居民休闲锻炼的开放式公园内。受害人住在附近，有正经工作，为人老实，因与朋友聚会，所以当日回家较晚，尸体倒在公园内一条相对僻静的林荫小径上，估计是从公园里抄近路回家时遭到侵害。案件二，受害人是白领，在某公司从事采购工作，死前曾在酒吧逗留过，尸体是在其住处卫生间的淋浴间内被发现的，身上没有约束和反抗的伤痕，也没有撬锁和暴力闯入的迹象。案件三，受害人无业，喜好泡酒吧和网吧，缠在其头部的宽胶带和将其双手拴在床头的手铐均属专用情趣器具，同时在其家中还搜索到其他类型的情趣用品，并在其手机上发现大量不堪入目的调情短信，遇害前一个小时，手机曾有一次通话，对方手机号码是临时卡。

相继考察了三个案发现场，并试着将案情还原，回到驻地的韩印将现有与案件相关的所有信息揉捏在一起，做了一个通盘的分析：

首起案件，与很多连环犯罪的初始犯罪一样，是一起机遇型作案。针对这类案件，韩印以往做过很多次剖析，简单点解释，凶手受到刺激，愤怒情绪爆棚，需要宣泄，而选择了暴力手段；受害人只是在不恰当的时间出现在不恰当的地点而已。总体来说，作案是一种对刺激性事件的应激反应，事前没有规划；受害人选择有随机性，不过他身上一定有某种特质与凶手的刺激源同质，有可能是性别、年龄、长相、做派等。

第二起和第三起案子则截然不同，很明显是有预谋的，凶手事先准备好凶器，事后清理过现场，但杀人手法略有变化：案件二中，凶手采取了偷袭手法，趁受害人洗澡时，从背后将其刺死；而第三起案子，不难判断受害人是专门从事"受虐卖淫"服务的男妓，这样的目标不会对陌生人产生警觉，而且甘愿被束缚，不会有丝毫反抗，由此凶手便可不费吹灰之力充分享受杀人虐尸的快感。

不过，杀人手法的不同反映出的却是相同的特质，凶手似乎惧怕与受害人正面对抗，杀人手法有一定的投机取巧成分，似乎很像女性作案，又或者是具有某种缺陷的男性，比如个子比较矮，体弱无力，患有某种疾病，等等。而就受害人的背景特征来说，从这两个方向也都解释得通：案件二的受害人，据他朋友反映，他是双性恋，喜欢在酒吧寻找刺激，说白了就是寻找一夜情对象或者从事卖淫服务的男女，所以无论凶手是男还是女，都可以对其形成诱惑，案发现场的情形也确实显示受害人是心甘情愿把凶手带进家门的；至于受虐卖淫男，就更不用说了，根本不会在意顾客性别，有钱赚就好啦！

回过头来再说说首起案件。为什么韩印一上来就把案件性质定为心理畸形犯罪呢？这是因为他看到了犯罪标记动作，而随后两起案件同样出现了模式相同的犯罪标记，凶手都会在受害人死后将其脸部蒙住，并对其下体进行侮虐，意在将受害人幻想成某个怨恨已久的人，并对其进行报复和惩罚。当然从惩罚的方式来看，估计与性侵事件或者性压抑有关。那么，考虑到凶手初次作案有很大偶然性，杀人手法和受害人选择也属临时起意，犯罪标记就更能突出作案本质了。因此，尽管它与后面的案件在作案规划、杀人手法、凶器种类、受害人特质、作案环境的选择上均大相径庭，韩印还是认为三起案件系同一凶手连续作案，它们非常鲜明地体现出一个连环杀手由开始到发展到趋于成熟的蜕变。

　　初步罪犯侧写：女性，或身材和身体器官方面具有某种缺陷的男性，年龄在25岁至35岁相对成熟的阶段，曾经遭受成年男性猥亵或者性侵。首个犯罪地点与生活中的某个方面有交集，很可能是住所距案发公园较近。有一定经济能力，因为其在作案中不仅没有顺手带走受害人财物，还在第三起案件中为了表达报复的快感，在现场留下800块钱；案发前受过刺激，家庭成员要么不完整，要么关系长期不和睦……

◎第二章　锁定嫌凶

刑警支队会议室，案情讨论会。

在韩印介绍完初步的案情分析研究成果之后，顾菲菲开始做相关部署："我和韩印老师讨论过，虽然咱们现在有了调查范围，但还是比较宽泛，所以要先抓住其中的某几个点去切入调查。"

"公园周边住户的排查我来负责。"作为古都警方和支援小组之间的协调人，康小北主动请缨。

"废话，你是'地主'，熟悉环境，这种活你不干谁干！"因为早前合作过，顾菲菲和康小北也算熟人，所以说起话来也没什么可顾忌的，半开玩笑半揶揄地说，紧接着她冲坐在对面的杜英雄和艾小美叮嘱道，"小美把后两个受害人的手机和电脑再捋一遍，什么QQ、微博、微信都翻翻，找找有没有先前漏掉的线索；英雄去受害人经常去的酒吧和网吧继续寻找潜在目击者，尤其最后一个受害人，家里有电脑还时常去网吧，估计是网吧里臭味相投的人比较多，也许他就是被凶手在网吧挑中的。"

顾菲菲稍微停顿了一下，继续说："下面说说需要重点进行的工作，我们要翻查以往若干年内在古都市发生的性侵案件档案，目的是从受害人当中筛查可疑人员，审判结果未达到受害方预期的案件要特别关注……"

"我再补充一点，我们还要留意近期刑满释放的性犯罪人。"韩印可能突然有了些灵感，便插话道，"从以往的经验看，大多有特殊嗜好的性犯罪人，

犯罪心理档案第三季

比如施虐狂、偷窥狂、恋童癖、恋物癖等，虽然经过监狱改造，但他们的瘾很难真正戒除，一旦这些人没有了法律上的禁锢，道德的束缚就很容易被打破。尤其当天使与恶魔这两种身份，或者说肉体与灵魂在身体里不断博弈时，他们的内心往往会在焦灼中走向崩溃，从而做出比原先更加极端的犯罪举动。这确实让很多人包括他们的亲属和我们这些所谓的犯罪学家都感到难以接受，但现实就是这样残酷！"

事实证明，韩印最后补充的调查方向，是很有针对性的。

在调阅近段时间刑满释放人员记录时，韩印和顾菲菲发现了一个可以说嫌疑巨大的性犯罪人，之所以会用"巨大"来形容，是因为这个人与韩印所给出的罪犯侧写简直惊人地匹配。

他叫孙海涛，男性，现年46岁，从表面上看，年龄要远远超过罪犯侧写中提到的年龄段，不过他曾因猥亵强奸多名幼童被判处有期徒刑20年，后因多次减刑，刑期缩短至17年，也就意味着他与社会脱节长达17年，从社会阅历的角度来说，他的成熟度实质上与侧写范围是相符的。

孙海涛，20世纪90年代曾在本地一所艺术培训机构做舞蹈培训老师，任教期间伙同另一同事，利用威逼利诱等龌龊手段，多次对年幼学员进行猥亵和强奸，说白了，他就是一个不折不扣的恋童癖者。可以想象这种人在监狱里的日子是不会好过的，从他的服刑记录中，顾菲菲看到他有多次被同监犯人群殴至就医的记录，导致下体遭到极大损伤，病历上医生的诊断表明他的性功能严重受损，是有可能逐渐完全丧失性功能的。这样的经历，似乎给出了作案动机：一般恋童癖者无论有怎样程度的性压抑，都很少会对成年人感兴趣，尤其孙海涛属于异性恋童癖者，不会对男性感兴趣。可是如果他在服刑期间因被成年男性攻击下体，导致性功能尽失，他是很有可能对成年男性产生畸形报复心理，并在恢复自由身后，展开疯狂虐杀行径的。

孙海涛于本年11月13日获释，而仅仅相隔七八天的时间，便出现了本次系列案件的首起犯罪,从时间点方面看,怀疑他是凶手有一定合理性。另外,他的身高只有1.62米,也符合韩印对行凶者特征的分析。

通过服刑档案中登记的住址,韩印和顾菲菲找到孙海涛的家。

孙海涛的父母都健在,从房间装修和陈设来看,家境应该相当不错,不过一提起让他们丢尽颜面的儿子,两个老人瞬间一副旧社会苦大仇深的面孔,再一听韩印和顾菲菲是警察,更是吓得脸上一点血色都没有了。韩印和顾菲菲好一顿安抚,故意轻描淡写,声称此行只是一次对出狱犯人的例行回访,这才让两位老人稍微缓过些神来。

据孙海涛的母亲介绍,孙海涛出狱之后只在家里待了三天,便提出要到外面独立租房子住,她体谅儿子可能受不了周围邻居不友善的眼光,外出遛弯什么的都会有人指指点点,所以就给了他一笔钱,让他租个环境好点的房子。之后也就一天的工夫,孙海涛便搬出去住了,这中间他回来过两次,一次是要钱买电脑,一次是要钱买新手机。最后这次回来是在两天前,至于他在外面做什么以及新置办的手机号码,家里全都不清楚,只听他提了一嘴,说是在万众街附近租的房子。

从两位老人家的言谈举止看,一点没有撒谎的意思,韩印和顾菲菲也就不再难为他们,提出告辞。出了他们的家门,顾菲菲赶紧拿出平板电脑,在电子地图上查阅万众街的具体方位,不出所料,首个案发现场,也就是那个便民公园,就坐落在万众街辐射的区域内。

在孙海涛身上,又出现一个符合罪犯侧写的条件,无疑加大了他的嫌疑。韩印和顾菲菲均认为这次绝对是找准了方向,其余的调查工作可以先暂时搁置,所有人全力以赴加入康小北负责的排查任务中,只不过这一次目标已经很明确了,要争取在最短的时间内把孙海涛找到,以免再发生命案。

万众街地处古都市西北部中心地带,是西北部最繁华的区域,下辖12个

犯罪心理档案第三季

居民社区，辖区面积达8.5平方千米。由于警力有限，顾菲菲发出指令，先期划定以案发公园为中心点，向周边延伸4千米的范围为排查区域，如果没有效果，再逐步扩大。既然孙海涛是租的房子，那么排查区域内所有的房屋中介公司当然是首要的排查目标。部分警员人手一张打印出来的孙海涛的照片，进入居民区内寻求协助指认，还有周边的各种休闲娱乐场所，也可能是孙海涛经常出没的地方。

这种大范围的排查任务是很折磨人的，对警方内部来说这算是声势浩大的一次行动，但实际执行起来要尽可能地不要让外界感觉到多大动静，比较直观的一个原因当然是怕打草惊蛇，再往大了说也是担心引起社会恐慌。就这样闷不吭声地排查了两天，并未发现孙海涛的影子，韩印不禁担心起来：前面三起案件，间隔都是固定的7天，眼瞅着冷却期限快要到了，凶手会不会继续作案呢？韩印心里现在反倒希望凶手能够警觉到警方在步步紧逼，从而不敢再造次行事，从办案的角度来说无疑增加了难度，但起码不会再有尸体出现。相比一条人命，其他的都不重要！

夜已经很深了，韩印、顾菲菲、艾小美、杜英雄、康小北均一脸疲惫地围坐在会议桌边，刚刚他们和古都方面的办案骨干一起总结了当天的工作进度，接着讨论好第二天应该重点排查的区域，现在那些人都走了，只留下他们几个，看起来情绪都比较低落。跟韩印担心的一样，他们也不知道以当下的排查进度，能不能赶在孙海涛继续作案之前把他找出来。

半晌，顾菲菲使劲按了下额头，试图让自己清醒一些，说："咱们是不是换一种思维，不再纠结于区域排查的问题，而是回归咱们的强项，从心理方面定位一下孙海涛所处的范围？"

"犯罪地理我和韩老师讨论过，可是说实话，我们很难从现有的三个案发现场方位侧写出一个范围更小的排查区域。"杜英雄苦笑着接话。

"不，不，不是这个意思……"顾菲菲连连摇头。

"我知道了,你是想说咱们应该去分析孙海涛是什么样的人,他为什么要到万众街去租房子?"韩印眼前一亮,有种被顾菲菲一语惊醒的感觉。

"对,就是这个意思!"顾菲菲伸出食指指向韩印认同地说。

"万众街有什么能吸引孙海涛的啊?"康小北自问自答道,"那一片算是我们城西北地区娱乐场所比较多的地方,夜店、KTV、舞厅都有,爱玩的人住在那儿确实比较方便。"

"不会。孙海涛是恋童癖者,这种人内心总会有一种想要逃避现实和缺乏安全感的情结,除非有必要,否则他们更愿意逃离成年人的氛围,娱乐场所不会引起他们特别大的兴趣。"韩印干脆地否定说。

"会不会是万众街地带有隐藏的恋童癖圈子?"杜英雄跟着问。

"应该不会吧?"康小北迟疑地说,"从来没听说过啊!"

"难倒还是因为那个公园?孙海涛喜欢孩子,那里孩子肯定不会少吧?"顾菲菲试着提示道。

"不是公园,也许是学校!"韩印本来只是顺着顾菲菲的话扭头扫了眼投影幕布上显示出的万众街区的方位图,因为顾菲菲提到孩子,他下意识地在地图上寻找孩子较多的地方,结果瞥到学校的标志,而且有两所学校,方位显示距离很近。

"就是学校!"康小北兴奋地双手一拍道,"万众街还是城西有名的学府区,市属重点小学和中学都有,相距非常近,而且周边还有少年宫和各种学习补习班,形成了一个学习氛围浓厚的区域,那儿来来往往的有不少孩子!"

"不对,咱们都忽视了一个核心问题!"一直没插上话的艾小美,用双手拍着桌子说,"孙海涛不是已经丧失性功能了吗?他还有心思看那些孩子?"

"当然会有欲望。"韩印阴沉多日的脸上,终于有了丝笑容,"像孙海涛这样的变态强奸犯,令他们欲罢不能的是心理因素,也就是说,他们的心理需求要远远大于生理需求。这也是许多犯罪学家并不看好化学阉割的主要原因,反而容易让本来没有暴力倾向的性犯罪人，变得极具攻击性。"

"既然确定了学府区，那就简单多了。"康小北心情大好，眉飞色舞道，转而又有些伤感，叹息着说，"咱们这些人在一起办案的感觉真好，总能碰撞出火花，可惜叶姐不在……"

韩印和顾菲菲没想到康小北会突然提到叶曦，冷不丁不知道该做何反应，便双双下意识低下头做出回避的姿态，继而感觉到有些失态，又赶忙不约而同地抬起头，挤出一丝勉强的笑容。

次日，康小北把人手全部调集到万众街学府区密集排查，如预料的那样，只用了大半个上午，便有多个区域内的住户指认出孙海涛曾在附近一带活动过，甚至还有人指出他具体租住的房子。康小北亲自扮作物业工作人员试探着去敲他家的门，但敲了好一阵子都没人回应，随后他们辗转找来了房东，请他拿来备用钥匙打开房门，于是他们看到了孙海涛……

◎第三章　罪该万死

孙海涛确实在房间里，只是造型有点奇特罢了！

房子是一室一厅的格局，一进门便是方形的客厅，装修早已经过时了，天棚上吊着一圈样式老派的石膏线，中间是一盏落满灰尘的多头吊灯。周身圆滚滚的孙海涛，像一个充气橡皮人似的，赤身裸体地悬挂在这盏吊灯上。

他脑袋肿大，一脸乌色，双眼外突，感觉马上就要掉出来了，嘴唇肿胀外翻，犹如两根烤熟的香肠，舌尖吐在外面，躯干和四肢都有明显的膨胀，皮肤上分散着大小不一的气泡，下体血流肉烂，遭到部分切割，阴囊胀气如小皮球一般……他被一块长布条勒住脖子拴在吊灯中间的灯头架上，右臂、左臂和左腿同样被长布条分别拴在吊灯两侧的三个灯头架上，最终形成了一个昂头挺胸、右臂高举过顶、左臂略有倾斜地横向打开、左腿膝盖稍弯曲踢向半空的姿势。

形象惨烈、姿态诡异的孙海涛就这样一下子呈现在众人面前，别说没见过死人的房东了，身子像一堆烂泥一个劲往地上出溜，就连康小北和顾菲菲他们几个也多少有些被震慑住，怔了好一阵子没迈步，韩印也是汗毛尽竖，瞬间冒出一身冷汗。

须臾，众人恢复常态，展开工作。

犯罪心理档案第三季

韩印和杜英雄走进唯一的卧室，见里面被砸了个稀巴烂。单反相机、高倍望远镜、手机、笔记本电脑摔了一地，要么粉身碎骨，要么被五马分尸，各种碎料残渣崩得到处都是。床单也被撕得一绺一绺的，用来将孙海涛拴在灯头架上的长布条应该就是从这儿来的……

韩印走到窗边，向外望去，不远处一所学校的操场映入眼帘。正是午休时间，操场上有不少学生在玩耍，一张张笑脸天真活泼，他们哪儿会想到，自己的身体曾经被一双充满色欲的眼睛意淫过！

杜英雄也来到窗边，望了眼下面的学校，又回头看看一地的数码器材残渣，恨恨地骂了一句："果然是狗改不了吃屎！"

客厅里，顾菲菲和艾小美围着尸体前后左右好一番观察。

"尸体现在是'腐败巨人观'状况，应该死了三五天了。"顾菲菲眯着眼睛来回端详着尸体说，"我和韩老师那次家访，孙海涛母亲说两天前见过他，估计他就是那天从家里回来之后被杀的。"

"凶手也太奇葩了，这摆的是啥姿势？"艾小美哭笑不得。

"你看不出来？这是芭蕾舞的基本动作——鹤立式舞姿！"顾菲菲说着话摆出一个与尸体一样的姿势。

"嘻嘻，我哪有您这品位！"艾小美嬉笑一句，又正色道，"这家伙原来在培训学校是教古典芭蕾的，看来凶手了解他的过去。"

"肯定的，不然干吗把他下面割成这样。"顾菲菲朝尸体下方努努嘴。

"眼睛里有不少出血点，是窒息而死的吗？"艾小美仰着头问。

"应该是。"顾菲菲四下望望，拽过一把椅子，站到上面，凑近尸体面部，"脸上淤血情况严重，伤痕明显，被毒打过，嘴和鼻孔里也有淤血，估计是被什么东西闷死的。"顾菲菲顿了下，戴着白手套的手从尸体牙齿缝上摘下一个东西，举到眼前，"是布纤维，有可能是衣物上的。"

"房门上没有暴力闯入的迹象，顾姐，有没有可能是这样的……"艾小美退到门边比画着说，"凶手找借口敲开门，突然把衣服什么的蒙在孙海涛头上，接着挥拳把他打倒，然后连打带捂把他弄死了？"

"这种还原有合理性，反正孙海涛被正面攻击致死是可以确定的。"顾菲菲点头说。

"这么说，女孩或者身体有缺陷的男性很难做到！"艾小美还在比画着拳头，"看来跟咱先前的案子没啥关系！"

"不一定，他现在的状况是尸体腐败肿胀，本来个子只有一米六出头，还又干又瘦，稍微壮点的女孩就能制服他吧？"一直旁观两人对话的康小北，以质疑的语气说出自己的观点，"受害人同样是男性，死后下体同样遭到切割，只可惜这次没有身上的捅刺伤，无法比对凶器。不过先前连环案件的首起案件也出现在万众街区域，而且韩老师的犯罪侧写也指出凶手可能就住在这公园附近，所以我觉得孙海涛还是有可能与咱们先前要找的凶手产生瓜葛的。"

"我觉得有些牵强，少了罩住脑袋的标记性动作，通常我们认为连环杀手的'签名'是不会轻易发生改变的。"顾菲菲身后传来杜英雄的声音，他和韩印不知何时也聚拢过来。

"那如果先前的受害人都是孙海涛的替代品呢？"康小北极力辩驳说，"现在面对本尊也就不需要再通过幻想来假定身份了吧？"

"不管凶手是不是同一个人，这必是一种复仇与惩罚！"韩印淡然总结道，终止了几个人的争论。

凶手杀死孙海涛，对他的下体进行惨烈切割，并刻意把尸体摆弄成跳芭蕾舞的造型，很明显意在展示本次作案是对孙海涛多年前以芭蕾舞老师身份对幼童进行性侵犯的一个惩罚，反过来也体现出凶手很有可能来自当年性侵事件受害一方的群体中，有可能是直接受害人，也有可能是她们的亲人。

孙海涛之死似乎不难划定犯罪嫌疑人范围，但它令之前的连环杀人案处境更加错综复杂，韩印他们必须梳理清楚几个问题：孙海涛是连环杀人案的凶手吗？如果不是，那孙海涛被杀与连环杀人案系同一凶手作案吗？如果是，怎么来解释这一系列作案的心理动机？

其实也不难剖析。如果当年性侵幼童案件的受害方，十几年来一直对受到的伤害耿耿于怀，就会很关注孙海涛的动向，一旦听说孙海涛获释的消息，必然会受到一定的刺激，于是出现了首起机遇性作案，接着便如康小北分析的出现代偿性作案，在累积了足够的杀人经验和勇气之后，最终完美杀死最想报复的目标孙海涛。

有合理的心理动机解释，并且孙海涛一案和先前三起案件均体现出对遭受男性侵害的一种报复，另外孙海涛一案中凶手精心设计出的标记动作也显示他并非新手，所以经过几番论证和表决，最终大家都倾向于并案调查。但为避免孤注一掷造成日后的被动局面，众人一致认为案发公园附近的排查还要继续下去，翻阅性侵旧案档案的工作也要再拾起来。

既然倾向于四起案件系同一凶手作案，那么当年孙海涛性侵过的受害方便是首要嫌疑群体，韩印之所以一直强调"群体"这个概念，是因为遭到侵犯的幼童不止一位。

案件档案显示，法庭最终认定的受害人有4名，她们是：梁晓婷，案发时11岁，受侵犯6次，就读古都市第三小学，家住古都市中山区东南路132号；张可儿，案发时11岁，受侵犯4次，就读古都市第三小学，家住古都市中山区东林路98号；吴小雨，案发时10岁，受侵犯4次，就读古都市山东路小学，家住古都市常德区山东路191号；徐静怡，案发时12岁，受侵犯4次，就读古都市实验小学，家住古都市沙河区兴工路36号。

案件档案同时显示，该案另有一名犯罪人，叫陈威，现年44岁，与孙海涛原在同一单位，同为舞蹈培训老师。经过与监狱方面核实，陈威与孙海涛同被判处有期徒刑20年，但因减刑因素，比孙海涛晚一个月获释，目前刚刚出狱两天，暂时与父母同住。

任务部署：韩印和顾菲菲负责梁晓婷和张可儿；杜英雄和艾小美负责

吴小雨和徐静怡；康小北除了继续负责先前的部署，还要为避免陈威遭到与孙海涛同样的报复伤害，调派人手在暗中保护他的安全，同时要密切留意其父母住处周边的情况，也许凶手现在已经埋伏在那里，等候作案的时机了！

◎第四章　复仇天使

在所有的罪案中，最令警方痛恨的，便是针对孩子的犯罪。因为大多时候，除了会给受害人的成长蒙上一层阴影，他们的家庭，甚至爷爷奶奶、外公外婆的家庭，都会遭受沉重打击，轻则一辈子痛苦懊悔，重则家庭分崩离析，乃至经受不住刺激染患疾病。

然而现实往往比想象中更严酷。

经调查，案发后四个受害人家庭有三个搬离原住址，相应地，三个孩子也都不在原学校就读了。只剩下一个家庭因父母是普通工人，经济能力不足，无法给孩子转换环境，这个孩子就是吴小雨。

由于住址未变，杜英雄和艾小美最先找到吴小雨的家里，真的可以说家徒四壁，相当凄惨。她的父母都已下岗，父亲现在靠开摩的载客维持家庭开销，母亲身体不好，干不了重活，只能以捡破烂换钱补贴家用。周围邻居反映，父亲早年还是比较开朗的一个人，后来因为孩子出事，性格慢慢沉闷，以至于后来酗酒成瘾，喝醉了更是经常打骂老婆，怨她当初没看好孩子。

提起吴小雨，夫妻俩都不吭声，一个暗自抹泪，一个猛往喉咙里灌酒。邻居大都讳莫如深，杜英雄和艾小美问过好多人，最终在一个做出租车替班司机的年轻人口中获悉内情。原来吴小雨早已经不在家里住了，也没有什么正经工作，终日混在一家低档舞厅。用年轻人的话说，那里就是一个"穷鬼大乐园"，两块钱一张门票，舞客主要是外来务工人员和上了年纪的老色鬼。吴小雨陪人家跳舞，几块钱跳一支，随便亲随便摸，几十块钱就可以找个犄角旮旯让人家玩个够……

随后，在年轻人的指点下，杜英雄和艾小美果然在那家舞厅找到衣着暴露的吴小雨，不过她有很充分的不在作案现场的证据。只是过后很长一段时间，杜英雄都忘不了吴小雨那张像日本艺伎一样惨白惨白的脸，加之浓浓的烟熏妆，她在霓虹闪耀流光溢彩的舞池之中，晃动着干瘪的身躯，犹如一具失去灵魂的僵尸，只能苟活在无尽的黑暗中。

还有她说的话也一直萦绕在艾小美的脑海里："脏一次也是脏，脏一辈子也是脏，身子可以洗干净，心里的污点怎么洗净？那些鄙夷的、嘲笑的、幸灾乐祸的眼光就不提了，那些同情的、关切的、悲天悯人的目光同样让人无法承受。其实所有人都一样，他们时刻都在提醒着——我是一个被弄脏的小孩！"

通过户籍迁移记录，韩印和顾菲菲联系上梁晓婷的家人，准确点说是只联系到她的母亲，因为她母亲和父亲的婚姻早在很多年前就在无休止的争吵和互相埋怨中走向终点，她父亲目前身在国外，很多年没回来过。

梁晓婷处境还算不错，自己开办了一家服装公司，雇用的职员大多是女性，少有的几个男性员工，一看着装便知道是偏女性化的取向。不仅如此，在感情方面她似乎也偏向于女性，也许就如她跟韩印和顾菲菲说的那样：她从来没恨过什么男人，更不会去杀死哪个男人，男人只会让她感觉到恶心！

徐静怡疯了，目前住在精神病院。

杜英雄和艾小美相继走访了她家的原住地以及后来她家人迁往的新住地，从两边的一些老街坊口中了解到：徐静怡上面还有一个大她3岁的哥哥，她属于违反国家生育政策的二胎，本来也不在她父母的计划内，但还是被保留下来。为此，原来都身有公职的父母被双双开除，不过两人后来一起做小买卖做得很不错，一家人和和美美的，很幸福。也许是因为这个女儿来之不易，夫妻俩非常宝贝她，包括她哥哥也事事让着妹妹，一家人把徐静怡宠上了天。可想而知，当徐静怡遭到猥亵和奸淫的案子出来之后，一家人会陷入怎样的痛苦境地。据说她母亲获悉消息的当时直接昏厥过去，送到医院被诊断出重度脑出血，从此便像半植物人似的瘫痪在床上。而徐静怡在案发次年，开始精神恍惚，逐渐地发展到精神分裂，整日不间断地哭闹、谩骂。

  还要维持生计的徐静怡的父亲，实在照顾不了瘫痪的老婆和疯女儿，加之还有个要上学的儿子，便举家搬到岳母家，也就是徐静怡的姥姥家里。再后来她父亲终于忍受不了没有家庭温暖和看不到希望的日子，突然消失了，有传言说他是跟一个有家室的女人私奔了，至今杳无音信。她母亲在那之后不久因并发症去世，徐静怡也被送进精神病院，剩下姥姥和哥哥相依为命，直至姥姥去世。令人感慨的是，她哥哥也于不久前因身患癌症，自杀身亡。

  其实先前从档案中看到徐静怡这个名字，韩印就有种熟悉的感觉，而当这份调查结果交到韩印手上时，他豁然发现，徐静怡的哥哥竟然就是早前侦办的系列抢劫杀人案中，曾被怀疑为夏明德同伙的那位律师徐麟，他也更能理解为什么徐麟的遗书会写得那般悲恸厌世了。的确，相比较活在自己混沌世界里的妹妹，清醒的他活得足够艰辛。

  张可儿父母是最后一个联系上的，夫妻俩共同经营一家饭店，规模不算小，经济上比较富足，但他们看起来并不快乐，提起张可儿他们的脸就更加阴沉了。

  "可儿一直怪我和她爸当年只一门心思赚钱，对她关心不够，孩子讲过很多次老师对她过于亲密的话，我一直没在意。"张可儿母亲眼睛里含着泪说。

  "我和她妈当年还开着一家小饭店，就我们两个人，整天从早忙到黑，也没心思好好坐下来跟孩子交流，总以为孩子是在找借口不想去学跳舞，为此还打过她几次。"张可儿父亲满脸内疚，一边狠狠抽着烟，一边叹息道。

"后来出了那档子事，我们把她送到乡下她奶奶那儿上学，直到读高中才回来，可儿跟我们的关系就更疏远了！"张可儿母亲开始止不住地流眼泪。

"她高中毕业没考上大学，本来我们想让她到饭店来，锻炼几年就让她接班，她拒绝了，说想干自己喜欢的事，便独自到社会上闯荡，后来干脆搬出去住了。"张可儿父亲说。

"那几年我们还能见到她，她差不多一个星期回来一趟，再后来我看她岁数也大了，眼瞅着没几年就三十了，便总想让她快点找个对象。她回家我就跟她唠叨这事，还张罗着让一些朋友给她介绍，直到把她惹恼了，和我大吵一架，又把原先我们忽视她的那些旧账翻了出来……"张可儿母亲使劲抽搭着，有些说不下去了。

"我这人脾气不好，看她跟她妈那样，一时没忍住，打了她一巴掌，结果这一巴掌打下去，她就再也没回来过，连手机号码也换了，彻底断绝了和我们的来往。"张可儿父亲眨巴两下眼睛低下头，掩饰着伤悲。

"这种情形出现多长时间了？"韩印问。

"差不多两年了。"张可儿父亲抬起头哽咽道，"你说我们这岁数，和孩子闹成这样，活着还有什么意思？"

"都怪那挨千刀的，要不是他祸害了可儿，我们一家怎么会变成现在这样？这种人死一万次也不足惜！"张可儿母亲咬着牙道。

…………

四个受害人，只有张可儿家庭变故最小，也数她跟父母关系最差；已经疯了的徐静怡就不说了，其他两个一个对生活麻木，一个改变性取向，而张可儿性格是最脆弱和敏感的，也极容易走极端，当务之急是赶紧找到张可儿。

顾菲菲想到案件档案中显示张可儿和梁晓婷案发前在同一所小学读书，便试着给梁晓婷打电话，问她是否有张可儿的消息，果然从她那里得到了张可儿的手机号码，还得知张可儿目前在一家叫作"天天运动馆"的健身中心做教练。但令韩印和顾菲菲心里多少有些异样感觉的是，梁晓婷说那天在接受完他们的问话后，曾给张可儿发过一条短信，告知她孙海涛被杀的消息。韩印和顾菲菲不知道这将意味着什么。

随后，两人给张可儿打电话，显示手机已经关机，他们便立刻找到她供职的那家健身馆，结果前台说张可儿已经辞职一段时间了，指点他们去找老板问问，因为他们是恋人的关系。

"可儿跟我分手了，就在她辞职的当天，态度很坚决，简直莫名其妙！"老板一张口便满脸的幽怨，似乎还未从分手的痛楚中走出来，"我真是搞不懂她，该满足的我全满足了，该道歉的我也道歉了……"

"道什么歉？你们怎么了？"顾菲菲打断老板的话问。

"那个……"老板低头摸了摸前额，脸色有些难堪，少顷抬起头，讪笑着说，"你们信不信，我们交往一年多，我从未动过她？顶多就挎着她的胳膊，搂搂她的肩膀！"

"她不喜欢你，不让你碰她？"韩印问。

"当然不是，我们感情很好！"大概是韩印的问话多少有些伤到老板的自尊心，他情绪激动地辩驳说，"是我尊重她好不好！我觉得是她骨子里纯净，向往那种纯真烂漫、忠贞不渝的爱情！"

"对不起，你别急，我没有看轻你的意思。"韩印笑笑安抚说，"还是说你要道歉的事吧。"

"噢，那是我一时情不自禁……"老板的表情又尴尬起来，"上个月我过生日，我们俩特意放假出去玩了一天，本来晚上要在外面吃饭，不过她说想亲手给我做，我们就买了些食材回来……我看她扎着围裙，在厨房里忙碌，像个贤惠的小媳妇，突然冲动起来，便冲过去搂住她亲吻，她也回应了。我们便从厨房拥吻到客厅沙发上，然后我开始脱她的衣服，她没拒绝，我又大着胆子去解她牛仔裤的扣子，她伸手拦了一下，我以为她只是矜持，便没收手，动作还稍微强硬了些。谁知道就像突然按到她发神经的开关一样，她用尽全身力量把我掀翻在地，红着眼睛把身边所有能摸到的东西一股脑儿全扔到我身上，她就像鬼上身似的愣了一阵，然后哭着捡起衣服，顺手拿着她的包就跑了。"

"你哪天过的生日？她几点从你家跑出去的？"顾菲菲提着气，皱眉问道。

"上个月21日，她离开的时候天还没黑，下午五六点的样子。"老板回应说。

"她住在万众街？"韩印跟着追问。

"没，不过我住在万众街。"老板一脸诧异，"怎么了？她住哪儿跟你们要查的事有关系吗？"

"你家附近有个便民公园？"韩印再追问。

"对啊，跟我家隔着一条马路而已。"老板不明所以。

"那你知道张可儿住在哪儿吧？"顾菲菲问。

"知道啊！"老板说。

听完老板这句话，顾菲菲忍不住站起身，与韩印对视一眼，冲老板勾勾食指，催促道："起来，带我们去张可儿家找她！立刻！马上！"

◎第五章　复仇王子

张可儿一身粉色睡袍，安详地躺在床上，床下一个瓷盆里装有烧过的木炭灰烬，床头桌上摆着一把带齿的瑞士军刀，刀下压着一张写有几行字的白纸。

张可儿烧炭自杀了，留下一封遗书，上面写道：

"如果你们能找到我，想必也见过我男朋友了，在他家发生过什么，你们应该也知道了，那我讲讲后来的事吧！

"在我的人生中，最亏欠的就是我男朋友，我爱他，很想把一切都交给他，可惜我做不到，他压在我身上，就如恶魔压在我身上，那些噩梦般的画面便不可抑制地浮现在我眼前！生理上的快感越大，心理上的屈辱感便越重，所以我注定做不了他的爱人。

"那天傍晚，我像一只无头苍蝇，跌跌撞撞从他家跑到公园里，整个人心如死灰，似乎失去了最后一丝活下去的勇气。就在那时，我看到了那张恶魔的脸，我不知道他什么时候放出来了，又怎么会出现在公园里，我以为是自己的幻觉，但孙海涛真真切切地与我擦身而过。当然他已经认不出我来了，又或者他的心思都放在水池边几个玩耍的孩子身上。那一刻我仿佛回到从前，浑身发麻，双脚不听使唤，胃里不住地痉挛，我忍不住想要呕吐，似乎想要把住在心里的恶魔呕吐出来……我在路边的石凳上坐了几个小时，彷徨、畏怯、抑郁、憋闷，各种情绪包围着我，我开始害怕自己找不到出口，不论是公园的，还是我生命的。

"我看到一个男人（恶魔）从我身边走过，我想也许把他除掉，就会逃离所有的束缚。我仿佛被一种无形的力量牵引着，拾起地上的石块，冲着那人的后脑狠狠地砸了下去……

"我以为我会害怕，但那晚是我十几年来睡得最踏实、最放松的一晚，我出窍的灵魂似乎终于归位了。于是第二天醒来，我发现自己爱上了这种感觉，由此便有了一个星期后的第二次和又一个星期后的第三次，直至杀死孙海涛这个真正的恶魔。唯一遗憾的，我知道你们已经接近我了，我没有机会再去杀死陈威……

"所有的人都是我杀的，与其他人无关！"

张可儿的遗书阐明她就是制造包括孙海涛被杀在内的四起案件的凶手，内容有一定可信度，作案时间和细节都对得上，瑞士军刀也与凶器规格相匹配，只是整个刀都被细致消过毒，联苯胺实验检测结果呈阳性，表明上面残存血迹，但无法提取DNA做比对。

有了遗书加凶器，犯罪动机也解释得很清楚，证据完整，古都方面宣布案件告破，但韩印心里真的高兴不起来，因为实质上并没有直接证据指出孙海涛是张可儿所杀，张可儿在遗书中提到这起案件时言辞也甚为模糊，还有她为什么要有意识地破坏凶器上的DNA呢？难道仅仅是卫生习惯的问题吗？

韩印的情绪顾菲菲还是有所察觉的，所以吃过晚饭她特意拽着韩印来到江边，两人牵着手在夜色下漫步，顾菲菲说："破案了，你不高兴吗？"

"破了吗？"韩印淡然一笑，反问道。

"不知道。"顾菲菲默契地笑笑，"反正具有杀死孙海涛嫌疑的人选都已经排除，只剩下死无对证的张可儿了。"

"不跟你兜圈子了。"韩印使劲呼出一口气，气恼地说，然后又反问道，"你觉得张可儿有没有可能是出于感恩有人帮她杀死孙海涛而揽下罪名，反正她笃定是死罪了？"

"倒也不是没有可能，咱们先找的梁晓婷，然后她发短信告诉张可儿孙海涛被杀，张可儿知道咱们一定会在不久之后通过她男朋友找到她，预感到她犯的案子很可能会败露，所以干脆一人承担下罪名。"顾菲菲顺着韩印的思路，试着还原整个情形，接着问道，"如果不是她，你还有新的思路吗？"

韩印无奈摇摇头，说："现在还没有，我想可能要重新捋一遍案件相关资料再说。"

"先不着急，稍微等等看，古都这边正在兴头上，你突然站出来说案子有问题，会让他们觉得你故意找碴儿，容易激化矛盾。"顾菲菲叮嘱说。

"我知道，那咱把先前那个系列劫杀案接过来吧，他们不是还没查出个所以然吗？"韩印试着问，"这个案子，我有点新想法。"

"这几个晚上，我抽空看了卷宗，我说下我的想法。"顾菲菲停住步子扭头说，"案子确实挺复杂的，也很绕人。在夏明德车上搜出凶器，而且他女儿夏雪车祸事件的肇事者又与几名受害人类型相似，可以推断出一个合理的移情杀人动机，但事实证明他并不是凶手，案子便走进死胡同。所以咱们要继续办这个案子，就有可能要跳出夏明德和夏雪这个框框，你愿意吗？"

"说实话我没有什么证据，但我总是有种直觉，这案子就是与夏明德或者夏雪有关系。"韩印语气坚定地说。

"好，我不反对咱们继续顺着这个方向查下去，但必须尽快找到案子当中牵涉这父女俩的因素。我觉得先前忽略了对夏雪的社会关系的调查，如果像你侧写的那样，有人因为她被富二代酒驾撞死，而迁怒于其他醉生梦死的富二代，那么除了夏雪的父亲，还有没有别的什么亲近的人？比如男朋友或者暗恋对象等。"顾菲菲似乎对韩印的坚持早有所料，所以也特别深思熟虑地研究过他的观点。

"跟我想的一样。"韩印故意上下打量顾菲菲，"你现在是我肚子里的蛔虫了？"

"对啊，吃定你了！"顾菲菲紧了下鼻子，俏皮地说。

"不管怎么说，这是一出悲剧，因为幼年遭到性侵的经历，最终一个破罐子破摔成了妓女，一个改变性取向，一个疯了，一个性压抑成为变态杀手……"韩印总是这样不解风情，气氛正好，又悲悯地提起张可儿的案子，"伤害孩子的罪过，真的是不可饶恕！"

"像是蝴蝶效应，在某一时刻孙海涛成为恋童癖者，于是四个女孩的命运便发生悲惨的转折。"顾菲菲的情绪也趋于沉重，"说句警察不该说的话，对恋童癖者进行化学阉割都太轻微了，就应该逮一个毙一个！"

次日一早，顾菲菲找到古都市局领导，提出要参与系列劫杀案的侦办工作，当即就获得批准。其实该案专案组也正一筹莫展，周智国早就懊悔自己接下这个烫手山芋，所以巴不得赶紧由支援小组来接手。

按照昨夜商量好的思路，韩印和顾菲菲负责走访夏雪曾就读过的高中，康小北和杜英雄去找夏明德，询问夏雪是否曾经在家里提过有人喜欢她的话题。

韩印和顾菲菲来到学校，找到当时担任夏雪班主任的老师，但老师除了感慨一番，也讲不出个所以然来，韩印只好让老师提供几个与夏雪平时关系较好的同学的联系方式，老师便指点他们俩去本地一所大学，找与夏雪关系最好的一位同学陈怡。

韩印和顾菲菲辗转来到那所大学，找到那个叫陈怡的同学。陈怡介绍说："夏雪人特别好，又漂亮又温柔，学习也棒，很多同学都愿意和她接触，要说追他的男生，那太多了！"

"有没有比较突出的追求者？"顾菲菲问。

"我跟您说，真的是大半个学校的男生都在暗恋她！"陈怡仰着头，用力想了半天，摇着头说，"我真想不出来她和哪个男生比较亲近。"

"那她拒绝那些男生有什么理由？"韩印问。

犯罪心理档案第三季

"夏雪是个心里特别有主意的女孩,她就是觉得自己还不到交朋友的年龄……"陈怡顿了顿,回忆一下说,"不过有一次我们一群女孩聊天,大家都有男朋友了,就起哄说她也应该找个白马王子什么的,她好像说什么她已经有一位保护她的王子了,大家逼她说清楚到底是怎么回事,她就开玩笑说是她家里的公仔。"

"私下里她再没跟你提过这个所谓的王子?"顾菲菲追着"王子"的话题问。

"没有。"陈怡干脆地摇头说。

"你最后一次见夏雪是什么时候?"韩印问。

"毕业舞会那次啊!"陈怡脸上显出些忧伤,"没多久她就出车祸了!"

"毕业舞会?"顾菲菲诧异地问,"你们现在也学老外那套,都有高中毕业舞会了?"

"去年8月10日,我记得很清楚,好像是古都有史以来第一个高中生毕业舞会。"陈怡颇为自豪地说,"主要是我们这一届有个男生家里特别有钱,他家有一个会所可以同时容纳好几百人,我们整届高三毕业生那天基本都去了,大家都盛装打扮,穿晚礼服、走红地毯什么的,玩得特过瘾。"

"夏雪也去了?"韩印问。

"对,她那天扎了个马尾辫,穿了件简单的白色连衣裙,脚上穿的还是一双白球鞋,气质脱俗极了,把那些特意做过头发、浓妆艳抹,踩着高跟鞋的女生都秒杀了!"陈怡抿嘴笑笑,"那天很多校草争相邀请夏雪跳舞,把一些自诩校花的女生嫉妒坏了,故意找碴儿欺负夏雪,幸亏一个校外的男生帮她解围。"

"怎么会有校外的人参加舞会?"顾菲菲追问道。

"有很多啊,据说有些是主办舞会的那个男生的朋友,还有些也不知道从哪儿冒出来的,连主办舞会的男生都不认识,不过大家一起玩挺有意思的。"陈怡眨着眼睛说。

"哦。"顾菲菲和韩印对视一眼，从包里拿出几张照片——劫杀案中7个受害人的日常生活照，送到陈怡手上，"看一下这里面有没有帮陈怡解围的那个男生？"

陈怡把照片拿在手上，看到一半，便抽出一张递给顾菲菲，"就是这个男生，真人可帅了，说话也很酷。本来那几个欺负夏雪的女生家里都挺有势力的，平时在学校也是嚣张跋扈，她们几个趁跳舞的时候把夏雪撞倒好几次，夏雪说让她们看着点，她们便开始推搡夏雪，我们也不敢惹她们，只能干着急。然后这个男生就出来把夏雪拉到身边，指着那几个女生警告她们不许欺负人，让她们离夏雪远一点，然后转头就走了，反正特别有气势，那几个女生立马尿了。"

"看看照片里还有没有人出现在那天的舞会上？"顾菲菲指着陈怡手上剩余的照片说。

"想不起来了，那晚人实在太多了，就那帅哥印象比较深刻。"陈怡反复打量照片说，"不过我记得那帅哥确实跟一帮人在一个包间里喝酒来着，是不是这几个人就不清楚了。"

"后来这个男生在舞会上与夏雪还接触过吗？"顾菲菲问。

"那天大家都玩疯了，夏雪也被我们灌了不少酒，我记得这男孩过来搭讪过，再后来就记得不是很清楚了。"陈怡红了下脸说，"开舞会的那个会所里有好多房间，后来有对象的同学都各自亲热去了，我和我男朋友也……"

"你能不能帮我们多找几个同学，问问照片上的这些人当晚是不是都在场？"半天没吭声的韩印说。

"你们到底想查什么啊？是夏雪的死有问题吗？"陈怡机灵地反问道。

"还不能确定。"韩印模糊地应道。

"行吧，我和夏雪是好姐妹，跟她有关的我一定会帮忙。"陈怡一脸义气的模样，随即又为难地说，"可是大多数同学都在外地，我熟悉的留在本地读大学的几乎没有。如果你们愿意的话，我可以把这几张照片发到我的微博和微信朋友圈里，看有没有同学能认出他们来。"

"这恐怕不行，照片流传到网上，影响无法预估。"韩印和顾菲菲凑近嘀咕了几句，顾菲菲说，"我们要考虑一下。如果你不介意的话，可以把微博和微信的登录名以及密码借给我们留作备用吗？"

"当然可以。"陈怡爽快地说。

"还有，那天舞会主办人的联络方式你有没有？"韩印问。

"对，你们可以问问他，不过他在外地读书，我可以把他的手机号和QQ号码给你们。"陈怡说。

◎第六章　来自地狱

韩印让艾小美通过QQ联系上毕业舞会的主办人，在传阅过照片后，主办人指出包括替夏雪解围的那个男生在内，共有两个案件的受害人是他邀请到舞会去的，其余几个人那晚他没见过，不过不能确定他们没到场，当时现场人实在太多了，朋友把他们带去也说不定。

虽然目前只能确定两人，但大大增加了7个受害人同时与夏雪出现在舞会现场的可能性，可是会有这么巧的事吗？8个人同时在同一个场合出现，然后没多久夏雪被车撞死，剩下7个人时隔一年后相继遇害了？韩印和顾菲菲乃至所有人都有一种感觉，真相似乎呼之欲出，但仍隔着一层纱幔。

不管怎么说，案子已经有了明确的追查方向，眼下便是希望能确认这8个人同时在场的可能性。韩印和顾菲菲商量着如果实在没有别的途径，只能试着把几个受害人的照片放到陈怡微信的朋友圈里让同学们指认一下，但需先谨慎评估后果和应对方案，以免引起轩然大波，使警方处于被动地位。没承想，艾小美这小丫头片子说根本不用如此大动干戈，只要把陈怡的微博、微信账号和密码给她就OK啦！

另外，杜英雄和康小北一直在夏明德家楼下等候到傍晚，才终于看到夏明德的影子。说到夏雪有没有男朋友的话题，夏明德坚决否认，而提到夏雪跟同学聊天时无意中说起的"王子"，夏明德先是沉吟一阵，继而模棱两可地说，好像听夏雪在家里提到过一次，不过当时没太在意，也没有追问。由此大家都觉得这个所谓的"王子"也许确实存在，甚至有可能是破案的关键。

一大早，韩印和顾菲菲以及杜英雄结伴走进专案组办公间，看到艾小美举着咖啡杯端坐在笔记本电脑前，面色深沉而凝重。看到她这副做作的样子，众人都知道这丫头片子这一夜肯定是没白熬，估计是有所发现。

果然，未等众人走近，艾小美便忍不住唰的一下把笔记本电脑屏幕转向众人，只见屏幕上并列有几张照片，虽然都是多人的群照，但有的人被一圈红线标记了，艾小美又顺势把几个受害人的生活照潇洒地往众人面前一甩。

"找到这几个人了？那天他们果然都在舞会上！"杜英雄比对受害人的生活照和电脑屏幕上的照片说，"行啊，小美，怎么做到的？"

"很简单，现在有特别多的人尤其是学生喜欢在微博和微信上秀自拍照，那高中毕业舞会是在去年8月10日，所以我就把与陈怡相互关注的同学的微博以及她微信朋友圈里在去年8月10日左右发的来自舞会现场的自拍照片全部收集起来，然后逐一比对，想试着从照片的背景人群中找找那几个人，结果还真就找到了。"艾小美一副立下大功的样子，带点撒娇的语气说，"就是有点费眼力，有好几百张呢，看得我眼睛都快瞎了！"

"辛苦啦，小美，这回可立了一大功！"顾菲菲扶着艾小美的肩膀说。

"没事。噢，对了，夏雪也有微博。"艾小美把电脑转回自己身前，滑动几下鼠标，"这就是她的微博，发得挺勤的，有很多记录心情的自拍照。最后一条微博发上去的时间，是去年8月10日傍晚，你们看这照片，应该就是在进入舞会现场前发的。"

"夏雪是舞会过后一周去世的，这期间她没有再发微博，按她以前的频率是很反常的，说明舞会那晚发生过什么。"韩印指了指电脑屏幕说。

"肯定不会是好事。"顾菲菲接下话，顺着韩印的思路说，"再想想那7个受害人也在现场，其中有一个还帮过夏雪，可能搭讪过后，顺势请她喝杯酒，然后……"

"夏雪难道被这7个人轮奸了？！"杜英雄和艾小美几乎同时脱口

而出。

结论一出,办公间瞬间安静下来,所有人都倒吸一口凉气。须臾,顾菲菲开口道:"那夏雪是自杀的?"

"有可能。"韩印应道。

"这下嫌疑人方向更清楚了,肯定是夏雪亲近的人,可如果不是她父亲,那还有谁?真的有个所谓的'王子'?"杜英雄疑惑道。

"好像隐隐约约有个关心她的人。"艾小美点开夏雪最后一条微博的评论栏,指着最后一条评论说,"你们看这条评论是不是有些诡异?什么也没写,只发了7根蜡烛的表情图,而且是今年8月19日下午发的,距离夏雪去世也一年多了,而且前一天晚上,刚刚出现了第七个受害人,这是不是有点告慰英灵的意思?"

"能追到源头吗?"顾菲菲问。

"手机发的,用的是Wi-Fi无线网络,IP显示是古都市的一个大型休闲广场,密码是公开的,想找到人基本不可能。"

"夏明德一直在小北的监视中,肯定不是他发的。回帖人也许就是咱们要找的凶手。"韩印凑到电脑前冲艾小美说,"夏雪的微博中再没有可疑的地方了吗?比如和别人的合照什么的?"

"还真没有,都是她的自拍照,照片我都保存下来了,专门建了个文件夹。"艾小美滑动鼠标,打开一个文件夹,"您看,这些就是她发在微博里的照片,好像都是在她自己家里和学校的什么地方拍的。"

"这在哪儿拍的?背景都是些什么东西?"韩印指着其中几张照片问。

"很明显是她自己的卧室,身后堆的都是些公仔啊,什么芭比娃娃、机器猫、抱抱熊,我们女孩子房间里都爱放这些东西,很正常吧?"艾小美大大咧咧地说。

"把这张照片背景放大。"顾菲菲眯着眼睛指着一张照片。

"还是公仔啊,这不是白雪公主吗?"艾小美说。

"背景再放大点,我说白雪公主身边的。"顾菲菲的语气不知为何严肃起来。

"这就是白雪公主身边的七个小矮人呗!"艾小美还是不明就里。

"看到小矮人的表情了吗?"顾菲菲扭头问韩印。

"涂鸦!"韩印重重点头,"案发现场墙上的涂鸦都是小矮人脸上的表情!"

"小美,我记得这七个小矮人都有名字吧?"顾菲菲问。

"好像是有,我查一下。"艾小美在搜索引擎中搜索一番,"有了,分别叫开心果、害羞鬼、瞌睡虫、迷糊鬼、爱生气、喷嚏精和万事通。"

"应该能对上,把现场涂鸦图调出来。"顾菲菲冲艾小美吩咐道,待屏幕上显出涂鸦之后,她指着屏幕接着说,"一号案发现场的涂鸦,凶手画了一个圆脑袋,眉毛向下弯曲,嘴角上翘,一看就是一张笑脸,也就是说,凶手想画的是'开心果';二号涂鸦,笑脸上多了两块绯红,明显是在画'害羞鬼';三号涂鸦,一字眉、一字嘴,闭着眼睛闭着嘴在睡觉,画的是'瞌睡虫';四号涂鸦,一字眉,嘴巴是个叉,这个画得不太形象,看不出来对应哪个小矮人。"

"是'迷糊鬼'。"艾小美提示说,"网上资料介绍迷糊鬼是不会说话的。"

"嘴巴画成个叉,应该就是这个意思。"顾菲菲点点头,接着说,"五号涂鸦,眉梢冲上,嘴角下沉,画的是'爱生气';六号涂鸦,八字眉,'O'形嘴,嘴角边有气泡,画的应该是'喷嚏精';七号涂鸦,一个圆脑袋,一副眼镜,表现的是知识渊博,对应的是'万事通'。"

"凶手不是别人,就是夏明德,这是一种祭奠。"韩印笃定地说。

"不一定吧?可能别的与夏雪亲近的人,也知道她喜欢七个小矮人的公仔呢?"杜英雄略微表示质疑。

"上次离开古都前我拜访过夏明德,当时看到他把夏雪的房间收拾得非常干净，家具和生活用品也都码放得很规矩，就好像特意要保持夏雪原先住时的样子，但偏偏没有这些公仔。如果夏明德心里没鬼的话，他为什么要将公仔收拾起来呢？"韩印解释说。

"夏明德是不是凶手还是不好说，毕竟后两起案子肯定不是他做的。但如果像韩老师刚刚说的，他起码会是一个知情者。"顾菲菲把各种信息迅速在大脑里综合了一下说。

"那咱昨天找过他，有没有可能打草惊蛇？"杜英雄担忧地问。

"对啊，他应该知道咱们找过陈怡了，也早晚会知道舞会上发生过什么。"顾菲菲冷不丁提高音量催促说，"英雄你赶紧通知小北，你们俩去趟夏明德家。不，咱们都去！"

大约半小时后，两辆警车猛地一个刹车，相继停至夏明德住所的街边。

支援小组四人加上康小北，飞快地从车里跳出来，迅速钻进单元楼的门洞，十几秒的工夫便敲响夏明德家的门。不过很长时间都没人回应，顾菲菲指挥几个年轻人到周围邻居那儿问问，说不定有人知道夏明德的踪迹。很快有邻居反映说，今早六七点，看到夏明德背着一个大挎包，鬼头鬼脑地走了，连车也没开。看来夏明德是担心开车目标太大，这是准备要潜逃了！

除了顾菲菲吩咐康小北立即向局里汇报，对夏明德展开各种围追堵截的部署之外，五个人又以最快速度找到夏明德的妹妹，希望以她对哥哥的了解，能够尽可能帮助警方找出夏明德可能的藏匿地点。

夏明德的妹妹想了好长时间，说如果哥哥有不为人知的栖身之处，恐怕就是他岳父母那边的老房子了。他岳父母死得早，把房子留给唯一的女儿，也就是夏明德的老婆，后来她在生夏雪时难产去世了，房子就留给了夏明德，但夏明德很多年都没过户，他一心想着等夏雪长大了，直接把房子过户到她名下，也算是一份财产。

五个人遵循夏明德妹妹给出的地址再度出发，两辆警车的警笛嘶吼着，一路疾驰狂飙，在快要接近目标时才关掉警笛……

夏明德岳父母家的房子位于市区中心地带，现今整个区域都残破不堪，由于各种原因，至今也没有得到良好改造，反而阴差阳错地成为整座城市中唯一保留比较完整的民俗建筑群。这里的房子最高不过四层，韩印他们的目标位置，就是在一个四层楼的顶层。

五个人留下杜英雄和艾小美在楼下警戒，以防夏明德逃脱，其余三人上楼摸查。康小北贴着门听了半天，房内毫无动静，轻轻敲了两下，也未出现变化，估计里面没人。三人打量下房门，由于房子老，门相应也很简陋，没有防盗门，就是一道木门加上老式的转锁。

以康小北的经验，这种锁很容易撬开，而且他注意看了下门锁位置，似乎有被人撬过的痕迹。他从兜里掏出钱夹，打开抽出一张信用卡，冲着门锁缝隙处用劲别了两下，门果然就打开了。

房子很小，对着门的是一条细窄的走廊，一侧是洗手间，另一侧就是唯一的卧室了。卧室里窗帘挡得很严实，三人没有去拉开，以免夏明德从外面望见，有所警觉。康小北走到对面的一张木桌前，试着按下台灯开关，竟然还是好使的。借着不算太亮的灯光，三人看到桌上有一台电脑和一台打印机，紧接着康小北把台灯擎在手上，冲四周挥了一下，随即贴满黑白打印照片的一面墙便呈现在三人眼前。

照片似乎都是偷拍的，上面的人他们都认识，也都死了——就是案件中的7个受害人。而尤为显眼的是钉在中间的两张彩色照片，三个人凑近，仔细看了看，照片上的人竟然分别是孙海涛和陈威！

那7个劫杀案中受害人的照片出现在这里是合理的，他们也许轮奸了夏雪。夏明德利用这间房子作为复仇大本营，把他们的日常活动偷拍下来，以此理清他们日常活动的区域，待他们单个出现之后伺机报复作案。可是与夏明德风马牛不相及的两个恋童癖者的照片，为何也会出现呢？实在很让人费解。三人面面相觑，各自陷入思索。在迅速整理思路后，韩印忽然一副茅塞顿开的样子，但似乎还要卖个关子，说："你们想想夏明德和强奸幼童案中的谁有瓜葛？"

"是徐麟，也就是徐静怡的哥哥，对吧？"康小北很快想到。

"就是他。"韩印重重点头说，"我有一个大胆的设想：夏明德和徐麟是一对复仇伙伴，劫杀案中前五个人是夏明德杀的，后来他在排查中落网，而因媒体报道和夏明德频繁更换律师，很多案情内幕都流传到社会上，而且专案组还将涂鸦在本地报纸上刊登过，以寻求公众协助解读，而唯一把它们解读出来的人就是徐麟，也许他给妹妹同样讲过白雪公主和七个小矮人的故事吧？

"徐麟是夏雪车祸事件肇事方的代理人，他当然很清楚夏明德的遭遇，当他知道警方以涉嫌杀死五名富家子弟的罪名逮捕了夏明德，他可能会与我当初的判断一样，认为夏明德在悲愤之中心理变态，以移情杀人的方式宣泄愤怒，所以利用假装谋求代理人身份的机会在看守所见到了夏明德，并最终与夏明德达成一笔交易。

"徐麟的动机很简单，就是要报复杀死侵犯他妹妹徐静怡并导致他家破人亡的孙海涛和陈威。这个报复计划他蓄谋已久，原本会由他亲手来执行，可惜老天不遂人愿，偏偏让他患上胰腺癌，且已到晚期，他很清楚自己等不到孙海涛和陈威出狱的那一天。但也正应了'老天爷为你关上一扇门，同时也会为你打开一扇窗'这句话，夏明德连环杀人行径的败露，给了他一个很好的补救机会，就算他并未如我上面分析的那样，对夏明德杀人动机有个明确的方向判断，可能只是懵懵懂懂，但他也只能抓住这最后一个有可能帮他完成复仇计划的机会。

"当然，在这之前他需要先帮夏明德获取自由，便按照夏明德的指示杀死后两个受害人。这可谓一举两得，既完成了夏明德的复仇计划，又直接促使夏明德被释放。我想这个地方他一定也来过，从这里获取了他要杀死的目标的详细信息，同时也留下了孙海涛和陈威的资料和照片。"

"分析很有见地，但有一个核心的问题说不通。"康小北稍微消化一下韩印的分析，便找出破绽说，"徐麟在第七个受害人出现前两三天就自杀了，法医方面已经很明确地做过认定，所以这个设想还是有些缺乏现实依据。"

"不一定。其实先前我隐约觉得徐麟的自杀有些说不清楚的地方，我想咱们再去现场勘查一下，也许可以找到支持韩老师的依据。"顾菲菲选择站在韩印这一边。

"那没问题，上次叶姐把人家房门踢坏了，后勤科把门修好了，钥匙也不知道交给谁，还在队里放着呢！"康小北说。

"先等一下。"韩印似乎突然又想到什么，"以夏明德的为人，就算现在自身难保，我觉得他应该也会履行完对徐麟的承诺。"

"您是说他这会儿没逃走，而是已经去杀陈威了？"康小北接下话说。

"赶紧跟监视组联系下，看夏明德去没去陈威家。"顾菲菲催促道。

"没人啊！案子不结了吗？人早撤了！"康小北摊摊手说。

"咱分头行动，小北你带顾组和小美去徐麟家，我和英雄去找陈威。"韩印紧跟着提议道。

"英雄认得路吗？"顾菲菲不放心地问一句。

"认得，他跟我去监视地点探过班。"康小北加快语速道，"那咱赶紧走，我让就近派出所先去陈威家探探，再让专案组过去支援。"

很快，两组人马相继上路，大概一刻钟后，韩印便接到康小北的电话。

"韩老师，晚了，派出所方面说陈威已经被刺死了，夏明德不见踪影！"康小北语气低沉地说。

"知道了，我过去看看情况再说。"韩印也稍带沮丧地说，"你那边到了吗？"

"刚到。"康小北简单回应道。

挂掉电话，康小北和顾菲菲、艾小美已经站在徐麟住所门口，他从一名专程赶来送钥匙的警员手中接过钥匙，打开房门。

徐麟这也是老房子，虽然大白天的，却也是幽仄沉暗。顾菲菲与韩印当时一样，下意识去摸门边的电灯开关，但同样没有反应。

"电源断了。"康小北适时解释说，"电表是插卡式的，估计里面没钱了。"

"上次你们进来时就断了？"顾菲菲问。

"对，顾姐，你觉得徐麟自杀有什么不对？"康小北问。

"感觉似乎不符合人性。如果换成你想要自杀，是会选择体体面面穿戴整齐安然地躺在床上，还是裸着身子躺在浴缸里？"顾菲菲打量几眼客厅，边说话边走到卫生间门口。

"我可能会选择前者！"康小北摸摸后脑勺，略微思索下说。

"可在浴缸里割腕自杀的也不少见。"艾小美也走过来说。

"有是有，但那种自杀者当时的思维比较混乱，而徐麟的遗书是想表达因病厌世的情绪，这种自杀者应该说更多的是想让自己死得有尊严些，所以徐麟的行动看似与其思维是相矛盾的。再有，你们见过几个割腕自杀的人，会在自己胳膊上深深割上两刀，难道一刀不够？"说着话顾菲菲已带着两人走到浴缸边。

"那您是觉得……"康小北问。

"裸着身子肯定比穿着衣服尸体腐烂更快，尸体伤口越大，蛆化周期相应越短，同样也可以加快尸体腐烂。"顾菲菲哼了下鼻子说。

"可这种加速对于尸体腐败是微不足道的，不足以误导法医判断死亡时间吧？"康小北说。

"我当然知道，我要指出的是徐麟的主观意志有问题。"顾菲菲说着话，上下左右打量起卫生间来，少顷仰起头，视线在顶棚定格了几秒，忽然迈步向门口走去，接着又凑近设置于洗手间门边的灯源开关处端详一阵，说，"这上面的开关当初你们动过吗？"

"应该没有，勘查组来的时候已经被告知电源断了，不会有人多此一举按这些开关的。"康小北有些摸不着头脑，愣愣地说。

顾菲菲满意地"嗯"了一声，没多言语，转身向门外走去，康小北和艾小美不明所以地跟上去，却见她莫名其妙地去敲隔壁邻居的房门。等了一小会儿，邻居有人出来应门，是个上了年纪的大爷，顾菲菲未多客套，直接亮出警官证，问道："不好意思，大爷，打扰您了。我想请您回忆一下，今年8月份是不是有几天特别热？"

"是啊。也不知道怎么了，有两天热得邪门，屋里像个大桑拿房。"老大爷不假思索道。

"您能想起具体是哪天吗？"顾菲菲接着问。

"8月中旬有两三天吧，具体日子还真记不住，人老了，不中用了！"大爷感慨着说。

"是不是待在客厅里时会觉得特别热？"顾菲菲再追问。

"对对对。"大爷连连点头称是，加重语气道，"我小孙子在客厅里蹦跶一会儿都差点中暑！"

"谢谢您。"顾菲菲突然就结束了问话，未等人家大爷表示，便扭头径自走进徐麟家，在卫生间门口等康小北和艾小美跟上来后，指着灯源开关处说，"你们看这开关有什么蹊跷的地方？"

"就两排四个按钮呗，上面两个是打开的，下面两个是关着的。"康小北还是没太搞懂顾菲菲的意思。

顾菲菲抬手指指洗手间顶棚，自问自答说："看那是什么？是安有两个加热头的浴霸。你说的开着的两个开关，就是控制这两个加热头的。"

"我懂了。"艾小美蓦地提高音量，兴奋地嚷着说，"徐麟自杀时浴霸是开着的，卫生间里的温度自然要比正常的高，尸体腐败的速度也随之加快，大大干扰了法医的判断！"

"夏天古都这边室内温度通常能达到30 ℃左右，加上两个加热头的浴霸，温度应该会在35 ℃到40 ℃之间，是极利于细菌生长的。加之徐麟遗书上落款的时间为8月16日，也在潜意识里对法医的判断多少形成些影响。"顾菲菲接着解释说。

"隔壁大爷的客厅与徐麟的卫生间是挨着的，所以才会感觉比平时热。"康小北恍然大悟。

"这栋楼的电表是插卡式的，应该是预交费的那种，徐麟肯定有意识地计算过，可能一两天之后，电费卡里的钱用光了，电自然就断了，神不知鬼不觉便把自己的死亡时间生生提前了两三天。"顾菲菲补充解释道。

"如果真实死亡时间比咱们判断的，也就是比遗书落款时间晚个两三天，就意味着他完全可以替夏明德杀死第七个复仇对象。"康小北苦笑一下，摇摇头说，"这徐麟为了掩护夏明德，当然也是为了保障他自己的复仇计划，真可谓用心良苦！"

"他们肯定是商量好的。"艾小美吸了口气，叹息道，"看来8月19日在夏雪微博上回复7支蜡烛表情的，肯定是徐麟，意在告知夏明德他完成了自己的使命！"

"这就对上了！"康小北一拍脑门，"我们监视夏明德时，有一次大半夜，他莫名其妙跑到十字路口烧纸，我当时还挺纳闷，现在想来应该是祭拜徐麟的！对，那晚就是8月19日！"

"耶！咱们彻底破案喽！"

随着艾小美冷不丁喊一嗓子，三人彼此使劲击了下掌……

◎尾声

韩印和杜英雄风风火火终于赶到陈威与父母同住的住所前，楼道口已经被警戒线封锁起来，两人亮出警官证，派出所所长迎了上来。警戒线外围着不少人，其中一对老年男女冲在最前面，一边与警戒人员撕扯，一边哭嚷着："让我们进去……求求你们让我们看看儿子吧……这是怎么了，买个菜的工夫人就没了……"

"那两个是死者的父母。"派出所所长踏着楼梯介绍说，"出去买菜来回大概一个小时，人就被杀了。我们来的时候，家里门是敞着的，没看到凶手人影。"

所长三言两语说完，几个人已经来到陈威家门前，一眼看到陈威浑身是血地躺在客厅中间的茶几旁。韩印和杜英雄皱着眉头，走到尸体前。杜英雄蹲下身子，用手指内行地戳戳通常最早出现尸僵现象的嘴角和脸颊部位，说："没有僵直感觉，顶多死了半个小时吧！"

"那岂不是和我们脚前脚后？"所长郁闷地说，"要是早到一步，一定……"

"所长，所长……顶楼天台有情况，有可能是凶手……"所长话未说完，手里的对讲机便传来一阵呼叫声。不仅所长听到了，屋子里所有人都听到了。

韩印和杜英雄立即冲出门，大踏步跨着阶梯向天台奔去。转瞬两人便从案发现场的五楼，来到了九楼，又顺着固定在墙上的铁梯爬了一段，钻上了楼顶的天台。

夏明德坐在1米多高的天台围墙上，距离韩印和杜英雄十几米的样子，神情淡定自若，手里夹着烟卷，微笑着冲韩印操着老朋友般的口吻道："来了，不错，比我预料的要快！"

"你在等我。"韩印也淡然一笑道。

"兄弟，有两下子，算是个不屈不挠的好警察，多一些你这样的警察，坏人一定会少不少，等你就是冲这一点。"夏明德深吸一口烟，缓缓地正色道，"说吧，有什么想不通的？"

"夏雪是自己有意识撞到车上的吗？"韩印也不客套，张嘴就问。

"怕刺激我，不敢说自杀？"夏明德讪笑一下道，"有心了，她是自杀的，留下遗书了！"

"那为什么一年后才开始报复杀人？"韩印问出第二个一直萦绕在心中的疑惑。

"先前怕触景生情，便总是避免进雪儿的房间，也因为忙着打官司，疲于奔命。后来官司输了，虽然我嘴上嚷嚷着要报复人家，但其实那个时候我还没有那份魄力，甚至懦弱到想要到阴间陪雪儿去，所以其实绳套本来是给我自己准备的，只不过当我收拾雪儿书桌时发现了遗书，还有她手机里拍下的那7个糟蹋了她的畜生的照片，顿时便觉得绳套应该用在更有价值的地方。"夏明德脸颊抽动了一下，强忍着伤感说，"也许就是命运吧，雪儿小时候最喜欢听白雪公主和七个小矮人的故事，她一直觉得如果一辈子能遇到这样7个朋友该是多么幸运的事，没想到她却被7个男生……"

夏明德眼角含泪，一时语塞，似乎也失去了耐性。他狠狠地将手中的香烟捻灭，深吸一口气，道："兄弟，哥不是坏人，哥就是向老天爷要个公平，该说的我都说了，你应该也能交代过去了，哥也给你个公平。哥走了，找我的雪儿去了！"

犯罪心理档案第三季

话音未落,夏明德身子向后缓缓倒去,脸上泛起憧憬的微笑。韩印和杜英雄几乎同时飞扑过去,但转瞬夏明德整个身影便从天台上彻底地消失了……

"你错了,我要的不是公平,是公正!"韩印迅速站起身,扶着天台围墙,喃喃自语。

"爸爸,你是我的王子,会永远保护我对不对?"
"等你长大了,会遇到别的王子,就不需要爸爸了!"
"不要,我要爸爸永远在我身边!"
"雪儿,爸爸来了!"
……砰……

(第三季完)
2014年7月

图书在版编目（CIP）数据

犯罪心理档案.第三季，逐暗者/刚雪印著.—贵阳：贵州人民出版社，2020.3
　ISBN 978-7-221-15790-4

Ⅰ.①犯… Ⅱ.①刚… Ⅲ.①长篇小说-中国-当代 Ⅳ.①I247.5

中国版本图书馆CIP数据核字（2019）第290629号

上架建议：悬疑·推理

犯罪心理档案.第三季，逐暗者

刚雪印　著

责任编辑：	胡　洋　潘　乐
出　　版：	贵州人民出版社
	（贵州省贵阳市观山湖区会展东路SOHO办公区A座　邮编：550081）
印　　刷：	三河市兴博印务有限公司
开　　本：	880mm×1270mm　1/16
字　　数：	255千字
印　　张：	18
版　　次：	2020年3月第1版　2020年3月第1次印刷
书　　号：	ISBN 978-7-221-15790-4
定　　价：	49.80元